HAYMON verlag

Bettina Balàka

Die Prinzessin
von Arborio

Roman

Auflage:

4	3	2	1
2019	2018	2017	2016

© 2016
HAYMON verlag
Innsbruck-Wien
www.haymonverlag.at

Titel-Nr.: 537

Umschlag- und Buchgestaltung nach Entwürfen von
hœretzeder grafische gestaltung, Scheffau/Tirol
Umschlaggestaltung: Eisele Grafik · Design, München, unter Verwendung von
Bildelementen von www.bigstock.com/Ozerina Anna
Autorenfoto: Kurt-Michael Westermann
Satz: Da-TeX Gerd Blumenstein, Leipzig

Gedruckt auf umweltfreundlichem,
chlor- und säurefrei gebleichtem Papier.

Für die einen war das Töten undenkbar, für die anderen war es machbar. Und dann gab es die, die dazwischen standen, die sich in Mörder hineinversetzen konnten, ohne selbst so zu ticken wie sie.

„Ich habe sie fest im Griff", pflegte Arnold Körber zu sagen, „sie frisst mir aus der Hand." Es klang ein wenig, als wäre Zorzi eine Löwin und er ihr Dompteur. Dabei war Zorzi eine kleine, zierliche Frau, die drei Männer ermordet hatte.

Zorzi war Elisabettas Nachname, aber alle Welt verwendete ihn als Kosenamen. Das Restaurant, das sie in Wien eröffnet hatte, hieß Cantinetta Zorzi.

Zorzi war bildschön. Nicht von jener Art Schönheit, wie die Natur sie erfand, sondern wie sie der Arbeit eines hingebungsvollen Schönheitschirurgen zu verdanken war. Er hatte ihre natürlichen Schlupflider entfernt und den Blick aus ihren rehbraunen Augen weit geöffnet. Die Nase hatte er klein und schmal gestaltet, den Mund dagegen voll und prall. Auf Zorzis kindlichen Körper hatte er runde Apfelbrüste gesetzt, die groß genug waren, um Aufmerksamkeit zu erregen, aber nicht so groß, dass sie die Ausgewogenheit ihrer Silhouette gestört hätten.

Die Operationen hatte Bernhard, Zorzis damaliger Lebensgefährte, gewünscht und bezahlt. Zorzi hatte sich Stück für Stück in einen Schwan verwandeln lassen, Verbände getragen, Schmerzen erlitten, sich wochenlang in einsamen Hotels in den Bergen versteckt und war am Ende sehr zufrieden gewesen mit dem Effekt, den sie nun bei Männern hervorrief. Sie konnten den Blick nicht von ihr wenden. Sie hörten ihr zu, wenn sie etwas sagte. Sie hielten ihr Türen auf, halfen in Mäntel, rückten Stühle zurecht, ließen ihr den Vortritt, nahmen ihr alles aus der Hand, was sie trug. Sogar die Kellner in ihrem Restaurant arbeiteten jedes Mal schneller und besser, wenn sie nach einer weiteren OP zurückkehrte. Auch Bernhard fand, dass sich die Investition in jeder Hinsicht gelohnt hatte. Die Cantinetta, die er als Zorzis kleines Spielzeug betrachtet hatte, begann so viel Gewinn abzuwerfen, dass er erwog, seinen Job zu kündigen und als Teilhaber mit einzusteigen.

Doch dazu kam es nicht mehr. So sehr Zorzi ihr eigenes Spiegelbild gefiel, begannen im Laufe der Zeit Zweifel an ihr zu nagen. Gedanken, die sie jahrelang in fest verschlossenen Behältern abgefüllt und weggestellt hatte, begannen zu gären, sprudelten, sprengten die Deckel und quollen überall hin. Es kam so weit, dass sie Tag und Nacht daran denken musste, dass Bernhard mit ihrem Originalzustand unzufrieden gewesen war. Sie konnte nicht mehr schlafen. Sie konnte sich bei der Arbeit nicht mehr konzentrieren. Sie konnte ihr neues Leben nicht mehr genießen, denn immer und immer ging es ihr im Kopf herum: Er hat mich verändern wollen. Er hat mich verändert. Er hat mich nicht so geliebt, wie ich war.

Der Originalzustand war weg, aber auch ihr anfängliches Verständnis für Bernhards Wünsche war verschwunden. Jetzt, wo die Männer sie umbalzten, sie in ihrem eigenen Lokal auf Getränke einluden, ihr Geschenke brachten und jeden erdenklichen Dienst antrugen, musste es doch möglich sein, einen besseren zu finden? Bestimmt gab es einen besseren für sie. Einen, neben dem sie nicht wachliegen musste, weil er sie „Kartoffelnase" genannt hatte, „schmallippiges Mauerblümchen", „Minititte" und was nicht alles.

Bernhard machte ihr einen Antrag und Zorzi geriet so in Panik, dass sie ja sagte, nur, damit er die Frage nicht wiederholte. Sie bekam Herzrhythmusstörungen und hatte ein ständiges Würgegefühl im Hals. Als sie abzunehmen begann, traten ihre Wangenknochen noch weiter hervor und ihre Bewunderer bewunderten sie noch mehr. Bernhard schenkte ihr ein protziges Perlencollier. Es stammte von seiner verstorbenen Mutter und sah an Zorzi aus wie ein Würgehalsband.

Die Gelegenheit ihn loszuwerden ergab sich im Urlaub. Sie gingen Bergsteigen im Montblanc-Massiv. Die Franzosen wussten die Schönheit einer Frau zu schätzen und rings um Zorzi summte die Luft von Komplimenten. Bernhards Selbstbewusstsein stieg ins Unerträgliche. Er stellte sie überall als seine Ehefrau vor und wollte, dass sie sich nicht mehr Zorzi nannte, sondern Winkelhuber. Er war voller Energie und voller Kraft. Immer wollte er noch steilere Wege gehen, noch halsbrecherische Touren machen. Anders als Zorzis andere Verehrer sorgte er sich nicht um ihr Wohlbefinden. Wenn sie müde wurde, rief er: „Faulpelz!", wenn sie Angst hatte: „Feige Nuss!" Hatte sie Blasen an den Füßen, nannte er es „Tussi-Getue".

Es war ganz einfach, als er einmal auf einer weit vorspringenden Felsplatte stand. Er breitete die Arme aus, schloss die Augen und schrie: „Ich bin der König der Welt!" Von hinten berührte Zorzi seinen Rücken, das bemerkte er vermutlich gar nicht, und dann versetzte sie ihm einen ganz leichten Schubs. Bernhards Schrei hallte von den Felswänden wider, aber nur kurz, als hätte er es noch im Fall aufgegeben zu schreien. Zorzi verzichtete darauf, ihm nachzusehen, sie trat ein paar Schritte zurück und lauschte, ob ein Aufschlag zu hören war, aber da war nichts. Es war still und die Welt war leer, sauber und klar. Blitzblauer Himmel. Leichter Wind in den Latschenkiefern. Lautlos kreisende Dohlen. Splittrige Felsen rings um Zorzi und gestochen scharfe Bergketten in der Ferne. Sie setzte sich hin und genoss die Aussicht.

Als ihr beim Abstieg die ersten Leute entgegenkamen, gelang es ihr mühelos, sich in einen Zustand verzweifelter Aufgelöstheit hineinzuarbeiten: „Aidez-moi ... è caduto! I can't see him from above ... o Dio Dio ...“ Tränen strömten über ihr Gesicht, Schluchzer schüttelten ihren zarten Körper, in ihrer Hand hielt sie das Handy, mit dem sie, wie sie den Fremden erklärte, vergebens versucht hatte, Hilfe herbeizurufen.

Es dauerte zwei Tage, bis man Bernhards zerschmetterten Körper fand, die Dohlen hatten schon an ihm gepickt. Jeder wusste, dass er unvorsichtig gewesen war, sich selbst überschätzt hatte. Es schien absolut glaubwürdig, dass er, wie Zorzi es schilderte, sich zu weit vorgewagt und die Balance verloren hatte. Noch glaubwürdiger schien Zorzis Schilderung ihres Entsetzens, dies mitanzusehen. Wie er plötzlich weg war, einfach verschwunden, wie Zorzi an den Rand der Klippe kroch, um nach unten zu schauen, aber nichts sah als nackte Felsenschlünde.

Arnold Körber schilderte es später so: Zorzi war in einem Ausnahmezustand gewesen. Über Jahre hinweg war sie ihrem Körper und damit sich selbst entfremdet worden. Sie war durch Bernhards ständige Beschimpfungen und Ummodelungen gewissermaßen von ihrer physischen Existenz dissoziiert. Dazu kam die spezielle Situation des sie überfordernden Extrembergsteigens. Ohne Rücksicht auf ihre zarte Konstitution und generelle Untrainiertheit hatte Bernhard sie zwei Wochen lang in immer gefährlichere und anstrengendere Touren getrieben. War es ein Wunder, dass sie die Hand, die ihm den Stoß versetzte, nicht als ihre eigene empfand? War es nicht denkbar, dass sich ein Teil von ihr abspaltete, um diesem Wahnsinn ein Ende zu bereiten? Im Grunde, so Arnold Körber, war es nicht Zorzi, die den Mann in den Abgrund gestoßen hatte, sondern ihr gesunder Überlebenstrieb.

Das war Jahre später, nachdem Zorzi die Tat gestanden hatte. Niemand hatte Arnold Körber nach seiner Meinung gefragt. Als Kriminalpsychologe war er für Fallanalysen und Profiling zuständig, er beschäftigte sich mit Tätern üblicherweise bis zu ihrer Überführung und dann erst wieder nach ihrer Verurteilung, wenn er sie im Gefängnis interviewte, um ihre Motive und ihr Verhalten für die Analyse zukünftiger Verbrechen besser zu verstehen. Während des Gerichtsverfahrens jedoch, wo es nicht zuletzt um die Feststellung der Schuldfähigkeit ging, war die Einschätzung der Täterpsyche Aufgabe des Gerichtspsychiaters. Aber Arnold Körber konnte Zorzi nicht einfach abgeben, er hatte das Gefühl, dass sie missverstanden wurde und in die falschen Hände fiel.

Nachdem die Untersuchung von Bernhards tragischem Unfall von verständnisvollen Beamten zügig abgeschlossen worden war, kehrte Zorzi als Witwe nach Wien zurück. Schwarz stand ihr gut. Sie genoss die neue Aufmerksamkeit in vollen Zügen. Das Personal der Cantinetta legte sich ins Zeug, um ihr jede Mühe zu ersparen und gleichzeitig den Umsatz zu erhöhen. Zorzis Küchenchef kreierte eine „Insalata di riso Zorzi", die dem Restaurant eine begeisterte Hommage auf der Gastro-Seite eines Wochenmagazins eintrug.

Da Zorzi mit Bernhard nicht verheiratet gewesen war, konnte sie ihn leider nicht beerben, was sich erwies, als sein Bruder erschien, um das Auto, die Bohrmaschine und die CD-Sammlung abzuholen. Es ging ihr nicht um das Zeug, aber die Ersparnisse, die, wie sie wusste, irgendwo angelegt waren, wären als Entschädigung für den Aufwand, den sie mit ihm gehabt hatte, sehr willkommen gewesen. Sie verkaufte das Perlencollier und war fassungslos, wie wenig es einbrachte.

Beflügelt von dem Besuch des wohlwollenden Gastrokritikers begann Zorzis Küchenchef, traditionelle römische Rezepte, die Graupen und Innereien enthielten, neu zu interpretieren, also in winzigen Portionen anzurichten und Trüffel darüberzuhobeln. Weitere Gastrokritiker kamen, die fanden, dass „schöne Römerin" eine stimmige Assonanz war. Dabei stammte Zorzi gar nicht aus Rom, sondern aus Apulien. Der Respekt, die Stimmung und das Niveau der Gäste stiegen. Zorzi zog wieder bunte Kleider an und binnen weniger Wochen war Bernhard restlos vergessen.

Einer der Gastrokritiker entdeckte, dass Zorzi die Tochter des Schriftstellers Emilio Zorzi war, was sie noch interessanter machte. Emilio Zorzi war kein berühmter Schriftsteller gewesen, allenfalls ein mittelbekannter, phasenweise auch ein in Vergessenheit geratender. Dies hatte ihn verbittert und launisch gemacht. Als er starb, betrauerten Zorzi und ihre Mutter in erster Linie die Tatsache, dass er nicht früher gestorben war.

Zorzi wurde nicht gerne auf ihren Vater angesprochen. Ja, sie hatte ihn bewundert, grenzenlos, wahrscheinlich mehr, als er es verdiente. Aber es war keine angenehme Bewunderung, bei der man auch ein bisschen zurückbewundert wurde. Das Bild, an das sie sich am häufigsten erinnerte, war, wie er in seinem gartenseitigen Studio am Schreibtisch saß, durch die Glastüre auf sie hinausblickte und voller Verachtung den Kopf schüttelte, als hätte sie gerade etwas ganz Dummes gemacht oder als wäre sie splitternackt oder fett oder grauenhaft angezogen. Als sie klein war, musste sie vor der geschlossenen Glastür im Gras spielen, damit ihr Vater ein Auge auf sie haben konnte, während die Mutter im Hotel Delle Palme als Hausdame die Brötchen verdiente. Wenn Zorzi von ihrer Playmobil-Hasenzucht aufsah und ihr Blick sich mit seinem kreuzte, gelang es ihr nur ganz selten, ihm ein Lächeln zu entlocken oder zumindest das verächtliche Kopfschütteln zu verhindern. Sie lernte, dass ihre Erfolgschancen größer waren, wenn sie das Köpfchen schief hielt, das Mündchen vorschob, die Augen weit aufriss. Sie durfte unter keinen Umständen laufen, lärmen, Freunde einladen, winken, zu nahe an die Scheibe herankommen oder gar an sie klopfen. Meistens starrte der Vater an ihr vorbei, da er nach Gedanken suchte, die durch keine heftigen Lebensäußerungen in der Gartenruhe durcheinandergebracht werden durften. Auf seinen Computerbildschirm schaute er nicht so gerne, da dies die Trümmerhalde war, auf der er einen Rohbau nach dem anderen begann und nur selten ein Haus fertig wurde.

Er erwartete, dass Frau und Tochter ansprechend gekleidet und schön frisiert waren, wenn er vom Schaffenskampf erschöpft und verschwitzt zum Abendessen erschien. Wenn ihm danach war, betrank er sich und bezichtigte seine Frau, mit Hotelgästen herumzuhuren. Er selbst hatte sie als Hotelgast kennengelernt, nachdem ihn seinerzeit seine Mailänder Muse vor die Tür gesetzt und er ein vorübergehendes Refugium weit weg von ihr gesucht hatte. Es wurmte ihn, dass eine so ungebildete Person wie eine Hotelhausdame sich so bitten hatte lassen; später warf er ihr vor, sie hätte ihn „eingefangen".

Arnold Körber las alles, was Emilio Zorzi publiziert hatte, das meiste gefiel ihm sogar. Das große Talent des Schriftstellers bestand darin, Familienverhältnisse anschaulich zu schildern und die kleinen komplexen Verletzungen, die zwischen Ehepartnern, Eltern, Kindern, Geschwistern, Schwägerinnen, Tanten, Neffen, Cousins und Großeltern stattfanden und die Seelenhaut vernarben ließen, luzide zu analysieren. Ein feinfühliger, intelligenter Mensch, dachte der Kriminalpsychologe, wenn auch nicht gerade ein Optimist. Ein Mann, der den Balken im eigenen Auge nicht wahrnahm.

Die Cantinetta Zorzi zog zunehmend Schauspieler und Regisseure an, Rechtsanwälte, Ärzte, Bezirkspolitiker und Journalisten. Der schönen Wirtin gegenüber benahm man sich galant, so mancher versuchte, ihr einen One-Night-Stand abzutrotzen, andere fantasierten gar, ihre Wir-sind-so-lange-zusammen-bis-was-Besseres-vorbeikommt-Frauen gegen Zorzi einzutauschen.

Zorzi interessierte sich nicht für Männer, die viel Publicity hatten. Ihr gefielen Männer, die groß und stark waren und schwere Sachen schleppen konnten, Schränke von Männern, keine Kommoden. Auch Bernhard war ein Schrank gewesen. Hätte er nie ein Wort gesagt, wäre es vermutlich gut gegangen mit ihm. Zorzi sah ein bisschen wie Hayden Panettiere aus und fand, ein Kerl von der Statur Wladimir Klitschkos würde auch sie hervorragend ergänzen. Allzu lange alleine bleiben konnte sie nicht, die Wohnung war leer, das Bett war kalt, die Schulter zum Anlehnen fehlte. Als ihr der Paketbote eines Morgens kein Paket brachte, sondern einen Strauß Ginster, bat sie ihn auf eine Tasse Kaffee herein. Er hieß Jürgen und sie reichte ihm bis zu den Brustwarzen.

„Magst du Ginster?", sollte Arnold Körber Zorzi Jahre später fragen, als er sie im Gefängnis besuchte und sie das Detail mit den Blumen erwähnte.

„Überhaupt nicht", antwortete Zorzi, „als ich ein Kind war, hatten wir im Garten Ginster, ist nur ein blöder Strauch."

„Und doch hast du den Überbringer des Ginsters hereingelassen", sagte Körber.

„Ja", sagte Zorzi, „das war ein Fehler. Ich hätte es als böses Omen nehmen sollen."

Mit Jürgen war es schön. Er wollte, dass Zorzi tauchen, segeln und snowboarden lernte, und sie lernte tauchen, segeln und snowboarden. Er gab ihr Science-Fiction-Romane zu lesen, die er nicht nur für spannend, sondern auch für philosophisch erleuchtend hielt, und sie quälte sich tapfer durch zehnbändige Zyklen.

Zorzi begann vom Mutterdasein zu träumen. Ein hübsches kleines Mädchen wollte sie, das an ihrer Hand in die Cantinetta trippelte, wo die Gäste sich nach ihnen umdrehen und die Kellner zu gurren beginnen würden. Sie würden sich an einen Tisch setzen, die Sonne würde auf die schwarz lackierte Tischplatte scheinen und schimmernde Reflexe hervorrufen, und die braunen, runden Augen der kleinen Emilia würden aufleuchten, wenn man ihr einen Teller mit Profiteroles brachte.

Jürgen dagegen träumte von einem eigenen Segelboot, mit dem sie das ganze Mittelmeer bereisen würden. Kroatien und Sizilien, die Côte d'Azur und die griechischen Inseln, Korsika und Valencia.

„Aber nicht Apulien, oder?", fragte Zorzi.

„Doch, gerade Apulien", sagte Jürgen, „ich will deine Mutter kennenlernen."

Zorzi telefonierte mit ihrer Mutter nur selten, und wenn, dann ging es um die Pasta. Die Mutter hatte nach dem Tod Emilios nie wieder einen Mann gehabt, stattdessen hatte sie ihre ebenfalls verwitwete Schwester zu sich geholt, und die beiden Damen besserten ihre Rente auf, indem sie Pasta für die Cantinetta Zorzi herstellten. Auf der Speisekarte stand: „La pasta famosa delle sorelle Zorzi". Das war Quatsch, denn Zorzis Tante hieß mit Nachnamen Dragone, und beider Mädchenname war Lampredi, aber hier ging es um Marketing.

Ab und zu kamen Studenten bei dem alten Haus vorbei, die eine Arbeit über Emilio Zorzi schreiben und etwas über ihn erfahren wollten. Die Mutter zeigte ihnen das unverändert belassene Studio mit dem Schreibtisch und dem schönen Blick in den Garten und erzählte Humbug über das idyllische Familienleben mit dem großen Mann.

Zorzi kaufte heimlich ein Segelboot und ließ es zu einer Marina in der Nähe von Triest bringen. Sie bat Jürgen, mit ihr an seinem zweiunddreißigsten Geburtstag in den Süden zu fahren, ohne dass sie ihm Näheres verraten wollte. Dies kostete sie Überredungsgabe und Durchhaltevermögen in aufgebrachten Streitereien, denn Jürgen war es nicht gewohnt, ihr Entscheidungen zu überlassen, und fürchtete einen Staatsstreich. Während der ganzen Autofahrt war er so wütend, dass Zorzi sich nur mit Mühe zurückhalten konnte, ihm von dem Geschenk, das ihn erwartete, schon unterwegs zu erzählen. Als er schließlich das Boot sah, sagte er, es sei Schrott, sie hätte gefälligst ihn fragen sollen, bevor sie einen Haufen Geld für so einen Kahn hinauswarf. Zorzi brach in Tränen aus, woraufhin er sich beruhigte. Sie machten dann einen schönen Törn bis Dubrovnik und waren verliebter denn je.

Einmal ankerten sie in einer grillenzirpenden, mondbeschienenen Bucht. Ein interessanter Tauchgang lag hinter ihnen, sie hatten gut gegessen und bei einem Glas Wein lockerte sich Zorzis Zunge. Es wäre doch bestimmt auch lustig, meinte sie, als Familie mit ein, zwei Kindern Segelurlaub zu machen. Jürgen lachte: „Meine Babys werden riesig! Und das in so einem Winzling wie dir? Das wäre ja, wie wenn ein Chihuahua Doggenwelpen zur Welt bringt!" Zorzi wertete das als Einverständnis. Die kleine Emilia begann Gestalt anzunehmen.

Zurück in Wien kaufte Zorzi ein blitzblaues, mit Schmetterlingen bedrucktes Sommerkleidchen für ein zweijähriges Mädchen, dazu einen kleinen Strohhut und eine Kindersonnenbrille mit herzförmigen Gläsern. So sollte Emilia angetan sein, wenn sie an ihrer Hand die Cantinetta betrat und Gäste und Kellner zum Lächeln und Oh-wie-süß-Rufen brachte. Dass es selbst im günstigsten Fall drei Jahre dauern würde, bis das Outfit zum Einsatz kam, kümmerte Zorzi nicht. Sie suchte im Schrank für die saisonal nicht gebrauchte Garderobe nach einem passenden Aufbewahrungsort. Ganz hinten in Jürgens Chaos von zusammengeknüllten Kleidungsstücken fand sie ein Handy, das sie noch nie gesehen hatte. Es war auf Flugmodus gestellt und hatte nur vier Telefonnummern im Adressverzeichnis: Angelika, Bine, Petra, Sharon.

War es das Handy eines ihrer Angestellten, das Jürgen versehentlich in der Cantinetta eingesteckt und mit einem aufgesammelten Kleiderbündel in den Schrank gestopft hatte? Aber Zorzi telefonierte regelmäßig mit allen Mitgliedern ihrer Crew, sie hätte im Adressverzeichnis stehen müssen. War es das Handy eines Gastes? Es war beinahe voll aufgeladen, lange konnte es noch nicht hier liegen.

Sie sah sich die Anruflisten an: Mit Angelika telefonierte der Handybesitzer – oder die Besitzerin – mehrmals am Tag, mit den anderen seltener. Die letzten Gespräche hatten am Vorabend stattgefunden, wo er – oder sie – hintereinander alle vier Frauen angerufen hatte. Davor hatte es drei Wochen lang keine Anrufe gegeben. Als wäre der Inhaber des Handys – oder die Inhaberin – irgendwo abgeschottet gewesen, in einer Entzugsklinik oder im Gefängnis oder an einem der letzten Flecken auf dem Globus, wo es noch keinen Handyempfang gab. Im australischen Outback vielleicht.

Zorzi sah sich die SMS an und stellte fest, dass Angelika sehr verliebt sein musste. Der Handybesitzer allerdings ebenso. Zumindest ging Zorzi nun zu 98% davon aus, dass es sich um einen Mann handelte. Besonders gerne verwendete er die Phrase: „I love you more than I can say." Und auch mit Sharon, Bine und Petra gab es wohl prickelnde Stelldicheins. Man titulierte einander mit Darling, Chérie, Snuffi und Mausebär. Dann aber las Zorzi etwas, das auf der Stelle einen hohen, insistierenden Ton in ihren Ohren erzeugte. Eine Art Tinnitus, der auch nicht wegging, als sie heftig den Kopf schüttelte. „Jürgen, Jürgen", stand da, „du fehlst mir so, kannst du dich heute Abend nicht von deiner Alten loseisen?"

Zorzi begann auf der Stelle, die bereits abgesetzte Pille wieder einzunehmen. Sie machte es sich zur Gewohnheit, Jürgen vor Publikum zu Streitereien zu provozieren. Mit sanfter Stimme sagte sie etwas, von dem sie wusste, dass es ihn aufbrachte, dann schrie er sie an und die Leute schauten besorgt.

Der Tinnitus ging nicht weg. Tag und Nacht hatte sie diesen hohen, elektronisch klingenden Ton im Ohr, der an die Krankenhausmonitore erinnerte, die in Fernsehserien anzeigten, dass ein Patient gestorben war. Das Zickzack des Herzschlags brach ab, der gleichmäßige Ton des Todes setzte ein. Tagsüber gelang es ihr, mit Lärm und Musik und Stimmen den Ton in den Hintergrund zu drängen, aber nachts stand er alleine da, ein Gespenst auf einer Anhöhe, und das Einschlafen fiel schwer.

Eines Abends überraschte Jürgen sie mit einer Entschuldigung. Er habe, als er das Boot zum ersten Mal gesehen habe, ein Problem damit gehabt, dass sie sich so etwas leisten könne und er nicht. Deshalb habe er so unwirsch reagiert, was ihm nun aufrichtig leid tue. Das Boot sei klasse und Zorzi sei eine klasse Frau. Und dann hob er Zorzis Kinn mit einem Zeigefinger an, sah ihr tief in die Augen und raunte: „I love you more than I can say." Der Tinnitus in Zorzis Kopf schwoll an zum Alarmton in einer Fernsehserie über eine Spezialeinheit, die schwer bewaffnete Kriminelle bekämpfte. Code Red.

Sie begann herumzuerzählen, dass sie gestalkt wurde. Ein unheimlicher Mann lauere ihr vor der Wohnung auf und verfolge sie auf der Straße – natürlich nur, wenn sie alleine sei. Einmal habe er sie in einen Hauseingang gedrängt und gefragt, welche Unterwäsche sie trage. „Seide, Spitze? Trägst du einen String? Schwarz, rot oder weiß?", habe er sie gefragt.

Jürgen wollte wissen, wie der Kerl aussah, und Zorzi sah ihn auf der Stelle vor sich: „Groß, fast so groß wie du. Kräftig gebaut. Schwarze Lederjacke. Eigentlich ganz normal, aber gruselige Augen. Blitzblau, er starrt wie ein Außerirdischer. Zusammengewachsene Augenbrauen." Jürgen versuchte dem Auflauernden seinerseits aufzulauern, aber es gelang nicht.

„Der ist geschickt. Der weiß genau, wann ich alleine unterwegs bin", sagte Zorzi. Mit der Zeit verringerte er angeblich seine Distanz – war er anfangs etliche Meter hinter ihr hergelaufen, atmete er ihr nun direkt in den Nacken.

Eines Tages brachte Jürgen ein Paket, das an Zorzi adressiert war, dessen Herkunft aber weder er noch sie sich erklären konnte. Er unterbrach seine Tour und wartete, bis Zorzi das Paket geöffnet hatte, denn sie hatten beide ein unangenehmes Gefühl. In dem Paket war ein riesiger schwarzer Dildo (Zorzi hatte ihn im Fachhandel besorgt). Daneben lag ein Computerausdruck: „Damit du schon mal weißt, welches Geschenk dich erwartet, meine Braut." Zorzi begann zu weinen, Jürgen bekam einen Wutanfall: „Ich mach das Schwein fertig!" Als er sich wieder beruhigt hatte, wollte er zur Polizei gehen, aber Zorzi erklärte überraschend: „Da war ich schon. Sie haben eine Anzeige gegen unbekannt aufgenommen und gesagt, dass man weiter nichts tun könne. Schließlich können sie nicht jemanden abstellen, der mich rund um die Uhr begleitet."

„Du warst bei der Polizei? Warum hast du mir das nicht erzählt?"

„Ich hab's dir doch gerade erzählt. Es war sinnlos. Sie können nichts tun."

Niemand zweifelte an Zorzis Martyrium. Dass sie viele Verehrer hatte, war bekannt, und dass einer davon ein Psycho war, lag im Bereich der statistischen Wahrscheinlichkeit. Die Art, wie sie sich ständig umblickte, das Auto untersuchte, bevor sie einstieg, sich auch auf kurzen Wegen begleiten ließ, zusammenzuckte, wenn ihr jemand unerwartet an die Schulter fasste – all das waren überzeugende Anzeichen eines chronischen Stalkingopferstresszustandes. Jürgen wunderte sich nicht, als sie ihn bat, ihr eine Waffe zu besorgen. Dennoch riet ihm sein Instinkt zur Zurückhaltung.

„Meinst du nicht, dass das verfrüht ist?", fragte er.

„Was muss denn noch alles passieren?", erwiderte Zorzi.

„Naja, er hat dich ja nie körperlich angegriffen. Es geht an die Nerven, klar, aber gleich herumballern?"

Zorzi wartete einige Tage, dann stellte sie sich mit dem Werkzeugkasten vor den Spiegel. Sie nahm einen Hammer und schlug sich damit auf die Stirn. Die ersten Versuche waren erfolglos, nichts als ein roter Fleck war zu sehen. Sie probierte es mit einer großen Rohrzange, kehrte dann aber zum Hammer zurück. Es musste eine Verletzung sein, die auffallend genug war, um von Weitem gesehen zu werden, aber ohne genäht werden zu müssen oder Narben zu hinterlassen. Die sorgfältige Arbeit des Schönheitschirurgen an ihren Augen durfte nicht zuschanden gemacht werden.

Immer wieder schlug Zorzi zu. Es tat weh, der Schmerz verwandelte sich aber schnell in Befriedigung darüber, was sie auszuhalten vermochte. Nach und nach entstanden schöne Schwellungen, Abschürfungen, Blutergüsse. Zur Abrundung rannte Zorzi mehrmals gegen den Türrahmen, um auch an Schulter und Oberarm blaue Flecken zu bekommen. Sie trug wasserlösliche Wimperntusche auf und weinte dann in Gedanken an ihre verlorene Tochter Emilia, bis schwarze Flecken unter ihren Augen verliefen. Sobald ihr der Blick in den Spiegel sagte, dass sie ein hinreichend zerstörtes Bild abgab, räumte sie den Werkzeugkasten weg und legte sich ins Bett, wo sie wartete, bis Jürgen nach Hause kam.

„Er hat mich angegriffen!", schluchzte Zorzi, als sich Jürgen geschockt über sie beugte. „Er hat mir mit irgend so einem Eisenteil auf den Kopf geschlagen! Er hat versucht, mich zu küssen! Ich hab mich natürlich gewehrt, dann ist er durchgedreht!" Sie wollte weder zur Polizei noch ins Krankenhaus. Sie wollte eine Waffe.

Am nächsten Morgen waren die Hämatome auf ihrer Stirn zu Hörnern und Wülsten angeschwollen und in den schönsten Farben aufgeblüht. Auf der Straße starrten die Leute sie mitleidig an, was Zorzi genoss. In der Cantinetta war das Entsetzen groß.

„Sag bloß, das hat dir dein Typ angetan?", fragte Massimo, der Küchenchef, vor versammelter Mannschaft. Zorzi schaltete schnell. Sie senkte den Blick, druckste herum und sagte schließlich: „Ich will nicht darüber reden." Zwei Tage lang ließ sie alle in dem Glauben, Jürgen hätte sie verprügelt. Erst als er selbst kam und erzählte, dass der Stalker sie angegriffen habe, bestätigte sie es. Sie sah an den Gesichtern ihrer Angestellten, dass ein leichter Zweifel blieb.

Endlich bekam Zorzi ihre Waffe. Es war eine alte 9-mm-Makarow mit acht Schuss und einem aufschraubbaren Schalldämpfer. Dies kam Zorzi sehr entgegen, sie hasste Lärm. Jürgen hatte die Pistole über zehn Ecken von einem Tschetschenen bekommen, der sie ihm für 200 Euro und ein gebrauchtes Smartphone überlassen hatte.

„Du musst mir zeigen, wie man damit schießt", sagte Zorzi und Jürgen wusste es, da er beim Bundesheer gewesen war. Sie fuhren in den Wald, schraubten den Schalldämpfer auf, um niemanden zu beunruhigen, und schossen auf Bäume. Jürgen führte ihr vor, wie man lud, entsicherte, die Schusshand stabilisierte, den Rückstoß einkalkulierte, zielte, schoss. Die Waffe war schwer, sie musste knapp ein Kilo wiegen, lieber wäre ihr eine handliche kleine Damenpistole gewesen. Auch das Zielen war schwer, erst nach und nach wurde sie besser, zumindest, was die Bäume anging. Mehrmals versuchte sie, aufflatternde Vögel zu treffen, ohne dass es gelang. Nicht einmal gestreift oder angeschmaucht waren sie, manche flogen so gemächlich weiter, als wollten sie die Schützin verhöhnen.

Doch langsam bekam Zorzi eine Beziehung zu der Waffe. Die Schüsse mit dem Schalldämpfer klangen ganz anders, als sie es aus den Fernsehserien kannte, wo man immer ein ersticktes „Puff!" hörte. Stattdessen war es ein hohes „Klick", gefolgt von einem schwachen Echo, das erklang, wenn sie schoss. Das Geräusch war aufregend, weil es so unauffällig war, dass es von einem Uneingeweihten nie für einen Schuss gehalten worden wäre, eher für das Einrasten eines Schlosses. Es verursachte ein Prickeln auf der Haut, und für kurze Zeit war der Tinnitus gelöscht. Die Pistole hatte einen rostbraunen Kunststoffgriff mit einem Sowjetstern darauf, war quasi Vintage. Zorzi stellte sich vor, eine KGB-Agentin zu sein. Und dann stellte sie sich vor, wie es wäre, sich einfach umzudrehen und Jürgen ins Gesicht zu schießen, wie verblüfft er dreinschauen würde, bevor er zusammenbrach.

„Warum hast du ihn denn nicht verlassen?", sollte Arnold Körber später fragen, genauso wie die Richterin und der Staatsanwalt und Massimo, der Küchenchef, der sie im Gefängnis besuchte. „Warum hast du ihm nicht einfach sein Fremdgeh-Handy auf den Tisch geknallt und gesagt: Verpiss dich!" Zorzi hatte nicht das Gefühl, dass das eine Option gewesen wäre. Männer waren für sie in ein Haus hineinverkapselte, betonartig angeklebte Wesen, das Äquivalent eines Wespennests. Man konnte zu einem Wespennest nicht einfach sagen: Geh fort. Man musste es mit maximaler Vorsicht, Gründlichkeit und Schonungslosigkeit entfernen.

Nein, es konnte nicht mitten im Wienerwald geschehen, wo der erste Hund eines Spaziergängers die Leiche aufgestöbert hätte, andere Spaziergänger Zorzi vielleicht gesehen hatten und allerlei Unannehmlichkeiten zu befürchten waren. Es musste im Ausland geschehen. Mit dem Ausland hatte sie gute Erfahrungen gemacht.

Der nächste Segeltörn folgte bald, der Sommer musste genutzt werden, das Boot ebenso. Es sollte wieder die kroatische Küste entlanggehen, diesmal mit Fokus auf die vorgelagerten Inseln. Inseln waren Zorzi recht, man war näher am offenen Meer und vielleicht waren einige ja auch unbewohnt.

Von all den Dingen, die sie Jürgen zuliebe gelernt hatte, hasste sie das Tauchen am meisten. Sie hatte nichts übrig für Nässe. Snowboarden war nass, Segeln war nass, aber Tauchen war am nässesten. Auf jener Reise jedoch sah sie das Tauchen in einem völlig neuen Licht. Es ergab sich die Frage, wie denn ein Tauchunfall herbeizuführen wäre. Denn wenn Jürgen einfach unter Wasser verunglücken und dank seines Bleigurtes auf den Grund sinken würde, wäre das hinsichtlich der Entsorgung seiner Leiche eine große Erleichterung. Sollte Zorzi ihm den Atemregler aus dem Mund reißen oder den dazugehörigen Schlauch durchschneiden und blitzschnell auch noch den Schlauch des Reserveatemreglers, des Oktopus? Ein Ringkampf wäre wohl die Folge, bei dem Jürgen zweifelsohne die Oberhand behalten würde. Er konnte gute fünf Minuten die Luft anhalten – wenn es um Leben oder Tod ging, sicher auch länger. Er hätte genug Zeit, Zorzi zu packen, zum Stillhalten zu zwingen und sich ihren Oktopus zu schnappen. Und womit sollte sie die Schläuche durchschneiden? Nur Jürgen hatte ein Tauchermesser, damit stocherte er an den Felsen herum und kratzte Seeigel herunter, die er roh als kleinen Snack aß. Sollte sie ihn bitten, ihr das Messer zu borgen, damit sie auch ein bisschen herumstochern konnte? Zorzi stellte sich vor, wie sie damit an den robusten Schläuchen herumsäbelte – Jürgen hätte ihr das Messer schnell aus der Hand gewunden. Am besten wäre wohl die Geflügelschere aus der Mini-Kombüse gewesen, aber die war auf einen Tauchgang nicht unauffällig mitzunehmen. Konnte sie die Schläuche vor dem Tauchgang präparieren? Jürgen überprüfte die Ausrüstung mehrfach, bevor er ins Wasser stieg, ihm würde nichts entgehen.

Jürgen war ein Weichei. Er glaubte nicht an die gütigen Mächte des Schicksals und ihren Schutz, oder dass man ohnehin erst dann starb, wenn die Zeit dazu gekommen war. Nein, er wollte an seinem Leben selbsttätig festhalten und daher war Kontrolle, Kontrolle, Kontrolle seine Religion. Einmal machte Zorzi sich den Spaß, beim Buddy-Check, dem gegenseitigen Überprüfen der Ausrüstung, das bereits geöffnete Ventil seiner Pressluftflasche wieder zuzuschrauben. Er merkte es natürlich sofort, als er versuchte, durch den Atemregler einzuatmen. Später sagte er dann: „Sei mir nicht böse, Snuffi. Aber ab sofort gebe ich nichts mehr auf den Buddy-Check. Wenn du gecheckt hast, werde ich nachher selber noch einmal checken." Zorzi dachte nur: Snuffi? Das darf doch nicht wahr sein! Snuffi sind Petra, Bine und wie sie alle heißen!

Beim nächsten Tauchgang machte sie eine ausladende Wendung, um Jürgen mit ihrer Flosse versehentlich den Atemregler aus dem Mund zu schlagen. Als sie zurückblickte, sah sie, dass durch ungeheures Glück auch seine Maske heruntergerissen worden war. Mit weit geöffneten Augen und vom Luftanhalten geblähten Backen ruderte er herum. Sie tat nicht einmal so, als hätte sie die Absicht, ihm zu Hilfe zu kommen, lieber sah sie sich an, ob er nun die Nerven bewahrte oder verlor. Wurde er hysterisch und versuchte aufzutauchen, dann gab es Hoffnung auf eine Lungenembolie. Doch schon hatte Jürgen seinen Atemregler zu fassen gekriegt und wieder in den Mund gesteckt. Er schaffte es, Zorzi einen vorwurfsvollen Blick zuzuwerfen, ehe er sich auf die Suche nach seiner Maske machte. Zorzi hatte gesehen, dass sie in einen Felsspalt geschwebt war, und nutzte die Gelegenheit, das Vertrauen wieder aufzubauen, indem sie darauf zeigte. Trotzdem sagte Jürgen später: „Du bist als Buddy eine Null." Sie gab die Hoffnung auf einen Unterwasser-Unfall auf. Tauchen war einfach ein viel zu sicherer Sport.

Die Makarow hatte Zorzi mitgenommen. „Wozu?", hatte Jürgen gefragt. „Glaubst du, dass sich dein Stalker ein Boot mietet, um uns auf See zu verfolgen?"

Zorzi schloss das nicht aus: „Er hat gesagt, ich kriege dich. Und deinen Typen kriege ich auch." Jürgen war gekränkt, dass sie sich in seiner Gegenwart nicht sicher fühlte, und das trotz seiner Statur, seiner rudimentären Kenntnisse im Kickboxen und wahrlich genug Adrenalin. Nun fiel Zorzi ein, dass man auch mit Piraten rechnen musste. „Die kommen zu viert oder fünf, nachts kommen die an Bord und rauben Urlauber aus, wie willst du mit denen alleine fertig werden?"

Leider war Jürgen ein überzeugter Kajütenschläfer. Obwohl es unerträglich stickig war, wollte er die Nächte lieber unter Deck verbringen. Aber von dort hätte Zorzi ihn niemals alleine nach oben schleppen können, um ihn ins Meer zu werfen. Und im Meer sollte er auf jeden Fall landen, wenn er tot war, die Fische sollten an ihm fressen und die Krabben und die Umweltverschmutzung, alles sollte ihn zerlegen und zersetzen, bis seine Knochen zu Sand zerrieben waren.

Mit ihm zu schlafen machte ihr Spaß. Es war ein ganz eigenes Gefühl zu wissen, dass das nicht mehr allzu oft stattfinden würde, wie bei einer Sommerliebe, die man umso mehr genoss, je weiter sich der Urlaub dem Ende zuneigte. Und zu wissen, dass auch Jürgen in seinen letzten Tagen noch Spaß hatte, war schön. So wie es schöner war, glückliche Hühner zu essen als unglückliche.

Sie musste Jürgen überreden, an Deck zu schlafen: die frische Luft, die Meeresbrise, der Sternenhimmel. Endlich willigte er ein. In der ersten Nacht hielt sie die Makarow in der Hand, aber Jürgen schlief auf dem Rücken. Der Mond schien hell genug, um das Schwarz der Nacht durchsichtig zu machen, dazu flimmerten Sterne und Lichterketten von den Inseln. Jürgen ins Gesicht schießen wollte sie nicht, sie hatte geplant, die Waffe am Hinterkopf anzusetzen, aber er drehte sich einfach nicht um.

„Was genau hat Sie davon abgehalten, ihm ins Gesicht zu schießen?", sollte Arnold Körber sie fragen. „Sie wussten doch, dass das Gesicht von den Austrittswunden ohnehin zerstört werden würde?"

„Ich hatte Angst, dass dann mehr Fleisch und so herumfliegen würde, Stücke vom Auge, Zähne vielleicht", antwortete Zorzi.

„Und beim Hinterkopf hatten Sie weniger Angst?"

„Da ist doch alles von der Schädeldecke zusammengehalten. Aber es hat trotzdem extrem gespritzt."

Zorzi wartete über eine Stunde, dann wurde sie müde und beschloss, es für diese Nacht aufzugeben. Sie konnte Jürgen noch einen weiteren Tag leben lassen, es war schön, eine solche Entscheidung zu treffen, großzügig zu sein. Sie überlegte sogar, ihm noch einmal seine Lieblingsspeise zu kochen, Spaghetti alla puttanesca, dachte dann aber: Man soll es nicht übertreiben.

Am nächsten Morgen sollte sie ihre Milde ohnehin bereuen. Während Jürgen schwimmen war, durchsuchte sie seinen Rucksack und fand in einem Brillenetui das Fremdgeh-Handy. Diesmal hatte er es also mitgenommen, so sicher fühlte er sich. Erst zwei Tage zuvor hatte er mit Petra telefoniert. Wie war ihm das nur gelungen? 19:36 Uhr bis 19:48 Uhr. Da waren sie in einem kleinen Restaurant auf einer Insel gewesen, um zu Abend zu essen. Und dann fiel es ihr wieder ein: Jürgen war endlos lange auf dem Klo verschwunden und hatte ihr etwas von Verdauungsproblemen erzählt. Alla puttanesca, das passte zu ihm – Hurenspaghetti für einen Hurenbock. Dazu auch noch ständige SMS an Petra, die in seiner Gunst wohl aufgestiegen war, wohingegen das Interesse an Angelika abgeflaut schien. Und Sharon, Darling hin und Darling her. Wann schrieb er das alles? Wenn Zorzi auf dem Klo war? Wenn sie ihr Nachmittagsschläfchen hielt? Wenn sie an Deck ein Buch las und er vorgab, etwas Dringendes in der Kajüte zu tun zu haben? Wie aufregend es für ihn sein musste, so nah am Rand des Entdecktwerdens zu operieren.

An dieser Stelle von Zorzis Erzählung platzte später der Richterin der Kragen. „Dieser Mann hatte zunehmend enge Beziehungen zu anderen Frauen aufgebaut. Es ist ziemlich offensichtlich, dass er sich umsah, dass er vorhatte, Sie zu verlassen. Wenn es, wie Sie behaupten, darum ging, sich von ihm zu befreien, hätten Sie doch einfach nur abzuwarten brauchen. Früher oder später hätte er Sie schon selbst von sich befreit!"

Zorzi schüttelte den Kopf. Sie schien wie immer nicht verstehen zu können, dass man sie nicht verstand. „Er hätte mich nicht verlassen", sagte sie, „er wollte einfach nur mit mir leben und nebenher andere Geschichten haben."

Zorzis Strafverteidiger, der berühmte Rainer Kopetzki, konnte nachweisen, dass Jürgen das Fremdgeh-Handy, wie es mittlerweile auch von der Presse genannt wurde, noch in derselben Woche angeschafft hatte, in der er bei Zorzi eingezogen war. Die Sichtung der von Jürgen sorgfältig archivierten SMS ergab, dass er immer wieder mal einer der Frauen versprach, Zorzi zu verlassen, dass er aber jedes Mal, wenn die Betreffende zu sehr insistierte, den Fokus auf eine andere verschob. Da sich dieses Spiel, so Kopetzki, nachweislich zwei Jahre lang hingezogen hatte, durfte man davon ausgehen, dass Zorzis Einschätzung korrekt und es Jürgen mit dem Verlassen keineswegs ernst gewesen war. Am Ende jenes Verhandlungstages bekam Kopetzki selbst eine SMS, und zwar von Arnold Körber, der schrieb: „Großartig!"

In der folgenden Nacht wurde Zorzi nicht müde. Sie hatte nach dem Abendessen einen halben Liter Espresso getrunken, was Jürgen nicht weiter merkwürdig vorkam, da er seinerseits eine Flasche Wein leerte. Zum Abendessen hatte sie eine Frittata mit Artischocken gemacht, da sie wusste, dass er das nicht mochte und daher zum Trinken verführt sein würde. Ihr Ankerplatz war ideal: eine steile Felsenbucht an einer Insel, die unbewohnt schien. In der dunklen Masse aus Pinien, von der sie bedeckt war, blitzten keinerlei Lichter auf. Andere Boote waren nirgends zu sehen. Vor ihnen lag das offene Meer, auf das der Mond seine von Wellen zerbrochene Milchspur warf. Der Mond hatte einen grünlichen Hof, der bewirkte, dass man die ganze Kugel ausmachen konnte, obwohl er erst zur Hälfte voll war. Irgendwo hinter dem Meer, unsichtbar, lag Italien.

„Eins sag ich dir", sagte Jürgen, als er sich in seinen Schlafsack legte, „das ist die letzte Nacht, die ich auf diesem blöden Deck verbringe."

„Okay, Schatz", sagte Zorzi, „nur noch die eine Nacht." Sie schlüpfte in den Schlafsack neben ihm und schaute in die Sterne, die hinter ein paar hingetupften Wolken mit Silbersaum schimmerten. Die Makarow wartete in ihrer Strohtasche. Die Tasche war rot, grün und naturfarben gestreift und hatte Bambushenkel. Außer der Makarow befanden sich darin eine Dose mit Minzpastillen, auf der ein fliegender Papagei abgebildet war, eine Flasche Wasser und eine Packung Papiertaschentücher mit einem bunten Siebzigerjahremuster.

„Das alles wissen Sie noch so genau?", sollte die Richterin später fragen.

Zorzi zuckte mit den Schultern: „Ich habe ein gutes Gedächtnis."

„Sodass Sie auch niemals eine Kränkung vergessen können?", fragte die Richterin.

Wieder zuckte Zorzi mit den Schultern, sagte aber nichts.

„Beantworten Sie die Frage", forderte die Richterin sie auf, „wie gut können Sie Kränkungen generell wegstecken?"

„Nicht gut", sagte Zorzi leise, dann schlug sie ihre von Antidepressiva schweren Lider auf und sah der Richterin direkt in die Augen: „Aber wer kann das schon?" Die Richterin, die gerade in einen Rosenkrieg mit ihrem Demnächst-Ex-Mann verstrickt war, überlegte, ob jemand der Angeklagten davon erzählt haben könnte.

Es war zwei Uhr früh, als sich Jürgen endlich auf die Seite wälzte und Zorzi den Hinterkopf zuwandte. Sie holte die Makarow aus der Tasche, entsicherte sie und wartete, um zu sehen, ob das kleine Geräusch Jürgen aufgeweckt hatte. Doch er rührte sich nicht – das Plätschern der Wellen, das Kling-Klang der Takelage, der Wind, der in dieses und jenes hineinfuhr, hatten es wohl überdeckt. Nur der Tinnitus, der, vom Kaffee lauter gedreht, Zorzis Kopf schon seit Stunden in ein Schmerzbehältnis zerschlug, konnte nicht überdeckt werden. Zorzi atmete tief ein und aus, wie sie es gelernt hatte, um ihre Hand ruhig zu halten, dann richtete sie die Makarow auf die kompakte schwarze Masse, die Jürgens Hinterkopf war. „Klick klick klick", machte es, mit einem schwachen Echo, das von einem Streifen Nebel gestoppt wurde. Zorzi hätte gerne das Magazin leergeschossen, die ganzen acht Schuss, aber sie wusste aus dem Fernsehen, dass das „Overkill" genannt wurde und im Rahmen des Mordens unethisch war.

Der Staatsanwalt sollte ihr später sagen, dass auch drei Schüsse schon Overkill waren. „Das Opfer war nach dem ersten Schuss bereits tot. Weshalb haben Sie weiter geschossen?", fragte er.

„Ich musste sicher sein", antwortete Zorzi, „Jürgen war ein sehr großer, starker Mann."

„Oh bitte!", rief der Staatsanwalt. „Erzählen Sie mir nicht, dass Sie so dumm sind zu glauben, dass ein großer, starker Mann nicht von einer einzigen Kugel getötet werden kann! Ihre zur Schau gestellte Naivität mag ja einige Vertreter der Presse entzücken, aber nicht mich!"

Zorzi war ihm nicht böse. Er durfte sie von Berufs wegen nicht mögen, das war ihr klar. Und ihre Presse war wirklich außerordentlich gut. Einige Journalisten behaupteten sogar, ihr Vater hätte sie geschlagen, obwohl Zorzi das nie behauptet hatte. Sie genoss das Gerücht, weil sie wusste, dass ihre Mutter darunter litt.

Es gab einen weiteren Grund, weshalb Zorzi das Magazin nicht leerschoss. Sie hatte noch etwas aus dem Fernsehen gelernt: Man musste immer ein paar Kugeln in Reserve haben, für den Fall, dass sich der Ermordete noch einmal erhob. Jürgen erhob sich nicht. Wahrscheinlich war er direkt vom Traum ins Jenseits hinübergegangen, ein beneidenswerter Tod. Wollte nicht jeder am liebsten im Schlaf sterben? Auf Zorzis Haut verdunstete kühl das ganze Zeug, das aus Jürgens Kopfinnerem auf sie gespritzt war. Sie war unerfahren und viel zu nah an ihm dran gewesen. Was für eine Sauerei. Den ganzen morgigen Urlaubstag würde sie mit Putzen verbringen müssen. Auch die ausgetretenen Projektile musste sie finden.

Aber erst musste die andere Arbeit gemacht werden. Zorzi holte den Anker ein, ging ins Cockpit und fuhr mit dem Dieselmotor hinaus aufs offene Meer, wo es tief war und sich keine Sporttaucher hinverirrten. Als sie das Gefühl hatte, die perfekte Stelle erreicht zu haben – ein Meeresfleck, der sich pechschwarz und eiskalt unter dem Boot anfühlte –, schaltete sie den Motor aus. Der Tinnitus war immer noch da. Sie holte Jürgens Bleigurt und schleppte ihn zum Bug, wo sie die Bootslaterne einschaltete und nun deutlich sehen konnte, wie Jürgen in dem verwüsteten Nachtlager lag. Acht Kilo Blei verwendete er zum Tauchen, das sollte ihn auf jeden Fall absinken lassen. Sie zippte seinen Schlafsack auf und drehte ihn auf den Rücken. Es stimmt, was man sagt, dachte sie, Tote sind schwerer als Lebende. Sie schob den Gurt unter seinem Hohlkreuz durch und schloss die Schnalle über seinem Nabel. Dann ging sie und holte ihren eigenen Bleigurt, das waren noch einmal fünf Kilo. Sie verstellte ihn, damit er um Jürgens Taille passte, und legte ihn ebenfalls an. Dreizehn Kilo insgesamt. Jürgen sollte auf keinen Fall driften, über dem Grund schweben und von Strömungen herumgetrieben werden. Er sollte unten liegen wie ein Fels. Außerdem waren Verwesungsgase in Betracht zu ziehen, die in Wasserleichen wirkten wie Helium in Ballons. Zorzi sah nach, wie viel Reservebleib Jürgen mitgenommen hatte. Es waren sechs Säckchen mit Softblei, jedes ein halbes Kilo schwer, also noch einmal drei Kilo. Sie stopfte die Gewichte in die leeren Bleitaschen der Gurte, das letzte, das nirgends mehr hineinpasste, steckte sie in Jürgens Unterhose. Zum Glück bevorzugte er knallenge Modelle mit Bein, sodass es unwahrscheinlich war, dass das Blei herausgeschwemmt werden würde.

Dann erkannte sie das Problem. Jürgen war nun noch schwerer als ohnehin, sie würde ihn kaum bis zur Reling schleifen können. Aber probieren musste sie es. Sie packte ihn an den Fußknöcheln. Zentimeterweise konnte sie ihn ziehen, aber es würde leichter gehen, wenn sie die Bleigurte wieder abmachte. Sie öffnete die Schnallen der Gurte, ließ sie links und rechts zur Seite fallen und zog sie unter seinem Rücken heraus. Dann hob sie Jürgens Füße wieder an. Im Licht der Funzel konnte sie seine langen Zehennnägel sehen. Sie hatte ihm angeboten, ihm eine Pediküre zu machen, aber er hatte abgelehnt. Er mochte es, der Natur an seinen Füßen freien Lauf zu lassen, das gab ihm ein Feriengefühl. Für Zorzi bedeutete das, dass sie immer hinstarren musste, Jürgens Füße waren für sie zur fixen Idee geworden. Sie hatte gesehen, wie die Nägel an den Seiten einwuchsen, wie sich die Haut an den

Ballen verhornte, wie sich Sand und Dreck in allen Ritzen sammelten. Das war jetzt egal. Sollten sich die Meerestiere von seiner Hornhaut ernähren. Ruck um Ruck zog sie ihn weiter, der Schlafsack schleifte mit.

Schließlich plumpste sein Hintern über die Stufe, die zum Seitendeck hinunterführte, etwas später der Kopf. Sie legte die Bleigurte wieder an, positionierte Jürgens Füße zwischen zwei Längsstreben der Reling und schob ihn an den Schultern an. Mit Bernhard am Berg war es doch erheblich einfacher gewesen. Der Schweiß rann ihr die Unterarme hinab, oder war das Jürgens Blut? Plötzlich hörte sie es: Er atmete, schnaufte geradezu. Seine Brust hob und senkte sich, sie sah es durch die bunten Sterne hindurch, die vor Anstrengung in ihren Augen blitzten. Der Schweiß auf ihrer Haut kühlte eisig ab, wo hatte sie nur die Makarow gelassen? Dann verstand sie: Es war ihr eigenes Schnaufen, das sie hörte, die Bewegung ihres eigenen Brustkorbs, die das Bild vor ihren Augen zum Wackeln brachte.

Sie schob weiter an Jürgens Schultern, bis sein Hintern unter der Reling durch war und ihn sein eigenes Gewicht nach unten zog. Ein Arm blieb an der Reling hängen, riss sich los, es platschte laut, Zorzi glaubte für Sekundenbruchteile Jürgen mit dem Gesicht nach unten auf dem Wasser treiben zu sehen, obwohl das gar nicht möglich war, bei all den Gewichten, die er an sich trug, glaubte eine Welle zu sehen, die seinen Oberkörper noch einmal hochschwemmte, dann war nur mehr die Welle da und Jürgen war weg.

Zorzi blieb lange dort stehen und suchte das Meer ab. Schließlich holte sie eine Taschenlampe, um besser zu sehen. Die Wellen waren klein, steingrau und von Lichtgittern überzogen. Zum Mond führten reglose Wölkchen hinauf wie eine Treppe. Zorzi ging um das Boot herum und untersuchte das plätschernde Wasser rings um den

Rumpf. Jürgen tauchte nicht wieder auf. Sie holte die Makarow, küsste sie und warf sie ins Meer. Dann kramte sie in Jürgens Rucksack, fand das Brillenetui und nahm das Fremdgeh-Handy heraus. Am frühen Abend hatte Petra geschrieben: „Wann sagst du es ihr?" Da hatte Zorzi gerade die Frittata vorbereitet. Jürgens Antwort hatte gelautet: „Chérie, ich muss erst sichergehen, dass das Boot mir gehört. Sie hat zwar gesagt, dass sie es mir schenkt, aber ich hab nichts in der Hand. Hab Geduld! ILD!!!" Zorzi schleuderte das Handy ins Wasser. Dann kletterte sie auf den Bugspriet hinaus, breitete die Arme aus und schrie: „Ich bin die Königin der Welt!" Als ihre Stimme verklungen war, war auch der Tinnitus weg.

Arnold Körber war klar, dass man bei Zorzis zweitem Mord nicht mehr so ohne Weiteres von einem Ausnahmezustand sprechen konnte. Ein zweiter Mord war per se keine Ausnahme mehr. Man konnte auch kein spontanes Ausrasten wie bei dem Schubser am Berg ins Treffen führen, denn der Mord an Jürgen war von sehr langer Hand geplant worden. Spätestens, als Zorzi den Stalker erfand, um an eine Waffe zu kommen, hatte die Planung eingesetzt. Natürlich war der Betrug durch Jürgen gravierend gewesen. Betrug erschütterte den Menschen in seinen Grundfesten und hatte schon zu manch allgemein begreiflicher Erregung geführt.

„Ich bitte Sie", winkte Zorzis Anwalt ab: „Meine Frau betrügt mich gerade mit einem Neunzehnjährigen. Einem Neunzehnjährigen! Es ist der Sohn meines besten Freundes. Wir sind beide ziemlich sauer, mein Freund und ich. Vor allem ich, weil ich erst letztes Jahr eine sehr, sehr gute Gelegenheit zum Fremdgehen habe vorübergehen lassen, um dieser Frau treu zu bleiben, die gerade in den Wechsel gekommen war und deshalb furchtbare Selbstzweifel hatte, die ich nicht durch ein klischeehaftes Pantscherl mit einer Jüngeren anheizen wollte. Naja, ihre Selbstzweifel sind jetzt therapiert. Bring ich sie deswegen um? Nein, man regelt das mit Würde, Anstand und einer guten Selektion an Single Malts." Arnold Körber war beeindruckt von der souveränen Gelassenheit des

Anwalts. Später erfuhr er, dass Kopetzki die edelmütig vertane Gelegenheit des Vorjahres doch noch hatte aktivieren können, was sich wohl positiv auf seinen Dopaminspiegel auswirkte.

Aber natürlich hatte Kopetzki recht: Betrogenwerden war integraler Bestandteil des Erwachsenenlebens, etwas, worauf man üblicherweise mit Schreiszenen, legalen, aber dennoch wirksamen Racheakten und Männerurlauben in der Wildnis von Alaska reagierte. Und Frauen? Färbten sich die Haare um, kauften Schuhe, buchten ein ayurvedisches Irgendwas, ließen sich ein Permanent Make-up stechen, das sie ein Leben lang bereuten – es gab viele Möglichkeiten. Aber bei Zorzis Morden ging es weder um Rache noch um Wiedergewinn der Selbstachtung, es ging in einem existenziellen Sinn um Befreiung. Auch war sie kein abgeklärter Mensch um die fünfzig wie Kopetzki oder ein abgeklärter Mensch Mitte dreißig wie Körber, Zorzi war überhaupt nicht abgeklärt. Zu dem Zeitpunkt, als sie Jürgens Fremdgeh-Handy entdeckte, war sie neunundzwanzig Jahre alt und noch zur Gänze im Bann des Hollywood-Traumes von der unverletzlichen, ewigen und richtigen Liebe, dazu vom kalten Atem einer Torschlusspanik angehaucht, hatte sie sich doch vorgenommen, vor ihrem dreißigsten Geburtstag verheiratet zu sein und das erste Kind bekommen zu haben. Sie hatte Jürgen gerade ein Boot geschenkt, gebraucht, aber in sehr gutem Zustand, für das sie eine Menge Geld aufgewendet hatte. Gut, sie hatte es ihm nur symbolisch geschenkt, formal war es in ihrem Besitz geblieben, aber sie hatte vorgehabt, es ihm bei Gelegenheit zu überschreiben. Sie hatte für Jürgen Sportarten gelernt, die ihr nicht die geringste Freude bereiteten, sie war über ihren Schatten gesprungen und hatte in ihn investiert. Materiell und immateriell. Je größer die Investition, desto größer die Enttäuschung.

Zorzis Grundproblem, erklärte Arnold Körber den Medien, sei ihre überdimensionale Anpassungsbereitschaft. So wie sie sich von Bernhard körperlich verändern hatte lassen, so hatte sie Jürgen zuliebe ihre gesamte Freizeit mit Dingen verbracht, die sie nicht mochte. Durch den Kauf des Segelbootes war sie sogar so weit gegangen, diesen Zustand noch aktiv zu steigern. Sie hatte sich selbst völlig aufgegeben, um in Jürgens Leben die von ihm vorgesehene Rolle spielen zu können. Hier, so Körber, lag die Krux, denn unbewusst erwartete Zorzi sich eine Gegenleistung für ihr Opfer: die perfekte Beziehung, die zur perfekten Familie führen würde. Und dann war da noch der Tinnitus.

„Machen Sie was aus dem Tinnitus!", beschwor Körber den Anwalt. Pausenloser Lärm. Unerträgliche Kopfschmerzen. Das ständige Gefühl, dass da etwas Fremdes im eigenen Kopf war, vergleichbar dem Stimmenhören.

„Sie sagt, sie war nie beim Arzt", sagte Kopetzki, „das macht es schwieriger. Wieso war sie nie beim Arzt, wenn sie so unter dem Tinnitus litt?"

„Sie hat es gegoogelt", erklärte Körber, „und da stand, dass ein Tinnitus häufig durch ein Schockereignis ausgelöst wird. Und welches Schockereignis das war, wusste sie ja. Was hätte ein Arzt da machen sollen? In ihrer Logik, meine ich. Sie glaubt, alles alleine regeln zu müssen."

Zorzis Anwalt war ebensowenig klar wie jedem anderen, weshalb Körber sich hier überhaupt einmischte. Mediale Aufmerksamkeit war natürlich ein hohes Gut für jemanden, der zwei Bestseller geschrieben und das nächste Eisen vermutlich schon im Feuer hatte. „Er hat immer so freundlich gegrüßt" hieß das erste Buch des Kriminalpsychologen, das ihn schlagartig berühmt gemacht hatte. Er beschrieb darin die soziale Anpassung von Tätern, die ungeheuerliche Verbrechen begingen und doch im Alltag ganz normal funktionierten. „Er hat immer so freundlich gegrüßt" war der Satz, den Nachbarn üblicherweise verwendeten, wenn man sie fragte, ob sie je etwas Ungewöhnliches bemerkt hätten. Die Erkenntnis, dass Verbrecher kein Kainsmal trugen, fand Rainer Kopetzki nicht übermäßig originell. Im Nachfolgewerk „Ist das Böse eine Krankheit?" schrieb Körber in einer, wie Kopetzki fand, unscharfen Mischkulanz über Schuldfähigkeit und Schuldunfähigkeit, Kriminalität und Neurowissenschaften. Viel Aufmerksamkeit hatte er mit der Bemerkung erregt: „Wir haben das menschliche Gehirn abgesucht, wir haben die menschliche DNA abgesucht: Der häufigste biologische Marker für schwere Gewaltverbrechen ist ein Y-Chromosom." Kein Wunder, dass ihn Zorzis Fall interessierte.

Während des Ermittlungsverfahrens war Kopetzki noch nicht dabei gewesen. In diesem hatte Zorzi drei andere Anwälte verbraucht, wobei die Richtung von jung und billig zu erfahrener und teurer gegangen war. Erst für den Prozess hatte sie Kopetzki, den erfahrensten und teuersten, beigezogen, als schon alles gelaufen war. Er wusste natürlich, dass Körber maßgeblich an der Aufklärung von Zorzis Verbrechen und in der Folge an der Erwirkung ihres Geständnisses beteiligt gewesen war – wäre er, Kopetzki, bei den Vernehmungen dabei gewesen, hätte die Sache wohl anders ausgesehen. Aber weshalb wollte Körber nun dieselbe Person, die er überführt hatte, auf einmal unterstützen? Ging es ihm wirklich nur um die Publicity? Handelte es sich um Geltungsdrang und Wichtigtuerei? Plante er ein Buch über sie zu schreiben und hoffte, sie für sich zu gewinnen? Wollte er der einzig wahre Zorzi-Experte sein?

Körber war durchtrainiert, tätowiert bis zum Hals und trug martialische Death-Metal-T-Shirts. Dass sich jemand, der wie ein Vorstadtgangster aussah, auf die Seite des Guten schlug, schien die Öffentlichkeit zu faszinieren. Er trat gerne im Fernsehen auf und konnte dabei längst Bekanntes so präsentieren, als wäre es eben erst auf seinem eigenen Mist gewachsen, was Kopetzki auf die Palme brachte. Jungspunde brachten ihn generell auf die Palme. Vor allem, wenn sie so fit aussahen wie Körber und dabei auch noch taten, als wären sie intelligent. Als Körber zum ersten Mal bei ihm aufgetaucht war, um seinen Senf zum Fall Zorzi dazuzugeben, hatte Kopetzki dennoch pragmatisch reagiert. Wollen wir uns nicht alle hier ein wenig profilieren?, hatte er gedacht. Vielleicht kann das Bubi ja etwas Nützliches beitragen.

Zurück in Wien erzählte Zorzi allen, dass sie und Jürgen sich derartig gestritten hätten, dass es noch während des Urlaubs zur Trennung gekommen sei. Jürgen habe seine Sachen gepackt und sei irgendwo in Kroatien an Land gegangen, da er, wie er gesagt habe, es nicht eine Sekunde länger mit ihr in der klaustrophobischen Atmosphäre des Bootes ausgehalten hätte. Niemand wunderte sich. Dass die Beziehung zerrüttet war, war bekannt gewesen, und dass sie während eines Bootsurlaubs nicht besser geworden war, leuchtete ein. In der Cantinetta atmete man auf. Endlich stand die Chefin nicht mehr unter der Fuchtel dieses Sporttyrannen, der ihrer ohnehin nie würdig gewesen war und sich außerdem als Möchtegern-Zweitchef aufgespielt hatte, ohne von den Abläufen die geringste Ahnung zu haben. Zorzi blühte auf und wurde wieder sie selbst. Auch der Stalker war mit Jürgen verschwunden.

Einmal kam eine leptosome, sportlich wirkende Frau mit kurzen blonden Haaren ins Lokal, die alleine aß und Zorzi immerzu anschaute. Oder schaute sie sich um? Sie hatte die Schwingtür zur Küche im Blick und schien zu beobachten, wer hinein- und hinausging. Aufrecht saß sie da und legte bei jeder Bewegung eine Körperspannung an den Tag, als würde ihr übliches Tagesprogramm aus Marathonlaufen und Poledance bestehen. Im Kontrast zu ihrem gesunden Muskeltonus standen ihre fahle Gesichtsfarbe und die Schatten um ihre Augen. Zwischen ihre Brauen schob sich eine tiefe Falte, als sie in Massimos legendärem Thunfischtatar herumstocherte. Das Weinglas dagegen hatte sie schnell geleert.

Sobald Zorzi sah, dass sie ihr Besteck beiseitegelegt hatte ohne aufzuessen, ging sie zu ihr an den Tisch.

„War etwas nicht in Ordnung?", fragte sie.

„Oh ... doch, doch, alles in Ordnung. Ich will mir nur Appetit für den Hauptgang aufheben. Könnten Sie mir noch ein Glas Wein bringen?"

„Volentieri", sagte Zorzi und holte den Wein.

„Ich hätte eine Frage", sagte die Fremde und trank das halbe Glas leer. Zorzi wartete schweigend. „Ist ... ist vielleicht Jürgen da? Ich bin eine Kollegin und er ist schon längere Zeit nicht zur Arbeit erschienen, wir machen uns Sorgen! Er hat uns erzählt, dass die Inhaberin der Cantinetta Zorzi seine Lebensgefährtin ist, daher dachte ich, ich frage mal bei Ihnen nach."

Bitch!, dachte Zorzi, der schlagartig klar wurde, wen sie vor sich hatte: Petra. Oder Angelika? Oder Bine oder Sharon. Eins von den Snuffis auf jeden Fall.

„Aber woher wissen Sie, dass ich die Inhaberin bin? Ich könnte doch auch eine Kellnerin sein?", fragte Zorzi und ließ dabei einen italienischen Akzent durchklingen. Obwohl sie wie eine Wienerin sprechen konnte, verwendete sie gerne die italienische Klangfarbe, wenn sie besonders kulinarisch kompetent oder ausländisch ahnungslos oder exotisch und sexy klingen wollte. Es wirkte, wie ein gutes Parfum, auf Männer wie auf Frauen.

„Also ...", sagte die Blondine, „Jürgen hat auch erzählt, dass es in der Cantinetta nur männliche Kellner gibt. Und das sieht man ja auch." Sie deutete in die Runde, wo an den anderen Tischen zwei männliche Kellner ihren Dienst versahen.

„Sie scheinen Jürgen ja sehr gut gekannt zu haben", sagte Zorzi.

„Nicht so gut. Wie man einen Kollegen halt kennt. Und jetzt weiß niemand, wo er steckt!"

„Das kann ich nicht so ganz glauben. Ich habe Jürgens Boss schon vor Wochen alles erzählt – hat er die Belegschaft denn nicht informiert?"

Die Frau leerte das Weinglas. „Nein. Wir haben alle keine Ahnung. Was ist denn passiert?"

„Es geht Sie zwar überhaupt nichts an", sagte Zorzi, „aber wir haben uns getrennt. Jürgen ist im Ausland."

„Im Ausland?", rief die Frau. „Aber wo? Haben Sie eine Adresse?" Der Kellner brachte die Pasta mit Kaninchenragout und Zorzi genoss es, dass das Snuffi wie auf Nadeln saß, während er den Teller umständlich platzierte und erklärte. Als er gegangen war, sagte Zorzi: „Buon appetito!"

„Danke", sagte die Frau, „können Sie mir sagen, wo Jürgen ist? Ich habe noch ein Buch, das er mir geborgt hat. Ich würde es ihm gerne zurückgeben."

„Was für ein Buch denn?"

„So ein ... Science-Fiction-Ding. Ein Science-Fiction-Roman."

Mistkerl!, dachte Zorzi, ich war nicht mal die Einzige, die das Privileg hatte, diesen Schund lesen zu müssen? „Es tut mir leid", sagte sie lächelnd, „aber wir haben keinen Kontakt." Der Jammer im Blick der Fremden beflügelte sie, noch eins draufzulegen: „Aber soviel ich weiß, ist er wieder glücklich liiert!" Sie ging davon mit der Freude eines Pyromanen, der wusste, dass in seinem Rücken ein Dorf niederbrannte.

Jürgens Leiche wurde zehn Tage nach seinem Tod gefunden. Zorzi hatte ihn über einer Ölpipeline abgeworfen, an der Spezialtaucher Wartungsarbeiten durchführten. Sein rechter Arm war abgerissen, höchstwahrscheinlich von einem Hai, der Rest war von Seesternen, Krabben und Fischen bedeckt, die an ihm nagten. Jürgen war ein buntes Biotop, als dichte, bewegliche Wolke schwebte die Tierwelt über ihm. Die Taucher dachten erst, eine Kiste mit Bananen oder einer anderen Köstlichkeit sei ins Wasser gefallen. Dann aber sahen sie den Kopf. Und dann die Eintrittswunden der Projektile im Kopf. Und das durch zwei Austrittswunden zerstörte Gesicht.

Die Taucher waren erfahren: Egal ob ein Mensch oder ein anderes Wirbeltier am Meeresgrund lag, die Fische und Krabben und Kalmare begannen immer an den vom Kopf am weitesten entfernten Körperteilen zu fressen, der Kopf blieb bis zuletzt unversehrt. Da die Leiche bis über die Brust besiedelt war, konnten sie annehmen, dass sie länger als eine Woche im Wasser gelegen hatte. Eintritts- und Austrittsstelle eines Projektils blieben ebenfalls immer unversehrt, obwohl das an Land jene Wunden waren, die Insekten als Erstes besiedelten. Fand man eine Leiche rechtzeitig, also solange noch die Wunden umgebendes Gewebe vorhanden war, konnte man einen Mord mittels Schusswaffe gut feststellen. Dann allerdings nicht mehr.

Die Meerestiere taten das Ihre, aber die Hauptarbeit leistete das Meer, ein Medium, das jegliche organische Masse quetschte, zerrte, auflöste und zerrieb. Die Taucher hatten Experimente gemacht, bei denen sie tote Schweine im Meer versenkten und ihren Zersetzungsprozess verfolgten. Die zuvor gemachten Erfahrungen mit Zufallsfunden bestätigten sich dabei. Das Meer war der perfekte Ort, um Leichen zu entsorgen: Auf sandigem Grund war nach drei Wochen kaum Gewebe übrig, auf felsigem nach fünf. Sogar die Knochen zersetzten sich mit der Zeit, je nach Strömung, Druck und Temperatur wurden sie schneller oder langsamer in das große Grab einverleibt.

Wäre der Tote neben der Pipeline durch einen Schuss in Herz, Lunge oder Bauch getötet worden, hätte zu diesem Zeitpunkt niemand mehr einen Mord feststellen können. Dies deutete darauf hin, dass kein Top-Profi am Werk gewesen war. Ein Top-Profi war mit den Gegebenheiten des Entsorgungsraums Meer vertraut und hätte nicht mit Kopfschüssen gearbeitet.

Man hatte keine allzu große Hoffnung, die Pipeline-Leiche zu identifizieren. Die gut erhaltenen Unterhosen aus Baumwolle und Elasthan waren von H&M und konnten in dutzenden Läden in dutzenden Ländern erworben worden sein. Bei den beiden Bleigurten handelte es sich um ein beliebtes deutsches Fabrikat, das in Tauchläden rund um die Welt erhältlich war. Man wunderte sich etwas über den kleineren Gurt in der Größe Small, der üblicherweise von Frauen verwendet wurde und nur mit äußerster Mühe über die Lenden des Toten gepasst haben konnte, als er noch welche gehabt hatte. Eines der drei Projektile war im Schädel steckengeblieben. Bei der Munition handelte es sich um Altbestand aus dem Osten. Die Schüsse in den Hinterkopf sahen nach einer Hinrichtung aus. Wahrscheinlich eine Ost-Mafia-Geschichte. Eine Menschenhändler-, Drogenhändler-, Waffenhändlergeschichte. Allerdings wollte man eine Urlaubergeschichte nicht ganz ausschließen. Man checkte die Vermisstendatenbanken. Man glich die DNA mit der verschwundener Männer ab, landete aber keinen Treffer. Jürgen wurde von niemandem vermisst.

Erst vier Jahre später, unmittelbar vor Zorzis Geständnis, konnte die Identität der Pipeline-Leiche geklärt werden. Man fand das Boot, das sie in der Zwischenzeit verkauft hatte und das noch zwei Mal weiterverkauft worden war. Arnold Körber erschien es amüsant, dass der Verkauf des Bootes in beiden Fällen eine Scheidungsfolge gewesen war – als läge ein Fluch darauf, der Beziehungen zerstörte. Das letzte Besitzerpaar war noch zusammen und nicht wenig entsetzt zu erfahren, dass sein geliebtes Wasserheim Schauplatz eines Mordes gewesen war. Obwohl das Vordeck seit der Tat unzählige Male geputzt worden war, gelang es den Forensikern, Jürgens Blut nachzuweisen. Als die Ermittlungen abgeschlossen waren, bekam das Boot einen neuen Anstrich, einen neuen Namen und wurde wieder verkauft.

„Warum habe ich keine Geschwister?", hatte Zorzi als Kind oft gefragt.

„Weil wir uns ein zweites Kind nicht leisten können", antwortete ihr Vater, was ihr das Gefühl gab, dass sie zu viel aß. Ihre Mutter antwortete je nach Laune: „Weil ein wundervolles Kind wie du genügt, tesoro!", oder: „Weil wir uns das nicht noch einmal antun!"

Zorzi fand, dass niemand so dringend ein Geschwisterchen brauchte wie sie. Ihre Cousins und Cousinen wohnten weit weg und man sah sich nur an den Feiertagen. Und andere Kinder durften nicht zu Besuch kommen. Sie stellte sich vor, wie sie im Garten vor der Glastüre ihres Vaters mit ihrem kleinen Bruder spielen und ihn dazu anhalten würde, mit der Playmobil-Hasenzucht sorgsam umzugehen. Vielleicht würde der Vater sogar lächeln, wenn er sah, wie liebevoll sie den Kleinen betreute. Alle hatten Geschwister, alle! Außer Nino, aber dessen Mutter war tot. Solange es eine Mutter gab, konnte sie mit dickem Bauch herumlaufen und Geschwister ausbrüten. Alle anderen Mütter liefen mit dicken Bäuchen herum!

Zorzi bettelte und bettelte. Einmal brach ihre Mutter in Tränen aus und rief: „Warum quälst du mich so?", was Zorzi ziemlich lächerlich fand.

Auch später, als ihr Vater schon tot war, fragte sie noch: „Warum habt ihr nie ein zweites Kind bekommen?"

Die Mutter behauptete nun, es habe an getrennten Schlafzimmern gelegen. „Du weißt doch, dass dein Vater und ich getrennte Schlafzimmer hatten", sagte sie würdevoll. Aber Zorzi kaufte ihr das als Begründung nicht ab. Sie konnte sich deutlich erinnern, dass es wechselseitige Schlafzimmerbesuche mit versperrten Türen und komischen Geräuschen dahinter gegeben hatte. Sie ließ nicht locker, auch nicht, als sie schon längst ausgezogen und nach Wien gegangen war. Jedes Mal, wenn sie nach Hause fuhr, fragte sie wieder. Bis die Mutter endlich mürbe war und wie schon damals, als Zorzi noch klein war, in Tränen ausbrach: „Also gut! Wenn du es unbedingt wissen willst!" Sie sei nach Zorzis Geburt in den Wechsel gekommen, mit vierunddreißig Jahren. Eine seltene, tragische Laune der Natur.

„Aber warum hast du mir das nicht einfach gesagt?", fragte Zorzi.

„Weil ich nicht wollte, dass du Angst bekommst! Solche Dinge sind doch genetisch. Vielleicht hast du meine Veranlagung geerbt? Ich wollte verhindern, dass du mit fünfzehn schon schwanger wirst oder keinen Beruf erlernst und ein Kind nach dem anderen bekommst, weil du Angst hast, es ginge später nicht mehr!" Nun bekam Zorzi tatsächlich Angst.

Ihren vierunddreißigsten Geburtstag sollte sie im Gefängnis feiern. Arnold Körber machte sich Sorgen um sie, er wusste, dass das der magische Termin war, zu dem sie das Ende ihrer Fruchtbarkeit befürchtete. Mit vierunddreißig hätte sie ihre Familienplanung abgeschlossen und drei Kinder haben wollen: erst ein Mädchen, dann einen Buben, und das dritte war egal. Aber sie hatte noch nicht mal ein einziges Kind. Sie würde wohl auch nie eines bekommen, bei lebenslänglicher Haft mit anschließender Sicherungsverwahrung war dies utopisch.

Körber brachte mit, was Zorzi sich gewünscht hatte: Prosciutto aus den Nebrodi-Bergen, Schokolade aus peruanischem weißen Kakao, eine Topfpflanze für ihren Haftraum (Körber hatte eine gewählt, die ihm als besonders schattentolerant angepriesen worden war), ein Parfum, das nach blauer Seerose duftete, und ein Lipgloss von Dior. Alles war von einer Beamtin geöffnet und untersucht worden. „Riecht gut", hatte sie gesagt, nachdem sie die Parfumflasche aufgeschraubt und daran geschnuppert hatte, „wie Urlaub am Meer."

Als Körber Zorzi sah, war er überrascht. Sie schien aufgeräumt, sogar ein wenig euphorisch.

„Hast du tolle Geschenke bekommen?", fragte er.

„Ja", sagte sie, „das beste Geschenk der Welt."

„Was denn?"

„Ich habe die Frauensache bekommen, die andere Frauen nicht so zu schätzen wissen", sagte sie und lächelte, als würde das Leben, das sie sich vorgestellt hatte, über kurz oder lang doch noch Wirklichkeit werden.

Nachdem der Tinnitus verschwunden war, hörte sie wieder deutlich das Ticken der Uhr. Sie war fast dreißig. Eine erfolgreiche Geschäftsfrau, single, kinderlos. Mit Bernhard und seinen Operationen hatte sie vier volle Jahre vertan. Und dann die zweieinhalb Jahre, die sie mit Jürgen vertan hatte. Und die Zeit vor den beiden hatte sie vertan, weil ihre Mutter ihr nicht die Wahrheit gesagt hatte. Weil Zorzi gedacht hatte, sie hätte jede Menge Zeit, erst einmal ins Ausland zu gehen, eine fremde Sprache zu lernen, eine Ausbildung zu machen, ein eigenes Geschäft zu gründen. Natürlich war ihrer Mutter das Geldverdienen so wichtig, weil sie selbst immer Geld verdienen hatte müssen. Und das Geldverdienen funktionierte ja auch gut. Tick-tack, machte die Uhr, die Tage verflogen, und schon war sie dreißig geworden.

Sie hatte eine kurze Affäre mit einem Arzt. Ein Arzt würde die gemeinsamen Kinder immer gut versorgen können, wenn sie krank waren oder einen Unfall hatten, dachte Zorzi. Also gab sie ihm eine Chance, obwohl er die irritierende Angewohnheit hatte, sein Brathuhn am Teller zu sezieren und jeden einzelnen Hühnerkörperteil mit seiner lateinischen Bezeichnung zu benennen, was einem gründlich den Appetit verdarb. Nach dem ersten Mal Sex untersuchte er Zorzis Wirbelsäule und diagnostizierte eine leichte Skoliose. Nach dem dritten Mal Sex schrieb er ihr eine Email:

Liebe Zorzi,

ich habe das Gefühl, dir etwas mitteilen zu müssen, das mir schon eine Weile auf dem Herzen liegt. Ich hoffe, es wird unser bis dato doch sehr erfreuliches Verhältnis nicht weiter belasten. Fakt ist nun mal, dass ich verheiratet bin. Meine Frau ist der beste Mensch, den ich kenne, auch wenn sie mir nicht alles geben kann, was ich brauche. Ich kann dir also leider nicht in Aussicht stellen, dass ich sie je verlassen werde.

Nun, da das gesagt ist, kann ich aufatmen. Du bist eine selbstständige, unabhängige Frau, die sicher nicht einfach nur eine konventionelle Beziehung will, oder? Hast du übrigens am Freitag Zeit?

Alles Liebe
Hans-Peter

Zorzi reagierte nun in für sie völlig untypischer Weise, was später noch zu interessierten Debatten vor Gericht führen sollte. Sie, die nach Aussage aller, die sie kannten, nie ein Schimpfwort verwendete und nie die Stimme erhob, und die auch ihren Angestellten gegenüber und auch in Situationen, in denen man ein Auf-den-Putz-Hauen wirklich verstanden hätte, immer höflich, ja schüchtern blieb, beantwortete die Email folgendermaßen:

Du elendes Dreckschwein. Ich werde deine verschissene Email an deine verfickte Frau weiterleiten. Wie blöd bist du eigentlich??? Schickst mir eine Email, die ich an deine Frau weiterleiten kann!!!

VAFFANCULO IDIOTA (und wenn du das nicht verstehst, lern gefälligst Italienisch, du lateinscheißender Arsch)!!!

Körber fand das Wort „lateinscheißend" kreativ und überlegte, mit Zorzi gemeinsam ein Buch zu schreiben. Vor

Gericht wurde Dr. Hans-Peter Kriegler einvernommen. Er habe, gab er zu Protokoll, nie etwas Verdächtiges an Zorzi bemerkt – bis zu ihrer hochaggressiven Email. Er habe nie Angst vor ihr gehabt – bis zu der Email. Er sei geschockt gewesen von ihrer unflätigen Sprache. Aber davor? Er sei der festen Überzeugung gewesen, dass Zorzi sich in alles fügen würde. Sie habe auf ihn gewirkt wie die perfekte Geisha: stets darauf bedacht zu erfreuen. Wie knapp er mit dem Leben davongekommen sei, könne er noch immer nicht fassen. Zorzi habe ihre Drohung wahrgemacht und seine verfängliche Email an die Arbeitsmailadresse seiner Frau weitergeleitet. Dieses sei insofern sehr peinlich gewesen, als seine Frau gerade auf Urlaub gewesen sei. Ihre Mails seien von ihrer Vertretung gelesen worden, sodass die besagte Email bereits im ganzen Büro besprochen worden sei, als seine Frau aus dem Urlaub zurückkehrte, von der Sache erfuhr und sofort in Krankenstand ging. In Summe: ein fürchterlicher Skandal mit dem Ziel der Ehezerstörung, wenn nicht Existenzzerstörung.

Krieglers Frau gab einem Wochenmagazin ein Interview mit der Überschrift: „Ich habe ihm verziehen", in dem stand: „Es ist ihm eine Lehre gewesen', sagt Sabine Vettenstein-Kriegler und kuschelt sich dabei zärtlich an ihren Mann. ‚Ich bin einfach nur dankbar, dass er noch lebt!'"

Der Staatsanwalt griff das Wort „hochaggressiv" auf und fragte die Gerichtspsychiaterin Anneliese Strass, ob man Zorzis Email als Vor- oder Zwischenstufe zu ihrer physischen Gewalttätigkeit interpretieren könne. Strass allerdings wollte die Email so verstanden wissen, dass Zorzi sehr wohl über verbale Strategien in Beziehungskonflikten verfügte, was als Beweis für ihre Schuldfähigkeit heranzuziehen sei: „Wenn sie sich für Mord entschied, dann tat sie das in dem Bewusstsein, dass sie auch eine entsprechende Email schreiben hätte können."

Körber fand es unerträglich polemisch, dass Anneliese Strass versuchte, Zorzi als bloße Rachemörderin darzustellen. Natürlich war Kriegler nie in Gefahr gewesen, ermordet zu werden – er klebte ja nicht in ihrem Leben, er war kein Wespennest!

Bereits in seinem Buch „Ist das Böse eine Krankheit?" hatte Arnold Körber der renommierten Gerichtspsychiaterin in einigen Fällen widersprochen. Ohne ihren Namen zu nennen und so, dass es dem normalen Leser kaum auffiel. Nur Eingeweihten fiel es auf, und vor allem Anneliese Strass war es aufgefallen. Sie hatte seine Sticheleien mit beträchtlichem Ärger gelesen. Und nun saß dieser Körber Tag für Tag im Gerichtssaal und machte sich Notizen wie einer von diesen Querulanten, die sich bei einer Verkehrskontrolle drohend die Namen der Polizisten notierten.

Strass und Körber regelten ihre Differenzen auf österreichische Weise. Nach jedem Verhandlungstag schüttelten sie einander die Hand und wechselten freundliche Worte vor dem Gerichtssaal. Dann ging Körber und gab irgendwo ein Interview, in dem er höchste Zweifel an den Einschätzungen der Gerichtspsychiaterin anmeldete, und Anneliese Strass ging mit dem Polizeipräsidenten oder Freunden aus dem Innenministerium essen, um ihrer Sorge Ausdruck zu verleihen, ob dieser Körber im Polizeidienst überhaupt noch länger tragbar sei.

Nach dem Fehlschlag mit dem Arzt konnte es Massimo nicht länger mitansehen und erklärte sich seiner Chefin. Er wollte mit ihr ausgehen. In ein Restaurant, mit dessen Küchenchef er Jahre zuvor gemeinsam auf einem Kreuzfahrtschiff gearbeitet hatte und für dessen Fähigkeiten er die Hand ins Feuer legen konnte. Der Mann arbeite gerade mit hochinteressanten Inspirationen vom Malaiischen Archipel, kombiniert mit Sous-vide und Texturen aus der Molekularküche, erzählte Massimo. Er fände es schön, mit Zorzi gemeinsam neue kulinarische Welten entdecken und in der Cantinetta „kreative Babys zeugen" zu können. Er schaute sie mit dem sehnsüchtigen Blick dessen an, der schon viel zu lange versucht hatte, sich nicht durch sehnsüchtige Blicke zu verraten. Bitterkeit stand darin über die Tatsache, dass Zorzi noch nie auf die Idee gekommen war, ihn in Erwägung zu ziehen. Musste man denn immer mit dem Holzhammer arbeiten? Genügte es nicht, wenn man die Speisekarte und den Umsatz auf Vordermann brachte und bei jeder Gelegenheit fallen ließ, dass es mit der Freundin kriselte, weil man mit der Cantinetta verheiratet war?

Zorzi, die ihr Gesicht nach den emotionalen Anstrengungen mit Dr. Hans-Peter Kriegler durch reichlich Botox erfrischt hatte, konnte die Augenbrauen nicht zusammenziehen, tat es aber in Gedanken. Massimo? Der Küchenchef stammte aus Sizilien, sodass mit einem ausgeprägten Familiensinn zu rechnen war. Gegen ihn sprach allerdings, dass er klein war. Immer noch deutlich größer als sie, aber von Wladimir Klitschko doch weit entfernt. Außerdem hatte er eine Glatze, was Zorzi bei einem großen Mann nicht gestört hätte, schließlich erhöhte, wie sie fand, eine Glatze bei einem großen Mann dessen Sexiness, bei einem kleinen Mann jedoch dessen Unsexiness. Außerdem wollte sie Massimo nicht als Küchenchef verlieren. Was, wenn es mit ihm schiefging?

Während sie noch nachdachte, schlug er schon einen Termin vor: „Wie wäre es mit Montagabend?" Montag war Ruhetag.

„Was sagt denn deine Freundin dazu, wenn du an deinem freien Abend mit deiner Chefin ausgehst?", fragte Zorzi.

„Sie wird es gar nicht merken", sagte Massimo, „sie ist mit einer Freundin in irgendeine Therme gefahren. Vielleicht ist es auch ein Mann. Mir egal. Es kriselt schon lange bei uns." Zorzi ging zu einem Kochtopf und kostete irgendetwas, um Zeit zu gewinnen.

„Ich mach auch sofort Schluss mit ihr, wenn du mit mir ausgehst", sagte Massimo. Es war früher Vormittag und sie waren noch allein in der Küche. Eine unangenehme Stille breitete sich nun aus. So leicht es Zorzi fiel, zu Frauen abweisend zu sein, so sehr widerstrebte es ihr, zu einem Mann nein zu sagen. Also tat sie das, was sie immer in solchen Situationen machte. Den Blick meiden. Laut lachen. Davonlaufen.

Massimo hatte keine Ahnung, dass er eine Abfuhr erhalten hatte. Er hatte keine Zusage, aber etwas, das nach Flirten aussah, nach Hinhalten, um den Reiz zu erhöhen. Der Reiz war erhöht. Er fieberte dem Montag entgegen. Er reservierte einen Tisch in dem Restaurant seines Freundes. Am Sonntag ging Zorzi ihm aus dem Weg, am Montag war sie nicht erreichbar. Massimo gab die Hoffnung nicht auf.

Indessen war Zorzi auf der Suche. Das Bett war zu groß, das Frühstücken einsam, die Uhr machte Ticktack. Niemand war da, der ihr Schraubgläser aufmachte, Weinflaschen entkorkte, Glühbirnen wechselte, das abgestorbene W-LAN wieder zum Laufen brachte. Und die Wohnung war leer, ein unheimlicher Ort, wo jeder Schritt merkwürdig hallte und sich nach und nach zwischen den Möbeln Geister versammelten. Erinnerungen, Zukunftsängste, Gedanken, die stärker waren als der Wunsch, sie nicht zu denken.

Nachdem Jürgen weg war, hatte sie erleichtert aufgehört, Sport zu treiben, doch das hatte Folgen gezeitigt. Ein Bäuchlein zeichnete sich ab, ihre Oberschenkel erschienen ihr wabbelig, die Arme verloren an Kontur. Niemand aß ungestraft Pasta, und es gab Probleme, bei denen selbst der beste Chirurg nicht helfen konnte. Es musste also Sport getrieben werden. Zorzi begann zu laufen. Das Laufen hatte den Vorteil, dass man unter Leute kam. Genauer gesagt: unter Männer. In einem Fitness-Studio kam man zwar auch unter Männer – vorausgesetzt, man zog sich nicht in jenen Horror-Bereich namens Lady-Fitness zurück –, aber nach einer Weile waren es doch immer dieselben. Der öffentliche Raum dagegen bot ein Maximum an Auswahl.

Damit die Männer eine Chance hatten, zu ihr Kontakt aufzunehmen, lief Zorzi nur langsam und hielt immer wieder an, um ansprechende Stretchingübungen zu machen. Aber auch die Männer machten ansprechende Übungen. Am Donaukanal gab es eine Stelle, wo Reckstangen und andere Fitnessgeräte aufgestellt waren. Die Männer machten Klimmzüge, Trizeps-Beugen, Liegestütze auf einem Balken. Fühlten sie Zorzis Blick auf sich ruhen, verschärften sie ihre Anstrengungen. Bisweilen gefiel sich einer in Mädchen-Übungen, dem schenkte Zorzi keine weitere Aufmerksamkeit. Wenn einer ihr zu Ehren einhändige Liegestütze machte, zollte sie ihm Bewunderung. Sie machte Rumpfdrehungen, die ihre Brüste schön zur Geltung brachten. Es kam zu Blicken, Gelächter, kurzen Gesprächen. „Kannst du mir das zeigen?", war der Satz, mit dem Zorzi die besten Erfahrungen machte. Jeder zeigte ihr gerne, wie man Klimmzüge machte, und hob sie an der Taille an, wenn sie die Kraft verließ.

Aber eigentlich wollte sie nicht wieder einen Sportler. Genauer gesagt, einen, der alleine sportelte, wollte sie schon. Doch die Gefahr war groß, dass sie wieder etwas lernen musste, Tennis spielen oder Longboarden oder Karate oder Gleitschirmfliegen oder, schlimmer noch, etwas Nasses wie Windsurfen oder Wasserski. Sie lief weg vom Donaukanal und durch die Gassen der Innenstadt, wo man Touristen ausweichen musste und vielen eleganten Frauen, aber auch manchmal an großen Männern in guten Anzügen vorbeikam. Langsam nahmen ihre Oberschenkel wieder Festigkeit an.

Einmal fragte Arnold Körber Zorzi direkt: „Denken Sie, dass Ihr Vater schuld daran war, dass Sie zur Mörderin wurden?" Das war kurz bevor sie zum Du übergingen. Die Frage war in jeder Hinsicht unzulässig. Zum einen war es eine Suggestivfrage und zum anderen war es unsinnig, hier von Schuld zu sprechen. Er stellte die Frage jedoch, nachdem alle zulässigen Fragen bereits gestellt worden waren, nicht zuletzt von Anneliese Strass. Er wollte Zorzis Innensicht, die sich mit der Zeit vielleicht auch gewandelt hatte, bis ins letzte Detail kennen und verstehen. Zorzi war Forschungsobjekt und gleichzeitig ein selbstreflektierendes Wesen, so wie auch ein von Anthropologen befragter Navaho oder Trobriander Untersuchungsgegenstand war und gleichzeitig ein Mensch, der sich sein eigenes Verhalten erklärte. Natürlich konnte die Selbsterklärung von der Außenerklärung abweichen oder gar mit ihr kollidieren, und die Wissenschaftlichkeit bestand dann im Realitätsabgleich. Die Realität war allerdings bisweilen schwer zu fassen.

Außerdem stellte Arnold Körber die Frage in jenem Moment nicht als Psychologe, sondern als Freund. Und Freunde durften spekulieren und ausprobieren, ob sie mit einer Vermutung ins Schwarze trafen.

Er traf nicht. Er hatte gedacht, dass Zorzi, die an ihrem Vater kaum ein gutes Haar ließ, aber an sich selbst wenig Tadelnswertes fand, möglicherweise diesem bis zu einem gewissen Grad die Verantwortung zuschrieb. Aber sie riss nur die Augen weit auf und schüttelte den Kopf, als wäre das die absurdeste Frage, die er stellen hätte können. Was sie vermutlich auch war.

„Nein!", rief Zorzi, „wieso sollte denn mein Vater daran schuld sein?" „Mein Vater" betonte sie, als hätte Körber gefragt, ob Jesus an ihren Taten schuld sei oder Angela Merkel oder ein Gnom aus einem Computerspiel.

„Ich hatte nur den Eindruck", ruderte Körber zurück, „dass Ihre Erinnerung an ihn nicht die beste ist."

„Na und?", sagte Zorzi. „Ist Ihre Erinnerung an Ihren Vater denn die beste?"

„Wie meinen Sie das?", fragte er.

„Sie wären ja wohl nicht Psychologe geworden, wenn in Ihrer Kindheit alles so toll gewesen wäre."

Körber grinste. „Das ist ein hartnäckiges Klischee. Ich interessiere mich für menschliches Verhalten, vielleicht, weil meine Eltern viel mit mir darüber geredet haben."

Zorzi schwieg eine Weile, aber man sah, dass es in ihr arbeitete. „Seit wir uns kennen", sagte sie, „war ich Verdächtige, Beschuldigte, Angeklagte und Verurteilte. Es war nicht die Zeit, Bilanz über die schönen Dinge in meinem Leben zu ziehen."

„Dann gab es also schöne Dinge in Ihrer Kindheit?"

„Natürlich. Mein Vater hatte gute Phasen. Wenn er ein Buch fertiggeschrieben hatte, war er fröhlich und entspannt. Manchmal auch, wenn er nur ein Kapitel fertiggeschrieben hatte oder eine Seite, mit der er zufrieden war. Er ging dann mit mir an den Strand und wir machten ganz normale Dinge. Schwimmen, Muscheln sammeln, Sandburgen bauen und so. Einmal hat mich eine Möwe angegriffen, die mir das Panino aus der Hand reißen wollte. Mein Vater ging auf sie los, um sie zu verjagen, aber sie gab nicht auf. Er schrie und schlug auf sie ein. Als sie endlich abhaute, lachte er. Seine Hände waren ganz blutig. Er sagte: Italien ist ein gefährliches Land!" Zorzi lächelte und schien dann lange an dem von ihrem Vater gesicherten Strand zu verweilen. „Später hat er geschimpft", fuhr sie fort. „Wenn so etwas passiert, darf man sich nicht einfach nur ducken, hat er gesagt. Ich nahm mir fest vor, es der nächsten Möwe zu zeigen, aber es hat mich nie wieder eine angegriffen. Es war eine Ausnahmemöwe."

„Ich kenne die Szene aus einem seiner Bücher", sagte Körber, „er hat sie wohl verarbeitet. Allerdings hat sie sich dort etwas anders abgespielt. Der Vater versucht die Möwe zu verscheuchen, aber als ihn ein Schnabelhieb trifft und er das Blut an seinem Arm hinunterrinnen sieht, fällt eine Lähmung über ihn. Zu seinem eigenen Entsetzen denkt er: Nun soll sie für sich selbst kämpfen. Obwohl seine Tochter erst sieben Jahre alt ist. Und obwohl ihm klar ist, was seine Aufgabe als Vater wäre. Er steht regungslos da und sieht zu, wie die Möwe immer wieder auf das schreiende Kind herabstößt, bis es sein Panino endlich fallen lässt. Die Angst des Mannes, selbst verletzt zu werden, ist übermächtig, stärker als sein Vaterinstinkt. Sein Bild von sich selbst, als Mensch und als Mann, bricht zusammen in diesem Moment. Es ist eine beeindruckende Szene. Verstörend."

„Ja, ich weiß", sagte Zorzi, „mein Vater mochte keine Helden in seinen Büchern. Was gibt es Schlimmeres in einem Roman als einen Helden?, sagte er. Er zog es vor, das Scheitern zu zeigen. Das hat aber mit der Wirklichkeit nichts zu tun. So ein Feigling war er natürlich nicht."
Körber, der in seinen eigenen Büchern durchaus so manchen der Realität entnommenen Handlungsbogen dramaturgisch gestrafft, störende Details weggelassen und widerspenstige Fakten zurechtgemeißelt hatte, und das, obwohl es sich um Fachbücher handelte, konnte sich derartige Adaptionen gut vorstellen. Allerdings bestand auch die Möglichkeit, dass Zorzi diejenige war, die adaptierte.

„In diesen Zeiten", fuhr Zorzi fort, „wenn er von seiner Arbeit befreit war, hatten wir eine Parallelbeziehung. Alles war dann anders. Zum Beispiel kochte er auch. Wir kochten gemeinsam. Er zeigte mir, wie man die perfekte Bolognese macht. Wenn er an irgendetwas schuld war, dann daran, dass ich ein Restaurant eröffnet habe."

„Das klingt ein bisschen nach Dr. Jekyll und Mr. Hyde", sagte Körber. „Als hätte Ihr Vater zwei Persönlichkeiten gehabt."

„Ja, das konnte von einem Moment auf den anderen passieren. Plötzlich kam er aus dem Studio und war gut drauf. Wir gingen zum Strand, wir kochten, und wenn meine Mutter von der Arbeit nach Hause kam, warteten wir schon mit dem Essen auf sie. Ich konnte ihr ansehen, dass ihr sofort wieder einfiel, weshalb sie sich in ihn verliebt hatte."

„Dann sind Sie ihm also gar nicht so böse, wie ich gedacht hatte."

„Ich glaube, dass das keine gute Arbeit für ihn war. Das Schreiben. Es kostete ihn zu viel Kraft. Er hatte zu wenig Freude daran. Wochenlange Quälerei, dann ein paar Tage Entlastung. Das ist zu wenig. Nur wenn er ein komplettes Buch fertig hatte, hielt die Freude länger an. Da blühte er auf, telefonierte herum, traf Leute, redete auch mehr mit uns."

Das Problem für Psychologen wie für Anthropologen, dachte Körber, bestand darin, dass alles davon abhing, ob die Informanten, die gleichzeitig Untersuchungsobjekte waren, die Wahrheit sagten. Es war eine Sache, wenn die Kumali an die Macht des großen weißen Federbündels tatsächlich glaubten, und eine gänzlich andere, wenn sie das nur sagten, um den Befrager auf den Leim zu führen.

„Übrigens", sagte Zorzi, „ich denke auch nicht, dass meine Mutter an irgendetwas schuld ist. Ich weiß, dass Sie normalerweise ganz andere Geschichten hören, von

Eltern, die ihre Kinder misshandeln, missbrauchen, vernachlässigen, das alles ist mir nie passiert. Meine Eltern waren keine Psychopathen. Sie waren normale Menschen mit menschlichen Schwächen. Sie kennen doch meine Mutter." Er kannte sie, sie war zu Zorzis Verhandlung gekommen und hatte sie im Gefängnis besucht. Eine gepflegte Frau, immer noch gut aussehend, elegant gekleidet, dezent geschminkt, die mäßig teuren, aber aparten Schmuck trug. Eine Frau, die um Fassung rang. Ein- oder zweimal hatte Körber mit ihr gemeinsam Zorzi besucht, aber das war schwierig gewesen. Zorzis Mutter sprach nur das bisschen Deutsch, das ihr im Hotel Delle Palme nützlich gewesen war, und er nur das bisschen Italienisch, das er nach der Matura bei einem Sprachkurs in Florenz gelernt hatte, um der Zukunft mit einer gewissen Giulia eine Chance zu geben, an der er jedoch verblüffend schnell wieder das Interesse verloren hatte.

Im Gerichtssaal war neben Zorzis Mutter eine Dolmetscherin gesessen, die ihr beständig ins Ohr flüsterte. Zorzis Mutter nickte dabei höflich, um kundzutun, dass sie verstand. Selbst als ihre Tochter schilderte, wie ihr Jürgens Gehirnmasse ins Gesicht gespritzt war – und sie erzählte es so unschuldig, als würde sie vom Ausweiden eines Fisches berichten –, versuchte die Mutter Contenance zu bewahren. Nur an der Hand, die den Hals knetete, und am Hals, durch den das Schlucken rollte, sah man, dass es ihr die Kehle zuschnürte. Wahrscheinlich gab es viele Fotos, auf denen eine jüngere Version ihrer selbst ein süßes Baby im Arm oder ein niedliches Kleinkind auf dem Schoß hielt, ihre Elisabetta, und sie fragte sich, weil Mütter sich das immer fragen, was sie wohl falsch gemacht hatte, dass aus diesem Geschenk des Himmels eine Dreifachmörderin geworden war. Sie hätte einfach abwinken und die Dolmetscherin an den schlimmsten Stellen schweigen lassen können, aber sie hielt durch.

Später begriff Körber, dass die Übersetzung für sie ein Filter war, die Dolmetscherin ein Halt und die Sprache etwas, das sie entschlüsseln konnte, auch wenn sich der Inhalt des Gesagten dem Verständnis entzog.

Zorzi hatte recht, man kannte andere Mörderbiografien. Horrorkindheiten, Heimkarrieren, Pflegeelternodysseen. Es machte keinen Unterschied, ob der Staat eingriff, wenn, dann machte er es noch schlimmer, sobald ein Kind einmal in staatliche Obhut genommen war, ging es direkt auf eine kriminelle Karriere zu, sodass man sich fragen musste, inwieweit denn die staatliche Erziehungskompetenz jener der Horroreltern überlegen war. Oft waren schon die ersten Lebensmonate eines späteren Mörders so schrecklich, dass man in der Rückschau die Weichenstellung in eine kriminelle Zukunft nachvollziehen konnte. Quälerei, Folter, sexuelle Gewalt, Sadismus, Vernachlässigung, das waren die Zutaten solcher Biografien. Könnte man die Horrorkindheiten abschaffen, so Körbers Überzeugung, könnte man auch einen großen Teil der Gewaltverbrechen abschaffen. Allerdings nicht alle. Auch Anneliese Strass hatte bei Zorzi nichts entdecken können, was dem Erwartbaren entsprach. Gerade Serienmörder waren meist unter verheerenden Umständen aufgewachsen und schon als Jugendliche durch Tierquälereien, Brandstiftungen oder sonstige Probeläufe für größere Straftaten auffällig geworden. Aber Zorzis Familie entsprach eher den von dissozialen Strukturen und Verwahrlosungstendenzen freien Herkunftsfamilien jugendlicher Amokläufer. Oder den wohlbehüteten Mittelschichtskindheiten organisierter Sexualmörder.

„Wir alle können zu Mördern werden", pflegte Anneliese Strass in ihren Interviews zu behaupten. Es war schick, so etwas zu sagen, man verschwisterte sich mit den Mördern, gab vor, dasselbe Gewaltpotential in sich zu tragen, es aber durch ungeheure Selbstkontrolle unter

Verschluss zu halten. Man war gefährlich, man konnte mit den Mördern mithalten, hatte aber die Ethik auf seiner Seite, die das innere Raubtier domestizierte.

Körber war durchaus nicht der Ansicht, dass jeder zum Mörder werden konnte. Mord bedeutete nicht Selbstverteidigung und nicht Totschlag, Mord bedeutete Vorsatz und Planung. Was manchem im Affekt noch gelingen mochte, konnte durch den längeren Zeitraum, für den die Beißhemmung aufgehoben werden musste, bei vielen nicht mehr funktionieren. Zeit zum Nachdenken verhinderte Tötungen. Nur richtige Mörder hatten für Zeit eine andere Verwendung.

Seiner Erfahrung nach minderte es die Chancen, zum Mörder zu werden, enorm, wenn man weder ein Y-Chromosom besaß noch eine Horrorkindkeit hinter sich hatte. Natürlich lieferte die Horrorkindheit keine Entschuldigung – genausowenig, wie das Y-Chromosom eine Entschuldigung lieferte. Schließlich gab es auch genug Menschen mit Horrorkindheiten und Y-Chromosomen, die nicht straffällig wurden. Entscheidungsfreiheit und Schuldfähigkeit wurden dadurch nicht außer Kraft gesetzt. Aber die Horrorkindheit war Standard, und oft genug war sie behördlich dokumentiert. Die ersten Verbrechen wurden in den Kinderzimmern begangen, die ungeahndeten Gewalttaten brachten die geahndeten hervor. Nur sehr selten fand man in Mörderbiografien jene Zutaten, aus denen die Psychopathologie ihre narzisstischen Persönlichkeitsstörungen kochte, nicht vor. Entweder war Zorzi eine von diesen Ausnahmen, oder sie verschwieg ihm etwas.

„Ihre Mutter macht auf mich einen sehr sympathischen Eindruck", sagte er. Zorzi runzelte die Stirn, als würde ihr das Wort „sympathisch" doch ein wenig zu weit gehen, dann lächelte sie Körber an. Es war ihr Verführungslächeln, wie er es insgeheim nannte, mit leicht schief gehaltenem Kopf, großem Augenaufschlag und strahlender Hingabe, er hatte oft genug beobachten können, wie es auf andere wirkte. Männer wie Frauen fielen darauf herein und meinten, nachdem ein solches Lächeln sie getroffen hatte, Zorzi wirke auf sie absolut unschuldig oder liebenswert oder glaubwürdig. Auch Körber konnte schwerlich behaupten, dass es ihm nicht gefiel oder dass darin zu baden nicht schön gewesen wäre.

„Ich glaube, es liegt an meinem präfrontalen Kortex", sagte Zorzi.

„An Ihrem präfrontalen Kortex?"

„Ja, dass ich eine Mörderin geworden bin. Die meisten Mörderinnen hier denken das von sich, wir reden oft darüber. Man hat das in einer Studie oder so herausgefunden. Schäden im präfrontalen Kortex sind das Problem. Sie haben doch davon gehört?"

„Wichtig ist, was Sie denken", sagte Körber.

„Den meisten hier leuchtet es ein. Weil sie ja eigentlich gute Menschen sind. Nur die Föchterle sagte immer: Schuld ist nicht mein präfrontaler Kortex, sondern das Schwein, das mich umgebracht hätte, wenn ich ihm nicht zuvorgekommen wäre." Marion Föchterle war von ihrem Mann jahrelang geprügelt, vergewaltigt und eingesperrt worden, bevor sie ihn mit Benzodiazepan ruhigstellte und ihm die Kehle durchschnitt. Ihre Nase und Gesichtsknochen waren so oft gebrochen worden, dass sie dauerhaft entstellt war. Zorzi saß mit etlichen solcher Frauen ein, Frauen, die erst Opfer waren, bevor sie zu Täterinnen wurden, sie bildeten ein Schema, eine Gruppe, aber Zorzi passte nicht hinein.

„Also Sie denken, es gibt einen physiologischen Grund?", fragte Körber.

„Ich weiß ohne jeden Zweifel, dass es falsch war, was ich getan habe", sagte sie. „Wenn alle Menschen so handeln würden, wie ich gehandelt habe, würde die Welt im

Chaos versinken. Aber damals, als es passierte, hatte ich das Gefühl, das einzig Richtige zu tun. Ich sah keine andere Möglichkeit. Jeder sagt mir, aber du hättest doch dies oder das tun können, aber das sehe ich nicht. Ich hätte dies oder das nicht tun können. Ich musste tun, was ich getan habe. Und ich empfand es als richtig. Also muss etwas mit mir falsch sein. Mit meinem Gehirn."

Natürlich war Zorzis Gehirn im Rahmen des Gutachtens, das Anneliese Strass erstellt hatte, auch physiologisch überprüft worden. Man hatte ein EEG gemacht und eine Kernspintomografie des Kopfes. Es kam nicht oft vor, aber es hatte schon Fälle gegeben, wo ein Gehirntumor zu einem Amoklauf geführt hatte. Doch Zorzis Hirnstromkurve war unauffällig, die Reflexe normal, das bildgebende Verfahren zeigte keinerlei strukturelle Veränderungen des Gehirns. Keine Verletzungen, keine Tumore.

„Sie glauben also", fragte Körber, „dass die Schuld in einem winzigen Teil Ihrer Gehirnrinde liegt? Dass ein Stückchen Gewebe in Ihrem Körper als Fremdsteuerung fungiert hat?"

„Nein", sagte Zorzi, „ich weiß schon, wo die Schuld liegt. Dass es Entscheidungen gab, die ich allein getroffen habe. Aber manchmal hoffe ich, dass man im Kernspin irgendetwas übersehen hat. Irgendetwas, das das Ganze erklärt."

Chuck sprach Zorzi bei Starbucks an. „Been running?",
fragte er, als sie gemeinsam in der Schlange standen. Sie
nickte und lächelte und er bezahlte ihren Kaffee. Zorzi
hatte an Touristen kein Interesse, aber sie konnte nicht
ablehnen, als er sie zu einem Tisch dirigierte, nicht nur,
weil sie nie ablehnen konnte, sondern auch, weil er ein
Hüne war. Die Präsenz eines Hünen ließ sie schwach und
lenkbar werden, sie empfand dann ein Gefühl der Sicherheit wie ein Fluchttier, das an der Flanke eines Felsens
Deckung fand.

„War dein Vater ein Hüne?", sollte Arnold Körber sie
einmal fragen.

„Nein", sagte Zorzi, „er war klein. Was denkst du, warum ich so klein bin? Er hatte einen Napoleon-Komplex."

„Ich dachte, du hast ihn bewundert?", fragte Körber.

„Als Schauspieler, der einen Autor spielt, habe ich ihn
bewundert", sagte Zorzi. „Ich habe ihn auf der Bühne
gesehen, bei Lesungen und Diskussionsveranstaltungen.
Oder wenn wir wichtige Gäste hatten, dann war er beeindruckend. Als Vater habe ich ihn respektiert. Aber als
Mann hätte er mir nicht gefallen."

Chuck war kein Tourist. Er lebte in Wien. Allerdings
war er Sportler, und das sogar beruflich, denn er verdiente
sein Geld als Personal Trainer. Er klagte darüber, dass er
von seinen reichen Kundinnen angebaggert wurde, die ihn
„nur als Spielzeug" betrachteten. Er stammte aus Australien.

„Heißt das, du surfst?", fragte Zorzi erschrocken.

„Wieso?", sagte Chuck, „nur weil ich Australier bin? Das wäre genauso, als würde ich sagen: Du bist Italienerin? Du isst doch sicher jeden Tag Pasta?"

„Ich esse jeden Tag Pasta", sagte Zorzi.

„Na gut", sagte Chuck, „ich surfe. Ich liebe das Wasser."

Nach Wien war er gekommen, weil er es in einem Ranking der lebenswertesten Städte der Welt auf Platz 1 gefunden hatte. Platz 2 belegte Melbourne, die Stadt, aus der er kam.

„The only way is up!", sagte er. Zorzi gefiel diese Einstellung, und trotz der Sache mit dem Wasser gab sie ihm ihre Telefonnummer.

Es stellte sich bald heraus, dass Chuck im Gegensatz zu Bernhard und Jürgen nicht die geringste Absicht hatte, Zorzi zu irgendwelchen sportlichen Aktivitäten mitzunehmen. Er wollte sie nicht trainieren, motivieren, ausbilden, formen, er wollte nicht einmal mit ihr laufen gehen. In Zorzis Gegenwart legte er jegliche Sportambitionen ab und fiel in einen Zustand der Entspannung. Sie nahm an, dass dies daran lag, dass Chuck von Berufs wegen Menschen trainierte, motivierte und formte, sodass er in seiner Freizeit keine Lust mehr darauf hatte – ein echter Glücksfall. Sie saßen im Kaffeehaus, im Kino, auf einer Bank in der Sonne, im Pub bei einem Bier. Das Wasser sahen sie von einer Gastwirtschaft an der alten Donau aus oder bei einer Fahrt mit dem Elektroboot. Natürlich machte Chuck auch außerhalb seines Jobs viel Sport, aber am liebsten alleine oder in Gesellschaft seiner Trainer-Kumpels.

Mit der körperlichen Annäherung ließ sich Chuck Zeit. Viel Zeit. Es dauerte ewig, bis er zum ersten Mal die Hand auf Zorzis Knie legte, und noch einmal ewig, bis es zum ersten kurzen Kuss kam. Auch hier vermutete Zorzi, dass es an den Frauen lag, mit denen Chuck beruflich zu tun hatte, jenen, die ihn nur als Spielzeug ansahen. Dabei sah sie ihn nicht nur als Spielzeug an, sondern als möglichen zukünftigen Vater von Emilia, Alexander und dem Nesthäkchen Laura oder Dominik beziehungsweise, falls sie vier Kinder wollten, Laura und Dominik. Dass es sich dabei um gängige Modenamen handelte, lag in Zorzis Absicht, denn sie wollte nichts mehr als ein gängiges Familienleben haben. Sie würde sich ein männliches Au-pair nehmen, erstens, weil sie keine Frauen um sich ertrug, und zweitens, weil es der letzte Schrei war. Man würde ein Wochenendhäuschen auf dem Land brauchen, am besten im Weinviertel, das gerade im Kommen war, während das Waldviertel schon etwas abgenutzt schien. Chuck würde sein Einkommen deutlich erhöhen müssen, vielleicht konnte er ein neues Fitness-Konzept entwickeln mit eigenen Studios und Franchisenehmern. Oder er konnte Stars trainieren, Prominente, sie würde ihm beizeiten den Kontakt zu herausragenden Stammgästen der Cantinetta vermitteln.

Sie sah ihn also weiß Gott nicht als Spielzeug an, sondern hatte ehrenhafte und langfristige Pläne mit ihm. Aber spielen wollte sie doch. War er schwul? Wollte er sie nur als Alibi-Freundin? Die wenigen Male, die er sie an sich gedrückt hatte, hatte sie in seiner Hose nichts gespürt, auch nicht beim Küssen. Oder gefiel sie ihm nicht? An ihrer Figur konnte es nicht liegen, sie war wieder einwandfrei in Form. Oder lag es doch an ihrer Figur? An ihrem Gesicht? Bei näherer Betrachtung ihres Spiegelbildes meinte sie beginnende Hängebäckchen wahrzunehmen und ließ sich auf der Stelle Liftingfäden einziehen. Sie verlängerte ihre tägliche Laufzeit und belegte zwei Mal wöchentlich einen Pilateskurs.

Da er von Chuck nichts wusste, vermehrte Massimo seine Anstrengungen, bei seiner Chefin ans Ziel zu gelangen. Dabei wechselte er seine Strategie immer wieder in antithetischen Wendungen: Einmal überhäufte er Zorzi mit Komplimenten, einmal ließ er sie links liegen. Einmal klagte er über seine Einsamkeit, an der er angeblich litt, seit er mit seiner Freundin Schluss gemacht hatte, kurz darauf ließ er sich von derselben Freundin in die Arbeit bringen und turtelte mit ihr vor der Tür. Einmal mühte er sich ab, fantastische neue Gerichte auf die Karte zu bringen, dann wieder vergaß er sogar das Salz.

Es war in diesen depressiven Phasen, dass Zorzi ihn kaum wiedererkannte und um den Ruf ihres Lokals zu fürchten begann. Massimo unterliefen schlimmste Anfängerfehler, einmal schickte sogar ein Gast eine Carbonara zurück, in der der Dotter geronnen war. Zorzi brauchte schleunigst einen neuen Mann an ihrer Seite, oder einen, der zumindest so wirkte, als würde er diese Rolle einnehmen, um Massimo von seiner Wahnidee, sie könnten jemals ein Paar werden, abzubringen. Also nahm sie Chuck in die Cantinetta mit und hoffte, dass er ihr, für alle sichtbar, den Arm um die Schulter legen oder sonst eine zärtliche Geste machen würde. Er tat es nicht – für die Anwesenden musste es so aussehen, als wäre er einfach nur ein Bekannter. Sie brachte ihn öfter mit und strich ihm selbst über den Arm und redete andauernd von ihm, bis Massimo beschloss, den Konkurrenten auszustechen, indem er mit der Schaffung eines neuen Menüpunktes die Cantinetta zu einem weiteren akklamierten Höhepunkt führte. Er wandte sich seiner alten Leidenschaft zu: dem Reis. Genauer gesagt, den Sorten Carnaroli, Arborio, Maratelli und Vialone und hier wiederum unterschiedlichen Anbaugebieten und Produzenten. Er experimentierte, rührte, variierte, probierte: Das Ziel waren Risotti in Vielfalt und Perfektion. Risotti mit Milch, mit Tintenfischtinte, mit Rot- oder Weißwein, mit Fleisch-, Fisch- oder Gemüsebrühe, mit Safran, Fenchel, Pancetta, Burrata oder Kräutern, mit Spargel, Walnüssen, Steinpilzen oder Kürbis, bekannte Risotti, seltene Risotti und solche, die er selbst erfunden hatte. Sobald er mit den Ergebnissen zufrieden war, setzte er jede Woche eine neue Variante auf die Karte. Die Leute liebten die Risotti – Gäste, die bisher nur einmal im Monat gekommen waren, kamen nun wöchentlich, um keine der nur vorübergehend erhältlichen Kreationen zu verpassen. Die Gastrokritiker kombinierten in ihren Hymnen die Begriffe „sämig", „bissfest im Kern" und „ein Feuerwerk an Aromen" und zogen das Fazit: „Noch nie hat Reis so gut geschmeckt." Und Zorzi, die wie immer Massimos Kunst mit dem perfekten Marketing versah – so sehr, dass viele glaubten, sie hätte die Gerichte selbst kreiert –, bekam von ihnen einen neuen Titel, der gleich eine Nobilitierung enthielt: Die Prinzessin von Arborio.

Indessen hatten die Besuche in der Cantinetta Chuck zutraulicher werden lassen – vielleicht, weil er Zorzis ernste Absichten erkannte, vielleicht aber auch, weil er bemerkt hatte, dass hier ein gewisser Wohlstand im Spiel war. Jedes Mal, wenn Zorzi dieser Verdacht kam, wurde sie überwältigt von der Enttäuschung, dass ihr Geld mehr Interesse hervorrief als sie selbst, doch sie kämpfte diese dunklen Gefühle nieder. Hatte sie nicht selbst geplant, dass Chuck eines Tages von ihren Verbindungen profitieren sollte? Es lief doch alles ganz hervorragend! Er hatte Interesse an wirtschaftlichem Erfolg – das war doch genau das, was sie wollte! Und Chuck sagte wunderbare Dinge. Er sprach von Gemeinsamkeiten, von Gefühlen, die er noch nie zuvor gehabt habe, von Zorzis zauberhaften Eigenschaften. Sehr häufig verwendete er das Wort „wir". Egal, welches Problem Zorzi hatte, Chuck erklärte immer: „Wir schaffen das schon!" Als Zorzi die Außenfassade der Cantinetta neu streichen ließ, sagte er: „Wir lassen die Außenfassade neu streichen." Er drückte, küsste und berührte sie immer öfter. Zorzi kam sich vor wie eine Verhaltensbiologin, die endlich Zugang zu einem scheuen Wildtier erhielt. Und dann kam der Abend, auf den sie so lange gewartet hatte. Chuck betrank sich angemessen, ging mit in ihre Wohnung und zog sie vollständig aus.

Die Enttäuschung machte Zorzi fassungslos. Chucks Schwanz war nicht viel größer als eine Okra-Schote. Sie hatte gar nicht gewusst, dass es so kleine Schwänze überhaupt gab. Wie konnte ein solcher Hüne einen derartig winzigen Schwanz haben? Als er in sie eindrang, war es in etwa so aufregend wie das Einführen eines Tampons. Das Ding verschwand, man spürte es nicht. Zorzi stöhnte ein bisschen, erst aus Höflichkeit, dann vor Unglück. Chuck, der sich seines Handicaps wohl bewusst war, kam schnell zu einem Ende und wollte sich dann an die Handarbeit machen.

„Nein danke", sagte Zorzi, die sich von einem schicksalhaften Frost durchzogen fühlte, „ich bin schon gekommen."

„Echt?", sagte Chuck. „Wow. Ich glaube, wir passen wirklich gut zusammen."

Während er zufrieden schlief, wurde Zorzi von Erinnerungen heimgesucht. An Bernhard. An Jürgen. Sogar an Dr. Hans-Peter Kriegler. Bernhard war spektakulär ausgestattet gewesen, Jürgen nicht ganz so, aber immer noch beeindruckend, und Dr. Hans-Peter Kriegler war im passablen Mittelfeld gelegen. Plötzlich hatte Zorzi die Erkenntnis, dass es mit ihr schwanzmäßig bergab gegangen war. Wurde sie für etwas bestraft? Hätte sie sich nie von Bernhard trennen dürfen? Denn so nannte sie das, was geschehen war: eine Trennung. Zum ersten Mal musste sie an ihn denken, wie er da in seinem Heimatort Schmirn in Tirol in seinem Grab lag, die geliebten Berge um sich. Ob er wohl schon sehr verwest war?

Die Tatsache, dass Zorzi schon oft gelesen hatte, dass es keine vaginalen Orgasmen gab, hielt sie nicht davon ab, welche zu haben. Bernhard war der Erste gewesen, dem das gelungen war. Das Verhältnis von vaginalem zu klitoralem Orgasmus war für sie wie das von Äpfeln und Birnen: Sie sahen ähnlich aus, wuchsen beide auf Bäumen und schmeckten doch unterschiedlich. Manche mochten sagen: Ob Apfel oder Birne ist doch egal. Sie persönlich bevorzugte Äpfel. Birnen konnte man sich schließlich auch selber besorgen oder (nicht, dass sie es ausprobiert hätte) auch eine Frau. Äpfel dagegen bekam man ausschließlich von Männern, und das, wurde ihr nun klar, war neben der Zeugung von Emilia, Alexander und den anderen einer der wesentlichen Gründe, weshalb sie mit einem leben wollte.

Mit Freundinnen konnte sie über die Apfel-Birnen-Sache nicht reden, denn sie hatte keine. Im Grunde konnte sie mit niemandem über irgendetwas reden, dazu hatte sie ihr Leben mit viel zu vielen Geheimnissen angefüllt. Sie musste alles mit sich alleine ausmachen und auf einen grünen Zweig kommen, auch wenn der auf einem Birnbaum wuchs.

Als Arnold Körber diesen Teil der Geschichte zum ersten Mal hörte, machte er ein Pokerface, obwohl er innerlich schmunzeln musste. Er saß mit Zorzi und Frau Inspektor Pretzl-Abfalter im Vernehmungszimmer. Auch die Beamtin verzog keine Miene. Körber wusste, dass sich hinter dem Venezianischen Spiegel zwei oder drei männliche Beamte befanden, von denen jeder gerade intensiv an sein eigenes Gemächt dachte. Natürlich dachte auch Körber an sein Gemächt. Und die Beamtin? Ging vermutlich in ihrer Erinnerung verschiedene Gemächte durch sowie ihr eigenes Verhältnis zu Kernobst. Zum Glück war die Natur großzügig zu Körber gewesen. Nicht so sehr, dass es unpraktisch wurde, aber man konnte zufrieden sein. Er war sich sicher, sowohl apfel- als auch birnenmäßig gute Ergebnisse zu erzielen.

Die Wochen vergingen, Chuck wurde immer glücklicher und Massimo immer unglücklicher, bis er einmal um vier Uhr morgens vor Zorzis Tür stand und verlangte, dass sie sich entscheide, und zwar für ihn. Zorzi bat ihn herein und schenkte zwei große Gläser Vin Santo ein. Massimo führte stichhaltige Argumente ins Treffen. Seit Jahren sei er ihr treuester Gefährte. Er habe die Cantinetta zu dem gemacht, was sie war. Sie seien die besten Partner im Beruflichen, weshalb sollten sie es nicht auch privat sein? Er habe dieselbe Mentalität wie sie, oder zumindest eine ähnliche. Er verstehe, was einer Italienerin wichtig sei: Familie! Essen! Die Liebe! Das Leben genießen! Sie konnten miteinander in ihrer Muttersprache reden. Er liebe sie und sei immer zu ihr gestanden. Ob sie sich noch an die gemeinsame Reise erinnere, vor Jahren, als sie aufgebrochen waren, um die besten Tomaten der Welt zu finden? Und wie sie sie gefunden hatten, bei dem verrückten Giovanni, der immer von seiner Vulkanerde schwärmte und seiner Dankbarkeit gegenüber dem Vesuv? Was wäre die Cantinetta heute ohne diese Tomaten!

Zorzi erkannte, dass sie nun Nägel mit Köpfen machen musste. Sie pries Massimos Zuverlässigkeit, Kreativität und unermüdlichen Einsatz. Sie schätze und achte ihn wie einen Bruder, in diesem Sinn sei die Cantinetta nichts weniger als ein Familienbetrieb. Aber ihr Herz gehöre nun mal Chuck. Sie sprach von Gemeinsamkeiten, von Gefühlen, die sie noch nie zuvor gehabt habe, von Chucks wunderbaren Eigenschaften. Il cuore vuole ciò che vuole. Im Übrigen würde Chuck demnächst bei ihr einziehen.

Am nächsten Tag fragte sie Chuck, ob er bei ihr einziehen wolle. Chuck war begeistert, seine sechzig Quadratmeter gegen ihre einhundertsechzig zu tauschen, und sagte auf der Stelle ja.

Chuck ließ die Wohnung umbauen. Fußböden, Fliesen und Zwischenwände mussten herausgerissen werden, die Heizkörper verkleidet, die Türen ersetzt. Er wollte, dass alles modern aussah, klar, minimalistisch. In der Küche hielt Edelstahl Einzug, im Bad Schiefer, überall Schwarz und Weiß. Statt der Vorhänge wurden Jalousien installiert. Die Elektrik musste neu verlegt werden, denn es gab zu wenige Steckdosen, Anschlüsse und Schalter. Ein volles Jahr lang lebten sie auf einer Baustelle. Anfangs übernahm Chuck die Hälfte der Kosten, mit der Zeit allerdings wurden diese so hoch, dass auch die Hälfte seine Möglichkeiten überstieg. Zorzis abgeblätterter Altbau-Boho-Stil, ihre Retro-Lampen und Vintage-Kissen mussten weichen.

„Du willst doch auch, dass es unsere Wohnung wird, und nicht nur deine?", sagte Chuck. Zorzi wollte es auch. In der Cantinetta erzählte sie: „Wir reißen gerade den Estrich heraus." Oder: „Wir haben den alten Schrank aus dem Schlafzimmer verkauft." Massimo hatte sich nach einer Periode schweigsamen Grolles, intermittierender Kündigungsdrohungen und verbrannter Doraden wieder gefangen und eine neue Freundin gefunden, die zehn Jahre jünger war als Zorzi, was er ihr gerne unter die Nase rieb. Zorzis Leben war so anstrengend geworden, dass ihr zwischen Restaurant und Wohnung, Personal und Handwerkern, Geldverdienen und Geldausgeben kaum Zeit zum Nachdenken blieb. Wir bauen ein Nest, sagte sie sich, auf jeden Fall für Emilia und Alexander. Wenn Laura und Dominik dazukommen, müssen wir uns etwas Größeres suchen.

Nur aus dem Augenwinkel bekam sie mit, dass Chuck diverse Drogen nahm. Bevor er aus dem Haus ging, schluckte er Pillen für Munterkeit, Selbstbewusstsein und Leistungssteigerung, wenn er nach Hause kam, andere Pillen zum Runterkommen, Entspannen und Einschlafen. Wollte er besonders munter, selbstbewusst und leistungsstark sein, schnupfte er auch mal eine Line Koks. Zum Chillen tropfte er sich gerne etwas Liquid Ecstasy in sein Bier. Da seine Eier die Größe von Haselnüssen, seine Oberarme aber die von herkömmlichen Oberschenkeln hatten, vermutete Zorzi, dass er auch Steroide nahm, obwohl er es abstritt. Manchmal machte sie sich Sorgen um seine Spermienqualität und manchmal ums Geld, aber insgesamt schätzte sie das Glück des positiven Denkens zu sehr, um es sich allzu lange einschwärzen zu lassen. Chuck hatte recht: Er war kein Junkie. Er war kräftig und gesund, hatte alles im Griff und nahm seine Pillen so, wie andere morgens Kaffee und abends ein Glas Wein tranken.

Endlich war die Wohnung fertig und man konnte sie genießen. Zorzi stellte fest, dass sie sie meist alleine genießen musste, denn Chuck hatte viel zu tun. Die Arbeit, das Training, die Klienten und all die Sportarten, die er ohne sie betrieb. Mountainbiken, Wakeboarden, Skaten, Klettern, Kajaking. Auch Laufen ging er oft, aber grundsätzlich alleine, denn er hasste es, a) mit jemandem dabei zu reden und b) sich an ein fremdes Tempo anzupassen. Zorzi hätte es nun durchaus schön gefunden, wenn er ihr irgendetwas beigebracht hätte, Skaten vielleicht, wenigstens ein bisschen.

Sie vermisste ihren ausgebleichten Pouf, auf den sie immer ihre Füße gelegt hatte, und die schwarz angelaufenen Silberrahmen, in denen sie Familienfotos wildfremder Menschen aus dem Fin de Siècle ausgestellt hatte. Sie bildete sich ein, dass es Adelige waren, obwohl sie es natürlich nicht wusste, ein gewisser Luxus, ein gewisses Standesbewusstsein konnten schließlich auch vom gehobenen Bürgertum zur Schau gestellt werden. Sie liebte aber den Traum vom Adel, von Familien, die ihre Geschichte über Jahrhunderte zurückverfolgen konnten und Stammbäume führten, in denen kein Name je in Vergessenheit geriet. Ihr gefielen die steifen Paare, die gemalten Hintergründe, braven Familienhunde und herausgeputzten Kinder mit ihren Steckenpferden und Botanisiertrommeln, aber Chuck hatte sie einfach nur gruselig gefunden. In der Wohnung sah man nun jedes Staubkorn.

Sie musste oft an Jürgen denken. Was seine Libido betraf, war er, das musste sie sich nun eingestehen, perfekt für sie gewesen. Er hatte immer Lust gehabt, nie hatte sie aufwändige Verführungstechniken anwenden müssen. Er brauchte kein Strippen, kein Säuseln, kein Styling, kein Make-up, keine sexy Dessous oder hochhackigen Schuhe, es hatte immer genügt, wenn Zorzi ihn küsste oder ihm die Hand auf den Schwanz legte oder sagte: „Kannst du mir den Reißverschluss aufmachen?" Er wollte zwischendurch, die ganze Nacht, an jedem Ort, nach einem schlechten Tag, nach einem guten Tag, gleich nach dem Aufwachen, drei Mal hintereinander, auf dem Tisch, auf dem Boden, im Stehen beim Zähneputzen im Bad. Hätte er seine wunderbaren Fähigkeiten nicht auch anderen Frauen zur Verfügung gestellt, wäre es sicherlich gut gegangen mit ihm.

Mit Chuck war es anders. Er war müde, nicht in Stimmung, leicht verkühlt, hatte weiß Gott Wichtigeres im Kopf, noch zu tun, Ärger im Job gehabt, Schmerzen im Meniskus, was Falsches gegessen, musste morgen früh raus. Wenn es zu Sex kam, wurde nicht viel Zeit investiert, es gab nur Birnen, die auch noch immer wässriger wurden, und oft genug nicht einmal die.

Als Zorzi später vor Gericht hinsichtlich ihrer Motivlage detaillierte Angaben machen musste und dies in der für sie typischen Unschuld auch tat, lauschten alle gebannt. Sie schilderte Chucks Unzulänglichkeiten in ihrer sanften, leisen Stimme, die es so schwer machte, ihr Aggression zuzutrauen. Sie saß da wie ein Opfer, und als ein solches fühlte sie sich wohl auch. Sie habe geglaubt, körperlich abzusterben, ihre Sinne zu verlieren, sie habe keine Musik mehr gespürt, keine Blumen gerochen, nicht einmal das Essen habe ihr mehr geschmeckt. „So wollte ich nicht leben", erklärte sie.

„Sie haben den Mann also getötet, weil der Sex schlecht war?", rief der Staatsanwalt. Sein Blick traf sich mit dem der Richterin und beide schüttelten den Kopf, als wollten sie sagen: Großer Gott, wenn wir das alle täten – wie viele Tote gäbe es dann.

Mit dem Umbau war es nicht getan. Chucks Zufriedenheit mit der Wohnung musste Tag für Tag nach akribischen Vorgaben sichergestellt werden. All das war schleichend vor sich gegangen. Nach und nach waren Ordnungssysteme hergestellt worden, die immer weniger verletzt werden durften. In den Küchenschränken musste alles an seinem Platz sein. Eine Warenwirtschaft wurde eingeführt, bei der Vorräte konsequent aufgestockt werden mussten: Zwei Ersatzflaschen des Universalreinigers, vier Packungen feuchte Toilettentücher, eine Sechserpackung Putzschwämme. Rasierschaum, Geschirrspülertabs, Zahnpasta, Wattestäbchen – alles musste in genau festgelegter Zahl vorhanden sein für den Fall, dass es ausging. Im Kühlschrank hatten sich zu jedem Zeitpunkt vier Packungen Leichtmilch, sechs große Flaschen Mineralwasser, sechs Sportflaschen

Gatorade, Leichtschinken, Räucherlachs, vierundzwanzig Eier, vier Packungen Hüttenkäse und zwei große Becher Joghurt mit 1% Fett zu befinden. Seine T-Shirts ordnete Chuck nach Farbschemata. Die CDs waren wie im Geschäft nach Musikrichtung und innerhalb dieser alphabetisch nach Namen gereiht. Zeitschriften durften nicht auf dem Tisch oder Sofa verbleiben, sondern mussten jeweils nach Beendigung der Lektüre im Zeitschriftensammler deponiert werden. Papierkörbe gab es nicht, Abfall musste sofort in den zentralen Mülleimer in der Küche gebracht werden. Die Fernbedienungen hatten aufgereiht wie Rennpferde vor dem Start auf dem Couchtisch platziert zu werden. Und vor allem: Es durfte nichts herumliegen.

Zorzi hielt sich gewissenhaft an die Vorgaben, obwohl sie immer häufiger dachte: Wie soll denn die kleine Emilia hier spielen können? Wenn Chuck nach Hause kam, machte er als Erstes einen Kontrollgang durch die Wohnung inklusive Kühlschrank-Check, vorher konnte er sich nicht entspannen. Sie saßen kaum noch im Kaffeehaus, auf einer Bank in der Sonne, im Pub bei einem Bier. Wie es schien, hatte Chuck Zorzi hauptsächlich gewollt, um mit ihr zu wohnen, und ja, wohl auch, um ihr ab und zu seine Okra-Schote hineinzuschieben. Sie fühlte sich abwechselnd angespannt, als müsse sie gleich etwas zerschlagen, dann wieder vollkommen leer und erschöpft. Manchmal überlegte sie sogar, Chuck um eine seiner Feel-Good-Pillen zu bitten, oder vielleicht um ein wenig Schnee. Aber dann riss sie sich wieder zusammen und war entsetzt: So tief sinken wollte sie nicht.

Sie war nun zweiunddreißig. Es war höchste Zeit, sich von Chuck zu trennen. Im Ausland konnte es nicht geschehen, denn er reiste nicht gerne. Er habe, sagte er, zwischen seinem fünfzehnten und seinem fünfundzwanzigsten Lebensjahr permanent in fremden Betten, in

Schlafsäcken, auf Sofas oder sonstwo geschlafen, er sei so viel gereist, getrampt und umgezogen, dass er endgültig genug davon habe.

In der Wohnung konnte es auch nicht geschehen, denn eine Riesensauerei wollte Zorzi dort auf gar keinen Fall haben.

Chucks Leichnam wurde im Wienerwald gefunden. Zwei Joggerinnen fiel kurz nach 19:00 Uhr an einem sehr steilen Wegstück „ein Metallding" auf, das etwas abseits des Pfades im Laub lag. Verärgert über die vermeintliche Müllablagerung gingen sie hin, um es sich näher anzusehen. Es handelte sich um ein Mountainbike, das „ganz verdreht dalag, als hätte es jemand brutal hingeschmissen." Die Sportlerinnen, die sich mit Rädern auskannten, stellten fest, dass es sich um eine sehr teure Marke handelte: „Definitiv nicht ein Bike, das man einfach im Wald liegen lässt." Sie gingen davon aus, dass jemand wohl so schwer gestürzt war, dass er nicht mehr weiterfahren konnte und ins Krankenhaus gebracht worden war. Der Betroffene würde bestimmt froh sein, sein Rad wiederzubekommen, sodass sie überlegten, es mitzunehmen und dem Fundamt zu übergeben. Während sie noch dastanden und sich berieten, bemerkte die eine der beiden Frauen in einem tiefer gelegenen Gebüsch „bunte Textilien". Schlagartig wurde ihnen klar, dass es sich um den Verunglückten handeln musste, der dort immer noch lag. Hastig kletterten sie hinunter, dabei riefen sie: „Hallo! Brauchen Sie Hilfe?" und so weiter, doch der Mann gab keine Antwort und rührte sich nicht. Als sie den leblosen Körper erreicht hatten, „flog eine dicke Wolke von Insekten von ihm auf".

Es sah alles nach einem Herzinfarkt aus. Es war ein sehr heißer Sommertag mit Tageshöchstwerten von 38

Grad gewesen, sodass wohl nicht viele Wanderer unterwegs gewesen waren. Der Tote hatte etwa acht bis zehn Stunden an seinem Fundort gelegen, war also vermutlich am Vormittag, als es noch nicht ganz so heiß war, zu seiner Mountainbikerunde aufgebrochen. Allerdings hatte es um 9:00 Uhr bereits 33 Grad, um 11:00 Uhr 36 Grad gehabt. Dazu kam das extrem steile Wegstück, das der Mann bergauf gefahren war. Er bekam einen Herzinfarkt, stürzte, kollerte den Abhang hinunter und starb, ohne dass jemand vorbeigekommen wäre, der ihm helfen hätte können. In seiner Bauchtasche fand man eine Jahreskarte der Wiener Linien, sodass seine Wohnadresse schnell ermittelt werden konnte.

Um 21:45 Uhr erhielt Arnold Körber, der bereits in der Unterhose vor dem Ventilator saß, einen Anruf von Gruppeninspektor Flimminger. Im Hintergrund hörte man Lokalgeräusche und Körber dachte erst, sein Freund wolle ihn noch auf ein Bier hinauslocken. Flimminger aber sprach dienstlich und berichtete, dass im Wienerwald die Leiche eines Mountainbikers gefunden worden war, der aller Wahrscheinlichkeit nach einen Herzinfarkt erlitten hatte.

„Was geht der Wahnsinnige auch bei der Hitze extremsporteln. Er war erst dreißig, aber der Sudasch meint, bei diesen Sportfanatikern – und der Tote sieht danach aus – kann es schon vorkommen, dass das Herz früh schlapp macht." Sudasch war der Polizeiarzt. Er pflegte bei Mordalarm mit auszurücken und festzustellen, ob ein „bedenklicher Todesfall" vorlag, ein Unfallgeschehen oder ein natürlicher Tod.

„Gibt es äußere Verletzungen? Abwehrspuren? Zeichen eines Kampfes?", fragte Körber.

„Nicht der geringste Hinweis auf ein Gewaltverbrechen", sagte Flimminger, „nur ein paar Schürfwunden, die von dem Sturz und dem Hinunterkollern über den

Abhang herrühren dürften." Der Tote heiße Chuck Baker, fuhr er fort, sei australischer Staatsbürger und bei seiner Lebensgefährtin Elisabetta Zorzi gemeldet. Man habe sich also zu deren Adresse begeben, um sie schonend über das Ableben ihres Freundes in Kenntnis zu setzen, sie aber nicht zu Hause angetroffen. Eine Nachbarin habe den Beamten mitgeteilt, dass Frau Zorzi ein Restaurant namens Cantinetta Zorzi betreibe, wo sie vermutlich anzutreffen sein würde. Daraufhin habe man sich zur Cantinetta Zorzi aufgemacht, und dort befinde man sich nun.

Cantinetta Zorzi – irgendwo hatte Körber das schon gehört, es fiel ihm aber nicht ein, wo. „Mit wem bist du unterwegs?", fragte er.

„Stankowitsch", sagte Flimminger. Stankowitsch war ein ehrgeiziger junger Beamter, eine Spur zu schnöselig, fand Körber, er trug immer eine Krawatte mit Krawattenklammer und schicke italienische Anzüge. Ob er sich das auch bei dieser Hitze antat? Stankowitsch ließ keinen Zweifel daran, dass er es weit bringen wollte, man beobachtete ihn mit abwartend kritischem Wohlwollen.

Bedauerlicherweise, sagte Flimminger, habe man erfahren müssen, dass Frau Zorzi kurz zuvor nach Hause gegangen sei, man sie also knapp verpasst habe. Jedenfalls, es sei dann noch etwas Interessantes passiert. Man habe ihn, Flimminger, natürlich gefragt, was denn los sei, und er habe natürlich gesagt, dass er das nicht sagen dürfe, und auf einmal habe einer der Kellner ausgerufen: „Um Gottes willen, es wird doch nicht schon wieder einer tot sein!" Daraufhin habe man sich die Leute ein wenig zur Brust genommen, die ganze Belegschaft, was nicht ganz einfach gewesen sei, denn in der Cantinetta herrsche noch voller Betrieb. Die Geschichte, die er und Stankowitsch extrahiert hätten, sei jedenfalls die, dass der Chefin schon einmal, vor Jahren, ein Lebensgefährte gestorben sei, anscheinend bei einem Bergunfall. Die arme Frau sei männermäßig offenbar sehr vom Pech verfolgt, ihr letzter Freund habe sie mitten im Urlaub, auf einem Segeltörn in der Adria, sitzen lassen, und einen irren Stalker habe sie auch schon gehabt. Man habe ihnen erzählt, dass Frau Zorzi überaus attraktiv sei und viele Verehrer habe, auch sei der Verdacht geäußert worden, dass einer von diesen vielleicht nicht ganz richtig ticke. Es könne natürlich alles Zufall sein undsoweiter, aber irgendwie habe er so ein Bauchgefühl. „Also zieh dir bitte deine Hose an und komm, wir fahren jetzt zu der Frau Zorzi."

„Wieso weißt du, dass ich keine Hose anhabe?", fragte Körber.

„Ist auch so ein Bauchgefühl", sagte Flimminger. Körber zog sich an und fuhr los.

Als Elisabetta Zorzi die Türe öffnete und die drei ernsten Männer sah, von denen einer ihr seinen Polizeidienstausweis entgegenhielt, wurde auch sie ernst. Sie rechnete wohl, wie jeder in einer solchen Situation, mit etwas Unangenehmem, wenn auch noch nicht mit dem Schlimmsten. Sie gingen in das große Wohnzimmer und nahmen auf einer Sitzgarnitur aus schwarzem Leder und mit metallenen Armlehnen Platz, die Körber eher in eine Premium-Flugzeuglounge zu passen schien als in eine gemütliche Pärchenhöhle. Wie in allen Wohnungen in diesen Augusttagen war es heißer als draußen in der Nachtluft, zwei verchromte Ventilatoren summten leise vor sich hin.

Mit routiniertem Taktgefühl überbrachte Gruppeninspektor Flimminger die Nachricht von Chuck Bakers Tod. Frau Zorzis Augen weiteten sich und sie legte eine Hand auf den Mund. Sie schien etwas blasser zu werden, sodass ein kleines Feld Sommersprossen auf ihrer Nasenwurzel deutlicher hervortrat. Nach mehrmaligem Schlucken sagte sie: „Herzinfarkt? Aber das kann nicht sein! Er ist doch erst dreißig!" Die Tatsache, dass sie das Präsens verwendete, deutete darauf hin, dass sie an Bakers Tod noch nicht so recht glaubte. Auch die Tatsache, dass sie nicht sofort zu weinen anfing, passte dazu. Die Hoffnung, dass alles nur ein Irrtum war, der sich demnächst aufklären würde, war Körbers Erfahrung nach eine Reaktion, die Menschen im ersten Schock durchaus häufig an den Tag legten.

„War Ihr Freund generell sehr sportlich?", fragte Flimminger. Aber natürlich, erwiderte Frau Zorzi, er sei ja Fitnesstrainer von Beruf, Personal Trainer, um genau zu sein, bis 21:00 Uhr habe er noch einen Klienten gehabt, sie habe sich schon gedacht, dass irgendwas merkwürdig sei, er hätte längst zu Hause sein müssen, sein Handy sei auch da, sie habe ihn angerufen und sein Handy habe geklingelt, er musste es vergessen haben, obwohl er es sonst nie vergaß. Sie zeigte auf das Handy, das in einer Reihe neben vier Fernbedienungen auf dem Couchtisch lag. Der Couchtisch hatte glänzende Chromfüße und eine schlierenlos saubere Glasplatte. Flimminger bat Frau Zorzi, das Handy zu überprüfen – es fanden sich vier Sprachnachrichten und elf SMS von drei erbosten Klienten, die im Laufe des Tages vergeblich auf Chuck Baker gewartet hatten.

„Pflegte er das Handy auch zum Mountainbiken mitzunehmen?", fragte Körber.

Frau Zorzi schüttelte den Kopf: „Nein, da störte es ihn nur. Er nahm es zum Laufen und Radfahren nie mit. Aber am Nachmittag hätte er es dabeihaben müssen."

„Wann ist er denn heute Morgen aus dem Haus gegangen?", fragte Körber.

„Gegen acht", sagte Frau Zorzi. „Er wollte mountainbiken gehen, dann nach Hause duschen und essen. Um 14:00 Uhr hätte er seine erste Klientin gehabt, soviel ich weiß."

„Dazu ist es wohl nicht mehr gekommen", sagte Flimminger philosophisch, um plötzlich nachzusetzen: „Hat Ihr Freund Anabolika genommen? Steroide?"

Frau Zorzi stützte die Hände auf den Oberschenkeln auf und wiegte sich vor und zurück, wie es Menschen typischerweise taten, die eine motorische Entlastung für Gefühle suchten, die sie im Moment nicht verarbeiten konnten. „Er hat gesagt, er nimmt keine!", rief sie.

Körber fand sie gar nicht so toll. Sie war klein und hatte relativ kurze braune Haare, die ihren Kragen knapp bedeckten. Aus irgendwelchen Gründen hatte er sich eine große Blondine mit wallender Mähne und hochhackigen Louboutins vorgestellt. Ja, sie hatte ein hübsches Gesicht und eine tadellose Figur. Sie trug ein eng anliegendes, bis unten durchgeknöpftes dunkelbraunes Hemdblusenkleid im Siebzigerjahrestil, sodass man um die Fantasie nicht umhinkam, einen Knopf nach dem anderen genüsslich zu öffnen. Zwei große Brusttaschen lenkten den Blick auf wohlgeformte C-Körbchen. Finger- und Zehennägel waren burgunderrot lackiert, die Füße steckten in Sandaletten mit fünf oder sechs Zentimeter hohen Absätzen – gerade so hoch, dass sie sexy wirkten, aber nicht nuttig. Dennoch waren es Schuhe, die man üblicherweise auszog, sobald man nach Hause kam. Hatte sie sie angelassen, um ihren Lebensgefährten nicht mit nackten Füßen zu empfangen? Oder hatte sie noch jemand anderen erwartet? Alles in allem war Elisabetta Zorzi in Körbers Augen eine zwar gepflegte, aber doch eher durchschnittliche Erscheinung – und diese Frau sollte ein Männermagnet sein? Ihr damenhaft reserviertes Benehmen war unterbrochen von Anflügen kindlicher Hilflosigkeit, die Körber nervten, bei manchen Männern aber wahrscheinlich den Beschützerinstinkt ansprachen. Ihr Deutsch war grammatikalisch einwandfrei, jedoch verriet ein deutlicher Akzent ihre Herkunft.

Sie musterte ihn ebenfalls, immer wieder streifte ihn ihr Blick, das war er gewohnt und es war bei seiner Erscheinung auch nicht weiter verwunderlich. Tätowierungen bis auf die Handrücken und den Hals hinaus, der durchtrainierte Körper, die Jeans im *used look* und das T-Shirt, auf dem in Fraktur „Criminal Damage" stand – es war nur ein Markenname, musste aber bei jemandem, der im Polizeidienst stand, doch irritieren. Flimminger dagegen entsprach ganz dem Bild eines älteren Kriminalbeamten, er war mäßig beleibt und hatte etwas Schlampiges, aber auch Väterliches an sich, die beige Anzughose schlotterte, das Hemd spannte, das Sakko hatte er über die Armlehne gehängt und immer wieder wischte er sich den Schweiß von der Halbglatze, auf der feuchte graue Haarsträhnen klebten. Stankowitsch hatte auf das Sakko heute verzichtet. Er trug eine seiner modisch schmalen Krawatten mit der Krawattenklammer, allerdings mit stark gelockertem Knoten. In den Händen hielt er ein schwarzes Moleskine und einen Stift, er hatte „B. geg. 8h a. d. Haus, ev. Anabolika" notiert, was Körber ziemlich albern fand.

Flimminger erklärte Frau Zorzi, dass Anabolikamissbrauch zu einer Verengung der Blutgefäße und in der Folge zu Herzinfarkt führen konnte. Nun stiegen ihr die Tränen in die Augen, ihre Nasenspitze färbte sich rot, diskret sahen die drei Herren dabei zu, wie ihr die ersten Tropfen über das Gesicht rannen. Körber wunderte sich, dass es keine Mascaraspuren gab, dann sah er, dass ihre Wimpern etwas zu dicht und zu lang, also wohl aufgeklebt waren.

„Sollen wir jemanden für Sie anrufen?", fragte Stankowitsch und hielt seinen Stift gezückt, um eventuelle Namen aufzuschreiben.

Frau Zorzi schüttelte den Kopf: „Nein danke, es ist schon so spät, ich möchte jetzt niemanden mehr stören." In der Tat war es bereits kurz vor Mitternacht.

„Haben Sie Verwandte in Wien? Eine Freundin vielleicht?", fragte Flimminger.

„Nein", sagte sie, „danke. Meine Familie lebt in Italien. Ich komme schon zurecht." Auf die Frage nach einer Freundin war sie nicht eingegangen.

„Wir würden Ihnen gerne noch ein paar Fragen stellen", sagte Körber, „wäre das okay?"

„Natürlich", erwiderte sie, „entschuldigen Sie einen Augenblick." Sie ging zu einer breiten schneeweißen Kommode mit opaker Glasfront, öffnete eine Lade und entnahm ihr eine Box mit Taschentüchern. Sie zog drei Tücher heraus, tupfte sich die Tränen ab, schluchzte leise und kehrte mit der Box zum Sofa zurück. „Bitte", sagte sie, „fragen Sie ruhig." Im Luftzug der Ventilatoren flatterte das aus der Box herausragende Tuch.

„Wir haben mit Ihren Angestellten gesprochen", sagte Körber, „sie haben uns erzählt, dass Sie einmal einen Stalker hatten. Oder noch immer haben?"

Frau Zorzi war überrascht. Die Tränen versiegten für den Moment. „Ach, der Stalker", winkte sie ab, „der ist schon lange weg. Gott sei Dank. Aber es war furchtbar!"

„Können Sie uns etwas mehr über ihn erzählen?", fragte Flimminger. Frau Zorzi erzählte. Erst stockend, dann immer bereitwilliger schilderte sie den Unbekannten in der schwarzen Lederjacke, mit den stechenden blauen Augen und den zusammengewachsenen Augenbrauen, der sie wochen- und monatelang verfolgt hatte. Es schien, als würde ihr die Erinnerung an diesen überstandenen Schrecken helfen, sich von der gegenwärtigen schrecklichen Situation vorübergehend abzulenken. Detailliert berichtete sie, wie der Mann sie nach ihrer Unterwäsche gefragt und ihr in einem anonymen Paket einen riesigen schwarzen Dildo geschickt hatte – natürlich wusste sie nicht mit Sicherheit, dass er es gewesen war, aber wer hätte es sonst sein sollen? – sowie von dem beängstigenden Zettel, der in dem Paket gelegen war. „Damit du schon mal weißt, was dich erwartet, meine Braut" oder etwas in der Art sei darauf gestanden. Stankowitsch kritzelte in sein Moleskine. „Stalker: Unterwäsche, gr. schw. Dildo, Zettel/Drohung", las Körber aus dem Augenwinkel.

Frau Zorzi erzählte weiter, wie der Mann vor ihrer Wohnung gelauert habe, ihr nachgegangen sei, sie in Hauseingänge gedrängt und belästigt habe. Bis das Ganze in einem Überfall eskaliert sei, bei dem er versucht habe, sie zu küssen, und ihr, als sie sich wehrte, mit einer Eisenstange auf den Kopf geschlagen habe. „Ich habe noch immer eine kleine Narbe, sehen Sie?", sagte sie und deutete auf eine Stelle an ihrer Schläfe. Stankowitsch stand auf, um sich die Narbe näher anzusehen, nickte und sagte: „Ja, man sieht es."

„Haben Sie Anzeige erstattet?", fragte Körber.

„Nein, hab ich nicht. Bitte verstehen Sie mich nicht falsch", sagte Frau Zorzi mit einem schmerzlichen Lächeln, „aber ich hatte die Befürchtung, dass mir die Polizei nicht helfen können würde."

„Oh, Sie sollten uns nicht unterschätzen!", lächelte Flimminger zurück.

„Ich weiß", sagte Frau Zorzi einsichtig. Nachdem sie dann auf Urlaub gewesen sei, sei der Stalker plötzlich verschwunden gewesen, sie wisse auch nicht warum.

„Vermutlich hat er ein anderes Opfer gefunden", sagte Körber.

„Das tut mir leid", sagte Frau Zorzi, „für das andere Opfer, meine ich. Aber ich war heilfroh." Nachdem geklärt war, dass sich der Stalker seit Jahren nicht mehr blicken hatte lassen, wollte Körber noch ein anderes, heikleres Thema anschneiden.

„Wir haben auch von Ihren Angestellten gehört, dass schon einmal ein Lebensgefährte von Ihnen Opfer eines Unfalls geworden ist. Eines Bergunfalls?"

Frau Zorzi griff nach der Taschentücherbox, zog drei Tücher heraus, knüllte sie zusammen und presste sie vor den Mund. Sie atmete stoßweise, starrte vor sich hin, ihre Augen wurden am unteren Lidrand wieder rot. „Das ist wohl der Preis, den man zahlt, wenn man auf Sportfanatiker steht", sagte sie bitter.

„Wären Sie so nett, uns auch davon noch ein bisschen mehr zu erzählen?", fragte Körber.

Frau Zorzi zögerte. „Darf ich Ihnen ... Ich bin sehr durstig, kann ich mir etwas zu trinken holen? Möchten Sie vielleicht auch etwas haben? Ein Glas Wasser? Es ist so unerträglich heiß."

Gruppeninspektor Flimminger schien erleichtert: „Oh ja, gerne. Normalerweise lassen wir uns nicht bewirten, aber heute ist wirklich eine Ausnahmesituation." Auch Körber stellte fest, dass sein Mund sehr trocken war. Auf einem gläsernen Beistelltisch neben Frau Zorzi stand eine digitale Uhr mit Temperaturanzeige. Es war 12:20 Uhr und es hatte 33,7 Grad. Alle vier standen auf, froh, ihre Beine bewegen zu können, und gingen in die Küche.

Sie waren drei große, kräftige Männer, Vertreter behördlicher Autorität, und eine kleine, zierliche Frau, aufgelöst, verstört, in einer traumatischen Lebenssituation. Arnold Körber hatte plötzlich den Gedanken, dass sich Elisabetta Zorzi eingeschüchtert fühlen musste, und Gruppeninspektor Flimminger hatte wohl Ähnliches im Hinterkopf, als er ihr galant den Vortritt ließ.

Die Küche sah aus wie aus einem Katalog, mit dem Unterschied, dass bei Katalogfotos dekorative Objekte eingesetzt wurden, um ein Gefühl der Bewohntheit zu erzeugen, schöne Früchte, bunte Geschirrtücher, ein paar Blumen vielleicht. In ihrem Zuhause war Frau Zorzi der einzige Anziehungspunkt für das Auge, nichts lenkte von ihr ab. Hier sah es aus, als würde selten gekocht, was wohl auch kein Wunder war, wenn man ein Restaurant besaß. Nun fiel es Körber wieder ein: Cantinetta Zorzi. Den Namen hatte er von Raoul Berner gehört, einem befreundeten Anwalt, der sich dort mit dem prominenten Strafverteidiger Rainer Kopetzki getroffen hatte. Dieser war ein Stammgast des Restaurants. Und das, so Raoul, mit gutem Grund. Erstklassige Produkte, Wildschweinschinken, Salsicce, und diese einmaligen Steaks von toskanischen Rindern! Das Beste aber seien die Risotti. Sämig. Cremig. Geschmacksfeuerwerk. Wegen dieser Risotti werde die Inhaberin des Restaurants „Die Prinzessin von Arborio" genannt. Da begriff Körber:

Die Frau, die gerade neben ihm stand, war die Prinzessin von Arborio.

Sie nahm vier große Wassergläser. Dann öffnete sie den Kühlschrank und holte eine Mineralwasserflasche heraus. Körber sah ein paar Gatorade-Flaschen und bekam plötzlich Lust darauf. „Wäre es sehr unverschämt, wenn ich Sie um ein Gatorade bitten würde?", fragte er.

„Tut mir leid", sagte Frau Zorzi und machte den Kühlschrank wieder zu, „die brauche ich fürs Training." Einen Moment lang genierte sich Arnold Körber für seine Dreistigkeit. Doch irgendetwas stimmte nicht. Irgendetwas war seltsam gewesen. Es waren nur Sekundenbruchteile vergangen, bis Frau Zorzi seine Frage beantwortet hatte, und doch hatte es eine Spur zu lange gedauert. Sie war eingefroren gewesen, als hätte sie die Frage in Schock versetzt. Körber machte die Kühlschranktüre wieder auf und fragte: „Alle fünf Flaschen?"

Es war das erste Mal, dass ihn ihr Verführungslächeln traf. Ihre Zähne waren blendend weiß, weißer, als sie von der Natur gemacht wurden. Gebleacht, dachte Körber.

„Sie müssen für den Rest der Woche reichen", sagte sie, „eine für jeden Tag. Ich komme nicht mehr zum Einkaufen." Nein, da war etwas faul. Das klang nach einer dürftigen Ausrede, Lächeln hin oder her.

„Treten Sie bitte zurück, Frau Zorzi", sagte Körber. Stankowitsch schaltete schnell, er sprang nach vorne, wies Frau Zorzi, die auf Körbers Aufforderung nicht reagiert hatte, mit einer Geste vom Kühlschrank weg und stellte sich zwischen sie und das Gerät. Körber starrte auf die Gatorade-Flaschen. Stankowitsch zog Einmalhandschuhe aus der Hosentasche und reichte sie ihm. Körber zog sie an und nahm eine der Flaschen heraus. Was stimmte nicht damit? Er konnte nicht erkennen, ob die kleinen Stege, die den Schraubverschluss mit dem Kunststoffring verbanden, durchbrochen waren. Vorsichtig schraubte er den Verschluss auf. Es knackte nicht. Die Flasche war schon geöffnet worden, und doch war sie bis zum Rand gefüllt.

Mit einer plötzlichen Bewegung tat Körber so, als würde er die Flasche zum Trinken ansetzen. Frau Zorzi entfuhr kein Laut. Mit großen Augen stand sie da, an die Anrichte gelehnt, beide Hände an die Arbeitsplatte geklammert, als wolle sie sich gleich von ihr abstoßen. Aber sie rührte sich nicht.

Körber setzte die Flasche wieder ab. Er nahm eine andere aus dem Kühlschrank, öffnete den Schraubverschluss, wieder kein Knacken.

Flimminger, der alles aufmerksam beobachtet hatte, trat nun vor: „Wir müssen Sie leider mitnehmen, Frau Zorzi. Und die Flaschen auch."

Die kriminaltechnische Untersuchung ergab, dass sich in allen fünf Gatorade-Flaschen eine tödliche Dosis Gamma-Hydroxybuttersäure, kurz GHB, befand, auch als K.-o.-Tropfen oder Liquid Ecstasy bekannt. Eine mehrfach tödliche Dosis, um genau zu sein. Der leicht salzige Geschmack der Droge wurde trotz der großen Menge vom ebenfalls leicht salzigen Geschmack des isotonischen Getränkes vermutlich gut kaschiert. Auf allen fünf Flaschen fanden sich Fingerabdrücke von Frau Zorzi sowie von anderen, unbekannten Personen, aber keine von Chuck Baker. Die Polizei durchsuchte das Waldstück, in dem die Leiche aufgefunden worden war, und entdeckte im Buchenlaub eine Sportflasche Gatorade, in der noch etwa ein Drittel der Flüssigkeit enthalten war. Sie hatte dieselbe Zusammensetzung wie die in den Flaschen, die in Frau Zorzis Kühlschrank vorgefunden worden waren, nämlich den Isodrink mit einer kräftigen Dosis GHB. Auf der im Wald sichergestellten Flasche befanden sich sowohl Elisabetta Zorzis als auch Chuck Bakers Fingerabdrücke. Der Sportverschluss der Flasche war geöffnet, sodass man davon ausging, dass Baker wohl in einem Zug getrunken hatte, bis das Gift seine Wirkung gezeigt hatte und ihm die Flasche aus der Hand gefallen war. Er war bewusstlos geworden, kurz darauf musste es zum Atemstillstand gekommen sein.

Sudasch, der Polizeiarzt, war wütend.

„Du hattest keine Chance, diesen Mord zu erkennen", sagte ihm Flimminger.

„Trotzdem!", rief Sudasch, „wenn ich auf die Idee gekommen wäre, das Waldstück nach einem vergifteten Isodrink absuchen zu lassen, wäre mir der Irrtum nicht unterlaufen! Aber wer kommt denn auf sowas!"

„Niemand", beruhigte ihn Flimminger, „ich bin doch auch nicht darauf gekommen. Man kann doch nicht paranoid werden und hinter jedem Todesfall einen Mord vermuten, oder?"

Immer wieder legte man Elisabetta Zorzi nahe, einen Anwalt beizuziehen. Man hatte in der Vergangenheit hin und wieder die Erfahrung gemacht, dass Verdächtige, die einen Anwalt ablehnten, später behaupteten, die Polizei hätte sie dazu genötigt, auf einen Rechtsbeistand zu verzichten. Doch Frau Zorzi wollte keinen Anwalt. „Ich brauche niemanden, der mir sagt, dass ich nichts sagen soll!", sagte sie. „Ich kann alles sagen, weil ich nichts Falsches getan habe."

Die gerichtsmedizinische Untersuchung ergab, dass Chuck Baker einen Cocktail an Aufputschmitteln im Blut hatte, ebenso wie eine beträchtliche Menge an GHB, wobei Letzteres zu seinem Tod geführt hatte. Als man Elisabetta Zorzi mit diesen Fakten konfrontierte, sagte sie: „Aber das kann doch nicht sein? GHB ist doch nur sechs oder acht Stunden im Blut nachweisbar? Und Sie haben den Leichnam erst vierundzwanzig Stunden nach Todeseintritt obduziert? Also wie konnte man GHB finden?"

„Ja", sagte Gruppeninspektor Flimminger, „wenn der Mensch nach dem Konsum von GHB weiterlebt, baut er es ziemlich schnell ab. Aber im toten Organismus gibt es keinen Stoffwechsel mehr. Dann bleibt das Zeug, wo es ist." Frau Zorzi sagte nichts mehr dazu und war in der Folge kaum ansprechbar. Schließlich erklärte sie, nun doch einen Anwalt zu wollen, und engagierte einen jungen Mann, der so aufgeregt war, dass jeder mit ihm Mitleid hatte.

Durch die Medien gingen Schlagzeilen vom „Gatorade-Mord" und der Verhaftung der Prinzessin von Arborio.

Schnell kristallisierte sich heraus, dass Frau Zorzi auf eine strenge Taktik nicht gut reagierte. Setzte man sie zu sehr unter Druck oder sprach gar offene Drohungen aus, ließ sie die Tränen fließen, schluchzte und bebte und verfiel in endlose Klagen über ihr Leid. Dabei hatte sie ein gutes Gespür dafür, ob die Drohungen leer waren oder nicht. Erkannte sie einen solchen Bluff, wies sie gerne darauf hin, bevor sie sich dem Verlieren der Fassung hingab. Am ehesten öffnete sie sich durch Freundlichkeit, durch Galanterie, durch die Vermittlung des Gefühls, dass man ihr ja eigentlich helfe wolle und an nichts mehr interessiert sei als an ihrer Entlastung.

Auf Stankowitsch sprach sie besonders gut an, er schien ihr Vertrauen einzuflößen. Man registrierte dies mit Zufriedenheit, es bot sich dadurch eine hervorragende Gelegenheit für den jungen Beamten, Erfahrungen zu sammeln und sich zu profilieren. Immer öfter ließ man die beiden alleine im Vernehmungszimmer, von dem hilflosen Anwalt abgesehen, den sie mühelos ausblendeten, ebenso wie den Venezianischen Spiegel und die Beobachter dahinter. Stankowitsch hielt Frau Zorzis Blick, er interessierte sich für alles, was sie bewegte. Er scheute sich nicht, viel Zeit in Umwege zu investieren, um erst ganz vorsichtig wieder zur Sache zu kommen. So konnte Frau Zorzi sich ausführlich über die unmenschlichen Bedingungen der Untersuchungshaft äußern sowie die Zumutung, dass sie im Gefängnis keine Fußpflege bekam. Wenn Stankowitsch unangenehme Dinge ansprechen musste, tat er das mit dem Bedauern eines Arztes, der gezwungen war, Schmerz zuzufügen. Körber hatte das Gefühl, dass Stankowitsch die Frau knacken konnte. Sie schien ihn zunehmend als ihren Retter anzusehen, vielleicht entwickelte sie sogar so etwas wie ein ermittlungstechnisch verwertbares Stockholm-Syndrom. Manchmal brachte ihr Stankowitsch einen großen Becher Starbucks-Cappuccino mit, dann sah sie ihn an, als hätte er sie von einem Drachen befreit.

Umso überraschter war Körber, als Stankowitsch ihn eines Tages zur Seite nahm. Er müsse mit ihm unter vier Augen reden, sagte er, wegen der Zorzi-Sache. Körber bat ihn in sein Büro, das nicht größer war als eine Abstellkammer, sodass es schon mit einem einzigen Aktenstapel zugeräumt aussah, aber ein hohes Fenster mit einem Kastanienbaum davor hatte, der unter Eichhörnchen sehr beliebt war. In den Metallregalen standen Hauptwerke der Psychopathologie sowie die Bestseller berühmter amerikanischer Profiler, an die sich Körbers eigene zwei Bücher schmiegten. Die Publikationen der deutschen Konkurrenz verstaubten ganz oben, wo weder die Putzfrau noch das Auge des Besuchers je auf sie trafen. An der Pinnwand hing wie üblich ein Foto des Opfers aus besseren Tagen: Chuck Baker lachend, braungebrannt und mit nacktem Oberkörper, dahinter ein Streifen Wasser und Schilf, es sah nach einem Sommertag an der Alten Donau aus. Darunter hingen Fotos von Chuck Bakers Leiche im Gebüsch, von dem Pfad, den er hinaufgefahren war, dem verdrehten Mountainbike auf dem Abhang sowie der später im Laub entdeckten Gatorade-Flasche. Die Fotos von der Leiche und dem Fahrrad hatte der eifrige Stankowitsch gemacht, bevor Sudasch Entwarnung gegeben hatte, die anderen stammten von der Spurensicherung, die später noch einmal hingefahren war. Ein Tatort, den der Täter nie betreten hatte.

Körber quetschte sich hinter seinen Schreibtisch und lud Stankowitsch ein, auf dem einzigen anderen Stuhl Platz zu nehmen.

„Also, wie kann ich Ihnen helfen?", fragte Körber.

„Ich kann die Frau Zorzi nicht mehr vernehmen", sagte Stankowitsch. „Es geht um meine Distanz. Ich fürchte, ich kann sie möglicherweise nicht mehr wahren."

„Und weshalb?", fragte Körber.

„Ich bin nicht mehr hundertprozentig objektiv. Ich kann mich nicht hundertprozentig abgrenzen."

„Sie müssen ja auch eine Beziehung zu ihr aufbauen. Man wird immer ein bisschen hineingezogen in die Welt des anderen. Machen Sie sich keine Sorgen, Sie machen das sehr gut", sagte Körber.

„Ich habe heute Nacht geträumt, sie zu vögeln", sagte Stankowitsch.

Sie grinsten beide, dann schauten sie wieder ernst.

„Sie wissen", sagte Körber, „dass man solche Träume mit allen möglichen Personen haben kann, ohne dass es sich dabei um tatsächliche Wünsche handelt. Sie könnten zum Beispiel auch träumen, dass Sie, sagen wir, Gruppeninspektor Flimminger vögeln. Das würde nicht bedeuten, dass Sie schwul sind. Sexuelle Träume sind keine Realität."

„Es war ziemlich geil", erwiderte Stankowitsch trocken.

„Ich bitte Sie", sagte Körber, „haben Sie denn noch nie einen Sextraum mit jemandem gehabt, mit dem das in Wirklichkeit nie in Frage gekommen wäre? Denken Sie zurück. Mit einer Lehrerin vielleicht?"

„Mit jeder Lehrerin", sagte Stankowitsch, „aber das hier ist etwas anderes. Meine Freundin hat mich schon gefragt, ob ich neuerdings Pornos schaue in der Arbeit, weil ich gleich über sie herfalle, wenn ich nach Hause komme."

Wieder grinsten sie beide. „Na dann haben doch alle was davon", sagte Körber.

Sie schwiegen eine Weile und lauschten den Stimmen auf dem Gang und aus dem Radio, das aus einem anderen offenen Fenster in Körbers offenes Fenster hineinplärrte. Dann lehnte sich Stankowitsch vor, fand auf dem Schreibtisch zwei leere Stellen für seine Ellbogen und stützte sich auf. „Ich habe gestern ernsthaft überlegt, der Zorzi zu einer Fußpflege zu verhelfen. Ich habe ein Fußpflegeinstitut ausfindig gemacht, das auch Hausbesuche anbietet, und dort angerufen, um zu fragen, ob sie auch in ein Gefängnis kommen würden. Ich war kurz davor, verschiedene Leute in der Verwaltung anzurufen, um mich zu erkundigen, ob man das einrichten könnte."

Nun verstand Körber. Er fand es zwar nicht so schlimm – angesichts des Umstandes, dass es auch schon Beamte gegeben hatte, die Drogen oder Prostituierte in Gefängniszellen geschmuggelt hatten, schien eine Fußpflegerin eine eher harmlose Vergünstigung zu sein. Aber natürlich hatte Stankowitsch recht. Wenn er sich selbst nicht mehr traute, war es besser, ihn abzuziehen.

„In Gegenwart einer schönen Frau sinkt der IQ eines Mannes um durchschnittlich zehn Punkte", sagte Körber. „Meiner natürlich nicht."

„Schon klar", sagte Stankowitsch.

Körber und Flimminger waren sich schnell darin einig, ihn durch eine Beamtin zu ersetzen. Diese sollte bei der Verdächtigen mit der „Wir Frauen wissen doch"-Taktik einhaken. Überraschenderweise reagierte Frau Zorzi äußerst irritiert auf diese Neuerung, sie schien keinerlei schwesterliche Vertrautheit zu empfinden und wurde verschlossener denn je. Man probierte es mit einer anderen Beamtin, aber der Effekt war der gleiche. Offenkundig lag es nicht an der Person, sondern am Geschlecht.

Mit der Zeit ergab sich dann allerdings doch eine wünschenswerte Dynamik: Bei Vernehmungen im Team bewirkte die Gegenwart einer Frau, dass Elisabetta Zorzi zunehmend daran gelegen schien, es den männlichen Verhörern recht zu machen. Hoffte sie, dass diese öfter

kommen würden, wenn sie offen und redselig war? Oder
ging es ihr nur darum, im Kampf um deren „Gunst" die
„Konkurrentin" auszustechen? Frau Inspektor Pretzl-Abfalter eignete sich jedenfalls gut für die Rolle als Rivalin.
Sie war nur wenig älter als Frau Zorzi und trug einen
langen blonden Rossschwanz, darüber hinaus legte sie
Wert darauf, gerade in ihrem Beruf ihre Weiblichkeit zu
betonen, was sie tat, indem sie sich schminkte, als müsse
sie in einer Burlesque-Show auftreten. Gleichzeitig sollte
niemand auf die Idee kommen, sie als Blondine für blöd
zu verkaufen, was ihr eine gewisse Gnadenlosigkeit ver-
lieh.

Sie beschlossen, Frau Zorzi im Großen und Ganzen
zu dritt in die Mangel zu nehmen: Flimminger, Körber
und Pretzl-Abfalter. Sie kamen alleine, zu zweit oder alle
drei gemeinsam, immer in abwechselnden, überraschend
konzertierten Varianten, bei denen einer von ihnen plötzlich ging oder kam. Wandte man „Guter Cop – böser
Cop"-Techniken an, war Pretzl-Abfalter der böse Cop.
Dies geschah natürlich nur auf äußerst subtile Weise, da
ein Serien-Junkie wie Elisabetta Zorzi das Prinzip aus
dem Fernsehen kannte und bei allzu plakativem Einsatz
sofort durchschaut hätte.

Frau Zorzi konnte sich nicht erklären, wie das GHB in die Gatorade-Flaschen gekommen war. Die Getränkevorräte bewahrte sie in der Speisekammer auf – die Durchsuchung ergab, dass sich dort tatsächlich vierundzwanzig unmanipulierte Gatorade-Flaschen befanden. Von ihrem Freund habe sie den Auftrag gehabt, dafür zu sorgen, dass jeweils sechs der Sportflaschen im Kühlschrank eingekühlt waren. Selbstverständlich seien daher ihre Fingerabdrücke auf den im Kühlschrank befindlichen Flaschen gewesen, sie habe sie ja aus der Speisekammer geholt und dort hineingestellt. Geöffnet habe sie sie jedoch nicht, das musste jemand anderer gemacht haben. Tatsächlich konsumiere sie ja dasselbe Getränk, wenn sie laufen gehe, es hätte also genauso gut sie selbst treffen können. Dass sie es abgelehnt hatte, Arnold Körber eine Flasche abzugeben, habe ausschließlich damit zu tun gehabt, dass sie ihren eigenen Bedarf an Gatorade für die nächsten Tage gefährdet gesehen habe. Und sie hätte keine Zeit mehr zum Einkaufen gehabt – wenn ihr Leben normal weiterverlaufen und sie nicht in Untersuchungshaft gelandet wäre.

Das war es, was Frau Inspektor Pretzl-Abfalter „sich in Widersprüche verstricken" nannte. Angesichts dessen, dass sich noch vierundzwanzig weitere Flaschen in der Speisekammer befanden, hätte man doch mühelos den Bestand im Kühlschrank aufstocken können, oder? Frau Zorzi erklärte, dass ihr Auftrag gelautet habe, stets vierundzwanzig Flaschen in der Speisekammer und sechs im Kühlschrank vorrätig zu haben. Zu dem Zeitpunkt, als der Kriminalpsychologe sie um eine Flasche gebeten habe, habe sie noch nicht realisiert gehabt, dass Chuck Baker tatsächlich tot war und die Einhaltung seiner Regeln nicht mehr einfordern würde können. Sie habe die Regeln eben vollkommen internalisiert. Gruppeninspektor Flimminger wies darauf hin, dass die Sportflaschenbevorratungsregel doch per se nur Sinn ergäbe, wenn ein Versorgungsengpass an Gatorade in Supermärkten aufträte. Nur dann wäre es von Vorteil, in Summe noch dreißig Stück des solchermaßen zur Mangelware gewordenen Getränkes zu besitzen. Frau Zorzi erwiderte, sie habe die Regel nicht erfunden, sie habe sich nur daran gehalten. Sie berichtete ausführlich über die sonstigen Bestimmungen, die Chuck Baker hinsichtlich der Lebensmittel und anderer Haushaltsverbrauchsgüter aufgestellt hatte, und als man die Flaschen und Packungen nachzählte, bestätigte sich die Richtigkeit ihrer Angaben. Der Australier schien eine gewisse Zwänglichkeit an den Tag gelegt zu haben, die von seiner Lebensgefährtin nie in Frage gestellt worden war.

Fremde Personen hatten sich in der Wohnung nicht allzu oft aufgehalten. Alle zwei Wochen kam eine Putzfrau, die Staub wischte und die Böden reinigte. Ab und zu war einer von Chucks Kumpels vorbeigekommen. Frau Zorzi hatte gelegentlich Besuch von ihrem Küchenchef Massimo Bianchi erhalten. Ob dies berufliche Hintergründe gehabt habe, erkundigte sich Arnold Körber. Frau Zorzi gab an, dass es von ihrer Seite her keinerlei Veranlassung gegeben hätte, sich aus beruflichen Gründen bei ihr zu Hause zu treffen. Frau Inspektor Pretzl-Abfalter fragte, ob sie vielleicht die Güte hätte, ihnen mitzuteilen, weshalb der Küchenchef denn dann bei ihr gewesen sei. Frau Zorzi vermutete, dass die stets unangekündigten Besuche Bianchis möglicherweise von dem hoffnungslosen Wunsch desselben geleitet gewesen waren, ihr auf diesem Weg näher zu kommen.

Man nahm Fingerabdrücke all der Personen, die sich in den vorangegangenen Wochen in der Wohnung aufgehalten hatten, ein Vorgang, der vor allem Massimo Bianchi zutiefst kränkte beziehungsweise, wie er es ausdrückte, „seine Intelligenz beleidigte". Wenn er einen Mordanschlag auf Chuck Baker gemacht hätte, dann doch wohl nicht so blöd, dass er damit das Leben seiner geliebten Zorzi gefährdet hätte, oder? Am Ende hätte Zorzi das Gift getrunken und Baker fröhlich weitergelebt, das wäre doch Schwachsinn gewesen!

Weder seine noch die Fingerabdrücke der anderen Überprüften fanden sich auf den vergifteten Flaschen. Ein Durchlauf der sichergestellten Abdrücke durch die elektronische Fingerabdruckdatei brachte jedoch einen Treffer: Einige der Spuren gehörten zu einem jungen Mann namens Julian Zwickl, der bereits mehrfach durch Drogendelikte aufgefallen war. So hatte er im Garten seines gehbehinderten Großvaters eine Cannabisplantage angelegt und wiederholt mit diversen Partydrogen gedealt. Liquid Ecstasy war allerdings nicht darunter gewesen. Zwickl arbeitete als Regalbetreuer in jener Supermarktfiliale, in der Elisabetta Zorzi einzukaufen pflegte. Die Wahrscheinlichkeit, dass er Gatorade-Flaschen mit Unmengen an GHB gefüllt hatte, um wahllos Unbekannte umzubringen, schien gering. Seinem bisherigen Verhalten eher entsprechend wäre es gewesen, die Droge, wenn er sie denn besessen hätte, gewinnbringend zu verkaufen oder selbst zu konsumieren. Bei einer sicherheitshalber dennoch durchgeführten Untersuchung des gesamten Flaschenbestandes der besagten Supermarktfiliale fand man keine weiteren vergifteten Exemplare.

„Vielleicht hat er Chuck und mich umbringen wollen!",
rief Elisabetta Zorzi entsetzt, als man sie fragte, ob sie
Julian Zwickl kenne. Sie kannte ihn nicht, traute ihm jedoch allerhand zu. „Vielleicht hat er mich im Supermarkt
gesehen und sich gedacht: Die muss sterben! Es gibt doch
solche Psychopathen?"

„Und wie hätte er dafür gesorgt, dass ausgerechnet Sie
die vergifteten Flaschen aus dem Regal nehmen?", fragte
Gruppeninspektor Flimminger.

Frau Zorzi überlegte angestrengt. „Nein", meinte sie,
„einfach ins Regal stellen konnte er sie nicht, das hätte
nicht funktioniert. Er muss mir nach Hause gefolgt sein.
Und als er wusste, wo ich wohne, ist er dann irgendwie in
unserer Abwesenheit in die Wohnung eingedrungen und
hat die Flaschen in den Kühlschrank gestellt."

„Ist bei Ihnen vor Kurzem eingebrochen worden? Uns
liegt keine Anzeige vor."

Frau Zorzi schüttelte den Kopf. Nein, kein Einbruch.
Vielleicht war Julian Zwickl einmal im Stiegenhaus versteckt gewesen, als sie die Türe geöffnet hatte, und vielleicht hatte sie die Türe nicht gleich hinter sich geschlossen, sodass er unauffällig hineinschlüpfen konnte? Oder
er hatte sich einen Nachschlüssel besorgt?

Zwickl schwor beim Grab seines mittlerweile verstorbenen Großvaters, dass er weder Chuck Baker noch
Elisabetta Zorzi kenne, letztere auch nie im Supermarkt
bewusst wahrgenommen und somit auch nicht die geringste Veranlassung habe, den Tod der beiden zu wünschen. Außerdem habe er jetzt eine Freundin, mit der er
eine Familie zu gründen plane, weswegen er schon seit
beinahe zwei Jahren drogenfrei sei und auch keinerlei
Kontakt mehr mit der Drogenszene habe. Einer Durchsuchung seiner Wohnung stimmte er zu und tatsächlich
wurden keine Drogen gefunden. Bevor er dazu aufgefor-
dert werden konnte, schlug Zwickl selbst vor, Urin- und

Haarproben abzugeben. Aus diesen ging hervor, dass er weder aktuell noch in den letzten Monaten Drogen konsumiert hatte. Wie es schien, handelte es sich bei Julian Zwickl um einen gelungenen Fall von Resozialisierung. Eine Beziehung zum Mordopfer konnte ihm nicht nachgewiesen werden, ebensowenig wie ein Einbruch, und man ließ ihn zu seiner Freundin nach Hause gehen.

Sie begannen sie Zorzi zu nennen. Nicht mehr Frau Zorzi oder Elisabetta Zorzi, sondern einfach nur Zorzi. Als wäre es ein Vorname. Die Angestellten der Cantinetta, die mit ihr allesamt per Du waren, nannten sie so. Tatsächlich war es wohl eine Art Kosename. Der Kontrast zwischen dem rauen Namen mit den scharfen Konsonanten und der hübschen, zarten Frau schien auf merkwürdige Weise passend. Sie sah aus wie jemand, der in einem Film Francesca geheißen hätte oder Aurora, Allegra, Laura, Beatrice oder eben Elisabetta, aber das wäre zu viel gewesen, wie ein Sonnenuntergang, vor dem auch noch pinke Blüten leuchteten. Der Name Zorzi brach die Optik und stand ihr gerade deshalb gut.

Sie war zu Phasen bemerkenswerter Fügsamkeit fähig. Sie wollte gefallen, gemocht werden, ihr Publikum bezaubern – eine Anstrengung, bei der sie wie ein Generator sehr viel Energie und Licht erzeugte, bis ihre Konzentration irgendwann nachließ und sie den Blick auf etwas Dunkles freigab, vulkanische Klüfte, in denen die verbannten Aggressionen rauchten und kochten.

Arnold Körber fiel auf, dass Zorzis Aussprache nicht immer gleich war. In angespannten Situationen, oder auch, wenn sie besonders liebenswürdig wirken wollte, hatte sie einen starken italienischen Akzent, der raffiniert und sexy klang. Sobald die Atmosphäre lockerer wurde, wurde der Akzent schwächer bis hin zum völligen Verschwinden. Man hätte sie dann nicht von einer Muttersprachlerin unterscheiden können, sie sprach jenes Bildungswienerisch mit leicht nasalem Einschlag und verschliffenen Konsonanten, das unter Österreichern als Hochdeutsch durchging.

Zorzi war eine unterhaltsame Gesprächspartnerin, eloquent, fantasievoll, mit einem charmanten Sinn für Humor, der sich nicht immer scharf von unfreiwilliger Komik abgrenzte. Ihre leicht histrionischen Züge führten zu wechselhaften Gefühlsäußerungen und melodramatischen Einlagen, was sie durchaus interessant machte. Schon das Wort „histrionisch" passte zu ihr, das sich vom lateinischen „histrio" für „Schauspieler" ableitete und so viel besser war als das alte „hysterisch", denn sie hatte eine Art Bühnenpräsenz, ohne jedoch outriert zu wirken. Ja, Arnold Körber musste zugeben: Hätte er sie unter normalen Umständen kennengelernt, bei Freunden, auf einem Fest, in der Straßenbahn oder in einer Bar, er hätte sich gedacht: Eine interessante Frau, mit der wird einem nicht fad.

Bei der Durchsuchung der Wohnung war Chuck Bakers Drogenlager schnell entdeckt worden. Es befand sich in einer der Laden derselben verglasten Kommode, aus der Zorzi ihre Taschentücherbox geholt hatte. Tabletten, Dragees, Kapseln, Granulate, Puder und Flüssigkeiten, verschreibungspflichtige bis illegale Substanzen, die Muskeln aufbauten, Risikobereitschaft steigerten, Selbstwertgefühl erhöhten, Müdigkeit unterdrückten, euphorisierten, ein Gefühl der Einheit mit dem Universum erzeugten, entspannten, beruhigten, einschlafen ließen. Auch eine kleine Flasche Gamma-Hydroxybuttersäure war dabei, allerdings war sie voll. Womöglich hatte es eine zweite gegeben, die bei ihrer Verwendung für die Vergiftung der Gatorade-Flaschen aufgebraucht und anschließend entsorgt worden war. Auf der Flasche befanden sich Chuck Bakers Fingerabdrücke, aber keine von Zorzi. Überhaupt schien sie die Drogen nicht angerührt zu haben. Ihr Bereich war das in derselben Lade befindliche, durch ein Holzelement säuberlich abgetrennte Süßigkeitenlager. Hauptsächlich enthielt es teure Schokolade aus Italien, Frankreich und Belgien. Obwohl niemand den Verdacht geäußert hatte, dass Zorzi Drogen nahm, bestand sie nun darauf, wie Julian Zwickl getestet zu werden. Wenn er auf diese Art seine Unschuld beweisen durfte, dann durfte sie das doch auch? Wenig überraschenderweise zeugte ihr Haar nicht vom Konsum zahlreicher Drogen, sondern nur von dem zahlreicher Pflegespülungen.

Nach diesem Erfolg fragte Zorzi, ob sie etwas von der Schokolade haben könne, die man in ihrer Wohnung gefunden habe. Sie sei doch für die Ermittlungen nicht relevant, man brauche sie doch nicht? Leider konnte man ihr die Schokolade nicht geben. Frau Inspektor Pretzl-Abfalter bot Zorzi einen gewöhnlichen Schokoriegel an, den sie dabei hatte. Höflich lehnte Zorzi ab: Sie sei nur an besonderen, edlen Kakaosorten interessiert.

Der Tathergang wurde rekonstruiert: Der Täter hatte die sechs im Kühlschrank befindlichen Gatorade-Sportflaschen aufgeschraubt und jeweils eine entsprechende Menge in den Ausguss der Spüle geleert. Vermutlich mit Hilfe eines Trichters, der im sauberen Geschirrspüler sichergestellt werden konnte, hatte er die Flaschen mit GHB aufgefüllt. Jene Flasche, aus der das GHB entnommen worden war, war danach aus der Wohnung entfernt worden. Obwohl keine zwölf Stunden nach dem Auffinden von Chuck Bakers Leiche sämtliche Mülltonnen der Umgebung durchsucht worden waren, hatte sie nicht gefunden werden können.

Laut Zorzis Aussage hatten weder sie noch Baker Gatorade jemals zu Hause getrunken, sondern ausschließlich beim Sport. Der Täter musste Bakers Gewohnheiten also sehr genau gekannt haben, denn er hatte nur die sechs Gatorade-Flaschen im Kühlschrank vergiftet, jedoch keines der anderen dort befindlichen Getränke. Er wusste, dass Baker zum Mountainbiken eine der sechs Flaschen mitnehmen würde, wobei nicht klar war, welche, sodass alle sechs vergiftet werden mussten. Das Ziel war also, dass Baker beim Sport starb, was die Wahrscheinlichkeit erhöhte, dass man seinen Tod auf einen Herzinfarkt zurückführte. Da Baker jeden Tag Sport machte und Gatorade konsumierte, mussten die vergifteten Flaschen in der Nacht vor seinem Tod platziert worden sein. Dies legte nahe, dass der Täter den Mord für genau jene Mountainbiketour geplant hatte, wo sich Baker alleine im Wald befinden würde, und nicht etwa im Fitnessstudio, wo man schnell einen Notarzt rufen hätte können. Außerdem legte der Täter Wert darauf, sich die Hände nicht schmutzig zu machen und beim Sterben des Opfers nicht anwesend zu sein. Ein Mord auf Distanz, der Lust am Tötungsakt als Motiv ausschloss.

Zorzi hatte einen Verdacht, der sie immer wieder zum Weinen brachte: Chuck hatte sich das Leben selbst genommen. Schon lange hatte sie das Gefühl gehabt, dass sich etwas Düsteres um ihn ausbreitete, ein scharfer Schatten, der von seiner glanzvollen Fassade abstach. Zu Hause wollte er sich immer nur betäuben, saß auf dem Sofa oder vor dem Computer herum, war antriebslos und schlaff. Für die Arbeit und den Sport musste er sich mit Medikamenten aufputschen, da war keine Motivation mehr vorhanden. Das ganze Training habe ihm wohl keinen wirklichen Spaß mehr gemacht, es sei nur mehr Pflicht gewesen. Früher seien sie ausgegangen, hätten gemeinsam Dinge unternommen, aber das habe Chuck nicht mehr interessiert. Und seine Libido – da hätten wohl nur mehr weitere Pillen geholfen. Ja, sie habe schon lange den Verdacht gehabt, dass hier eine Depression im Fortschreiten gewesen sei, sagte Zorzi. Chuck habe eine schwierige Kindheit gehabt, soweit sie das seinen wenigen Erzählungen entnehmen habe können. Seine Eltern hatten sich getrennt, als er noch klein gewesen war, er wurde hin- und hergereicht, weder bei Mutter noch Vater ging es ihm gut. Verwahrloste Verhältnisse, Lieblosigkeit, Alkohol. Schon mit fünfzehn sei er ausgezogen und herumgetrampt, eigentlich sei er obdachlos gewesen. Er wollte auch nie seine Eltern oder seine Halbgeschwister besuchen, obwohl Zorzi das mehrfach vorgeschlagen hatte. Australien sei für ihn erledigt gewesen, das Reisen generell. Er machte allenfalls noch einen Tagesausflug an die Salza zum Canyoning oder auf die Hohe Wand zum Klettern. Zorzi hatte das traurig gefunden. Er war doch noch jung und doch schon so verhärtet und resigniert.

Tatsächlich war die Kontaktaufnahme mit Chuck Bakers Familie ernüchternd. Die Mutter war nicht auffindbar. Sie war zwei Jahre zuvor mit ihrem Lebensgefährten ins Outback gezogen, wo sich nach etlichen Ortswechseln ihre Spur verloren hatte, auch ihren beiden anderen Kindern war ihr Aufenthaltsort nicht bekannt. Der Vater und die Stiefmutter zeigten sich wenig betroffen, dass Chuck tot und Opfer eines Gewaltverbrechens geworden war. Sie ersuchten um die Überführung des Leichnams nach Abschluss der Ermittlungen, nach Österreich wollten sie nicht kommen. Keines der vier Halbgeschwister wollte kommen oder interessierte sich für die Umstände von Chucks Tod. Es gab keine Anrufe, keine Emails, keine Erkundigungen. Als wäre irgendein Fremder gestorben, ein Obdachloser, an dem man vorbeiging und für den man sich weniger interessierte als für die Kardashians.

Offenkundig sagte Zorzi in diesem Punkt die Wahrheit. Auch ihre Schilderung der Symptomatik einer schleichenden Depression schien überzeugend und wurde von ihren Angestellten dahingehend bestätigt, dass Chuck Baker sich in letzter Zeit in der Cantinetta nicht mehr blicken habe lassen, man habe sich schon gewundert, was mit ihm los sei. Einer seiner Trainerkumpels erwiderte auf die Frage, ob Chuck möglicherweise selbstmordgefährdet gewesen war: „Naja, wenn einer immer so dermaßen gut drauf ist bei der Arbeit, macht man sich schon Sorgen, dass da was nicht stimmt." Auf Nachfrage führte er aus: „Wir haben alle gewusst, dass er nicht wirklich lustig war, sondern nur auf Speed."

Für einen Selbstmord hätte allerdings eine einzige vergiftete Flasche ausgereicht, man hätte nicht gleich sechs präparieren müssen. Auch zu dieser Frage entwickelte Zorzi eine düstere Vision: Chuck habe nicht nur sich selbst töten, sondern sie mitnehmen wollen. So wie Kronprinz Rudolf Mary Vetsera mitgenommen hatte. Männer machten doch sowas. Wollten sich umbringen und die Geliebte mitnehmen. Vielleicht in der Annahme, dass sie dann im Jenseits nicht so einsam wären. Natürlich hatte Kronprinz Rudolf Mary Vetsera gefragt, ob sie mit ihm sterben wollte, wohingegen Chuck Zorzi nicht gefragt hatte. Aber das war ja nicht zwingend notwendig. Man konnte ja auch einen Mord-Selbstmord-Plan haben, ohne den anderen davon zu informieren. Chuck hatte also alle sechs Flaschen vergiftet, weil er sie, Zorzi, ebenfalls sterben lassen wollte, auf dieselbe Weise, wie er zu sterben gedachte, im Freien, beim Sport. Die Flaschen hatte er mit Handschuhen angefasst, damit später niemand seine Fingerabdrücke finden und ihn Mörder würde nennen können.

„Er fuhr gerade ein Steilstück den Berg hinauf", sagte Arnold Körber. „Auf halbem Weg, mitten in dieser Anstrengung, soll er gedacht haben: Jetzt ist der richtige Moment, jetzt bringe ich mich um? Er greift nach der vergifteten Flasche, leert sie zu zwei Dritteln, noch auf dem Rad, bis er zusammenbricht? Das wäre doch sehr ungewöhnlich. Die meisten Selbstmörder würden einen ruhigen Ort aufsuchen, oder einen besonderen Ort, zum Beispiel einen mit einer schönen Aussicht. Sie würden sich hinsetzen oder hinlegen, nachdem sie das Gift getrunken haben."

„Chuck war genau der Typ, der sich mitten im Radeln umbringt!", beharrte Zorzi. „Es passt alles zusammen!"

Gruppeninspektor Flimminger wies Zorzi nochmals darauf hin, dass sie doch offenkundig von der Vergiftung der Flaschen gewusst habe. Schließlich habe sie – und dafür gebe es drei Zeugen – dem Kollegen Körber keine der Flaschen geben wollen, als dieser explizit darum bat. Zorzi erklärte, dass sie zwar ein Restaurant betreibe, ihr Zuhause jedoch keines sei. Im Grunde sei es doch ungeheuerlich, dass sie sich hier verantworten müsse, weil sie einem von ihnen nicht das gewünschte Getränk serviert habe.

Flimminger und Körber schwiegen. Manchmal war Schweigen die effizienteste Vernehmungsmethode. Nach einigen Minuten hielt Zorzi es nicht mehr aus: „Als Doktor Körber die Flasche öffnete und zum Trinken ansetzte, was habe ich da getan? Habe ich auch nur mit der Wimper gezuckt? Hätte ich nicht hinspringen und sie ihm aus der Hand reißen müssen, wenn ich gewusst hätte, dass sie vergiftet ist?" Flimminger und Körber schwiegen weiter.

„Sie hätten doch sowieso nicht wirklich getrunken!", entfuhr es ihr plötzlich. Die Stille hatte nun eine elektrisch knisternde Qualität. Alle, einschließlich Zorzi, wussten, dass sie das nicht sagen hätte sollen. Sie hatte sich gerade selbst widerlegt. Nicht, weil sie von der Vergiftung der Flaschen nicht gewusst hatte, hatte sie Körber nicht vom Trinken abgehalten, sondern weil sie sich sicher gewesen war, dass er ohnehin nicht wirklich trinken würde. Nachdem die Vernehmung beendet war, feuerte Zorzi ihren Anwalt.

Der Staatsanwalt sagte den Ermittlern, was sie schon wussten: Die Sachbeweise seien ja ganz wunderbar, insbesondere Frau Zorzis Fingerabdrücke auf den vergifteten Flaschen ließen wohl kaum einen anderen Schluss zu, als dass sie die Täterin war. Man möge aber doch bitte, bitte ein Motiv finden.

Zu dritt setzten sie sich im Besprechungszimmer zusammen, um das Motivproblem zu erörtern. Das Besprechungszimmer war so hässlich, dass man sich fragte, wie es möglich gewesen war, in einem historischen Bau aus der Ringstraßenära jegliche Ästhetik zu vernichten, und vor allem, warum das jemand tun sollte. Es war möglich durch eine tief eingezogene Zwischendecke, graue Verschalungen und einen PVC-Bodenbelag, der mit roten und gelben Stückchen gesprenkelt war, was aussah, als hätte jemand großflächig darauf gekotzt. Irgendjemand in der Bundesgebäudeverwaltung schien der Ansicht zu sein, dass Polizistengehirne besonders gut in einem Ambiente arbeiteten, das deutlich deprimierender war als jeder Haftraum eines Gefangenen.

Frau Inspektor Pretzl-Abfalter aß einen Schokoriegel und erklärte, dass sie diesen sehr lecker finde und nicht so narzisstisch sei, nur Chichi-Kakaosorten an ihren Gaumen zu lassen. Körber fand es insgeheim lustig, dass die vermehrte Präsenz von Psychologen im Polizeidienst dazu geführt hatte, dass nun auch Kriminalbeamte mit

Begriffen wie „narzisstisch", „histrionisch" oder „paranoid-schizoid" um sich warfen. Laut sagte er: „Frauen töten aus finanziellen Motiven oder um sich von ihrem Partner zu befreien. Männer töten aus finanziellen Motiven oder um zu verhindern, dass sich die Partnerin von ihnen befreit. Wir haben seit den Siebzigerjahren rückläufige Mordraten von Frauen an ihren Partnern, vermutlich, weil es einfacher geworden ist, sich zu trennen beziehungsweise scheiden zu lassen. Gleichzeitig haben wir ansteigende Mordraten von Männern an ihren Partnerinnen – vermutlich, weil es einfacher geworden ist, sich zu trennen beziehungsweise scheiden zu lassen."

Pretzl-Abfalter grinste breit. Sie hatte erst im vergangenen Jahr einen Kollegen von der WEGA geheiratet und machte einen glücklichen Eindruck. Der Gedanke, dass Männer statistisch gesehen häufiger durchdrehten, wenn sie verlassen wurden, mochte ihr von einer sehr theoretischen Warte aus gefallen. Flimminger war seit über einem Vierteljahrhundert verheiratet. Körber hatte Frau Flimminger mehrfach bei Festen und anderen sozialen Anlässen gesehen. Sie machte nicht den Eindruck, als würde sie ihren Mann in absehbarer Zeit verlassen. Die beiden schienen beste Freunde zu sein, ein Team. Vielleicht war Körber der Einzige im Raum, der wusste, wie es war, verlassen zu werden. Von jemandem, auf den man gesetzt und gebaut, mit dem man sich in völliger Harmonie und Seelenverwandtschaft gewähnt hatte. Und der dann von heute auf morgen erklärte: „Mir passt das jetzt nicht mehr." Der schon Tage zuvor einen Großteil seiner Sachen heimlich aus der Wohnung geschafft hatte, das Trennungsgespräch in drei Minuten hinter sich bringen wollte, mit einem kleinen Köfferchen zur Türe ging und sagte: „Nimm es nicht so schwer!" Der dann lustig und befreit und ohne sich noch einmal umzusehen die Treppen hinunterhopste. Hatte er in jenem Moment gewalttätige Fantasien gehabt? Ja. Er wollte Ines nachlaufen, auf sie einschlagen, sie zurück in die Wohnung zerren, an einen Stuhl binden und sie so zur Vernunft bringen. Er hatte nichts dergleichen getan, er hatte nicht einmal einen Gegenstand zerschmettert, seine Impulskontrolle war einwandfrei gewesen. Er war durch Lokale gezogen, hatte sich betrunken und am Ende eine Frau abgeschleppt, neben der er schlief, ohne mit ihr Sex zu haben. Hätte er Ines umbringen wollen? Ja. Aber nur, wenn sie danach wieder aufgewacht wäre und vergessen hätte, dass sie ihn verlassen hatte wollen.

„Ein finanzielles Motiv scheidet aus", sagte Flimminger. „Chuck Baker hatte keine Lebensversicherung. Wenn er Vermögen gehabt hätte, hätte Zorzi kaum darauf Zugriff gehabt, da sie nicht verheiratet waren. Aber er hatte kein Vermögen. Sein Konto war gerade so ausgeglichen. Die teuren Möbel in der Wohnung hat er nur zum Teil mitbezahlt, überwiegend hat sie Zorzi allein finanziert."

„Vielleicht ist er ihr auf der Tasche gelegen", sagte Pretzl-Abfalter, „sie hat doch auch erzählt, dass sie ihm das Essen aus dem Restaurant mitbrachte."

„Es gab ein gewisses Ungleichgewicht", stimmte Flimminger zu, „aber ist das ausreichend für einen Mord? Schließlich hat er sie ja nicht richtig abgezockt, nur seinen Lebensstandard mit ihrer Hilfe ein bisschen angehoben."

„Auf wen läuft der Mietvertrag?", fragte Körber.

„Auf ihren Namen", sagte Pretzl-Abfalter, „sie hätte Baker problemlos rausschmeißen können."

„Es sei denn ...", sagte Körber.

„... Es sei denn, er war ein gewalttätiger Typ, der sich nicht rausschmeißen hätte lassen", ergänzte Flimminger.

„Bis jetzt gibt es aber keinen Hinweis darauf", sagte Pretzl-Abfalter, „keine Notrufe, keine Anzeigen, keine Wegweisungen, nichts. Baker ist polizeilich nie aufgefallen. Er hatte keinerlei Vorstrafen."

„Auch nicht wegen Drogen", sagte Flimminger, „aber trotzdem hatte er damit einiges zu tun. Vielleicht war er einfach nur geschickt."

„Kann es sein, dass Zorzi von Misshandlungen nichts erwähnt hat, weil alles in ihrem Leben so toll sein muss?", fragte Pretzl-Abfalter. „Nur die pipifeine Schokolade, die Hochglanz-Wohnung, die Luxus-Wildschweinwürste, die Designerklamotten, das Schicki-Micki-Restaurant, der attraktive Mann ..."

„Die perfekten Zähne, der perfekte Busen, die perfekte Maniküre ...", fügte Körber hinzu.

„Da hätte doch so eine Gewaltbeziehung die Optik sehr gestört, oder?", meinte Pretzl-Abfalter.

„Wir fragen sie nochmal", beschloss Flimminger, „vielleicht kommt ja noch etwas ans Licht."

Zorzis zweiter Anwalt blieb nur ein paar Tage. Er rückte ihr den Stuhl nicht zurecht, er reichte ihr keinen Kugelschreiber, wenn sie einen brauchte, er war generell sehr unaufmerksam. „Wer, wenn nicht mein eigener Anwalt, sollte mir den Stuhl zurechtrücken?", sagte sie. „Ich bezahle ihn! Er ist für mein Wohl zuständig, jetzt, wo sich sonst niemand mehr darum kümmert, wie es mir geht."

Der dritte Anwalt machte von Anfang an einen sehr siegessicheren Eindruck. Er warf Zorzi Blicke zu, die zu besagen schienen: „Vertrauen Sie mir, ich hole Sie da raus – diese Bullen haben keine Ahnung, mit wem sie es hier zu tun haben!" Zorzi blühte auf, die optimistische Einwirkung zeigte Früchte. Auf die Frage, ob Chuck ihr gegenüber gewalttätig gewesen sei, reagierte sie empört. Wie konnte man nur das Andenken des geliebten Verstorbenen durch solche Verdächtigungen beschmutzen? Nein, Chuck hätte niemals die Hand gegen sie erhoben. Oder gegen sonst jemanden. Er sei ein sanfter Riese gewesen, ein freundlicher Bär.

„Gab es einen anderen Grund, weshalb es für Sie besser gewesen wäre, wenn er aus Ihrem Leben verschwunden wäre?", fragte Pretzl-Abfalter.

„Denken Sie doch mal nach", mischte sich der Anwalt ein, „Frau Zorzi hat gerade ein volles Jahr lang gemeinsam mit Herrn Baker die Wohnung umgebaut und jede Menge neuer Möbel angeschafft. Das ist bis ins kleinste Detail nachweisbar, die Rechnungen sind alle vorhanden. Halten Sie es für realistisch, dass man sich mit großem Aufwand ein gemeinsames Leben einrichtet, nur um dann, wenn alles fertig ist, den Partner umzubringen?" Triumphierend nickte er Zorzi zu, als wollte er sagen: „Sehen Sie? So muss man mit denen reden, dann kapieren sie es schon."

„Ich habe ihn geliebt", sagte Zorzi ernst, „und er hat mich geliebt. Wir waren glücklich zusammen, wir wollten eine Familie gründen. Ich habe sehr lange nach so einem Partner gesucht. Ich bin schon über dreißig. Und ich möchte Kinder. Alles lief gut. Man sucht doch nicht jahrelang nach dem richtigen Partner, um ihn dann umzubringen, wenn man ihn endlich gefunden hat."

Im Gegensatz zu vielen anderen Verdächtigen erzählte Zorzi niemals verschiedene Versionen ein und derselben Sache. Was auch immer sie einmal geschildert hatte, sie blieb dabei und konnte es ohne allzu große Abweichungen noch einmal erzählen. Entweder sie sagte die Wahrheit, oder sie war eine begnadete Lügnerin. An manchen Tagen glaubten die Beamten beinahe selbst, dass Zorzi unschuldig war. Warum hätte sie ihr angenehmes, erfolgreiches Leben durch solch eine Tat gefährden sollen? Warum hätte sie Chuck Baker nicht einfach vor die Tür setzen sollen, wenn sie ihn tatsächlich loswerden wollte? Was hatte sie von seinem Tod? Aber da waren die Fingerabdrücke auf den Gatorade-Flaschen, ihr verdächtiges Verhalten in der heißen Sommernacht, als ihre amtlichen Besucher Durst bekommen hatten, der Trichter im Geschirrspüler und die Tatsache, dass sie Zugang zu GHB gehabt hatte.

„Frauen, die morden, haben oft ein Abgrenzungsproblem", sagte Arnold Körber, als sie wieder im Besprechungszimmer zusammensaßen. „Sie haben ein Problem damit, eigene Bedürfnisse zu artikulieren, auch einmal nein zu sagen."

„Moment", unterbrach Pretzl-Abfalter, „die Zorzi sagt: Ich will eine Fußpflege, ich will den Stuhl zurechtgerückt, ich will einen dichten Milchschaum auf meinem Kaffee ..."

„Ganz genau", erwiderte Körber, „und das zeigt, dass sie sehr wohl ausgeprägte Bedürfnisse hat. Sehr genaue Vorstellungen, von denen man besser nicht abweichen sollte. Das Abgrenzungsproblem, von dem ich gesprochen habe, besteht nur gegenüber nahestehenden Menschen. Diese Frauen wollen ein perfektes Bild abgeben und übernehmen sich dann in ihrem Anpassungswillen. Die Aggression wird so lange abgespalten, bis sie sich Bahn bricht."

„Du meinst, wie bei diesem Blaubeer-Mariechen?", fragte Flimminger.

„Was für ein Blaubeer-Mariechen?", fragte Pretzl-Abfalter.

„Ein Fall aus den Achtzigern", sagte Körber. „Eine Frau, die alle für die perfekte, liebevolle, tüchtige Mutter und Großmutter hielten, ermordete fünf Familienmitglieder mit Hilfe eines Blaubeerdesserts, in das sie ein Pflanzenschutzmittel eingerührt hatte. Das Gift war aus Sicherheitsgründen blau eingefärbt, damit es niemand versehentlich verzehrte, aber mit den Blaubeeren in der Topfencreme umging sie diese Schutzmaßnahme. Die ersten beiden Opfer, ihr Vater und eine Tante, waren bettlägrige Pflegefälle. Natürlich hatte das Blaubeer-Mariechen auch ein finanzielles Motiv, sie wollte die beiden beerben. Aber sie hatte auch einen Haushalt mit zehn Kindern zu versorgen und war mit der Pflege der alten Verwandten überfordert. Um ihr vermeintliches Versagen nicht zugeben zu müssen, zog sie es vor, das Problem mit Gift zu lösen."

„Und wer waren die anderen drei Opfer?", fragte Pretzl-Abfalter.

„Ihre Ehemänner", sagte Flimminger, „das waren allerdings keine Pflegefälle."

„Ja", sagte Körber, „da stand dann das finanzielle Motiv im Vordergrund sowie die Routine, die sie mit der Blaubeermethode bereits hatte. Aber worauf ich hinauswill: Vielleicht hatte Zorzi Baker gegenüber irgendwelche Unterwerfungstendenzen. Achtet darauf. Bereiche, in denen sie sich übermäßig angepasst, ihren eigenen Willen hintangestellt hat."

„Meistens redet sie nur Gutes über ihn", überlegte Pretzl-Abfalter. „Sie hat sich ja nicht einmal über seinen Drogenkonsum beschwert oder über seine schwachen Finanzen."

„Das ist vielleicht so ein Punkt", sagte Körber. „Warum hat sie nicht gesagt: Hör auf, dich zuzudröhnen! Sieh zu, dass du mehr verdienst!"

„Aber das Krasseste ist doch", sagte Pretzl-Abfalter, „dass sie seine komischen Vorratshaltungsregeln befolgt hat, ohne darüber auch nur nachzudenken. Sie erzählt das, als wäre es völlig normal, dass man sowas macht. Also wenn mein Mann sagen würde: Ich verlange, dass zehn Schwämme der Marke Scotch Brite eingelagert sind, dann würde ich sagen: Na dann organisier dir das doch." Körber und Flimminger wussten, dass Gerhard Pretzl, der es bei der WEGA mit den gefährlichsten Gewalttätern aufnahm, es niemals wagen würde, an seine Frau eine solche Forderung zu stellen.

„Naja", wandte Flimminger ein, „trotzdem kommt mir nicht vor, dass sie nur gut über ihn redet. Sie hat doch auch erzählt, dass er depressiv zu werden schien, immer weniger unternehmungslustig wurde ... Und sie hat zart angedeutet, dass es sexuell ein bisschen mau geworden war."

„Ja", sagte Körber, „du hast recht. Das zeigt, dass sie ihn durchaus differenziert wahrgenommen hat, mit seinen Vorzügen und seinen Schwächen. Es ist zum Haareausreißen."

Es gab noch einen weiteren Ermittlungsansatz, den zu verfolgen sie nicht vergessen hatten. Was hatte es mit dem Unfalltod eines anderen Lebensgefährten von Zorzi auf sich? War es ein Zufall, dass auch Bernhard Winkelhuber umgekommen war? Über ein Rechtshilfeersuchen an die französischen Behörden erhielten sie Einsicht in die Akte, in der der Absturz des Österreichers im Montblanc-Massiv dokumentiert war. Die Informationen waren dürftig und basierten zum überwiegenden Teil auf Zorzis Aussage: Winkelhuber hatte auf einer exponierten Felsplatte herumgeblödelt, war ganz nach vorne bis an den Rand des Abgrunds getreten, hatte die Arme ausgebreitet und geschrien: „Ich bin der König der Welt!" Dann war er gestolpert, ausgerutscht und abgestürzt. Man hatte die Zeugen befragt, die Zorzi beim Abstieg entgegengekommen waren. Sie hatten angegeben, dass sie sich in einem aufgelösten Zustand befunden und panisch auf ihrem Handy herumgetippt hatte, um Hilfe zu rufen, was ihr jedoch nicht gelungen war. Einige der Gäste des kleinen Berghotels, in dem Zorzi und Winkelhuber abgestiegen waren, hatten zu Protokoll gegeben, dass Winkelhuber beim Bergsteigen ein riskantes und unvernünftiges Verhalten an den Tag legte und dass man mehrmals versucht hatte, ihn davon abzuhalten. Auch der Hotelinhaber gab an, dass er Winkelhuber einmal entschieden davon abgeraten hatte, bei dichtem Nebel eine Tour in Gelände mit ungesicherten Steigen zu unternehmen, neben denen es hunderte Meter in die Tiefe ging. Frau Zorzi habe bei diesem Anlass sehr verzweifelt gewirkt und den Hotelinhaber regelrecht angefleht, ihren Lebensgefährten zur Vernunft zu bringen, was nur mit großer Mühe gelungen sei. Die Schilderungen Zorzis, was das Verhalten Winkelhubers im Allgemeinen sowie den Unfallhergang im Speziellen betraf, deckten sich zu hundert Prozent mit allem, was sonst in Erfahrung gebracht werden konnte, sodass man behördlicherseits nicht den geringsten Zweifel daran hatte, dass sich alles so zugetragen hatte, wie sie es beschrieb.

Arnold Körber heftete ein Foto von Bernhard Winkelhuber aus besseren Tagen an seine Pinnwand. Winkelhuber posierte auf Skiern an einem in der Sonne gleißenden Schneehang. Die Skibrille hatte er auf den Helm hinaufgeschoben, sodass sein braungebranntes, strahlendes Gesicht gut zu erkennen war. Er war nicht so hübsch wie Chuck Baker, deutlich älter als dieser und man sah tiefe Aknenarben auf seinen Wangen. Der Rest des Körpers war in eine hochwertige Ausrüstung gehüllt, die wohl auch zur Schau gestellt werden sollte. Alles an ihm schrie: „Alphamännchen", sodass man ihm Selbstüberschätzung gerne zutraute.

„Wie bist du gestorben, Bernhard?", fragte Arnold Körber das Foto. Er sah ihn weit über der Baumgrenze eine Almmatte hinaufgehen. Rings umher war es dunstig, das Wetter war trüb, nicht so strahlend wie das auf dem Foto. Relativ schnell stieg Bernhard Winkelhuber die steinbestreute und von kratzigem, niedrigem Buschwerk bewachsene Fläche hinauf. Er blickte sich nie um. Er ging zu schnell, er teilte sich seine Kräfte nicht ein. Arnold Körber war etwa zwanzig Meter hinter ihm. Er hatte nun die Perspektive von Zorzi, steckte in ihrem Körper und ging an einem Tag vor fünf Jahren in einem anderen Land einen Berg hinauf. Der Weg änderte sich, die Almmatte war zu Ende. Nackte Felsen ragten auf, ein ungesicherter, nicht einmal einen halben Meter breiter Pfad führte an der Flanke eines steilen Abhangs hinauf. Bernhard beschleunigte sogar noch seinen Schritt, er schien die Herausforderung zu genießen, und obwohl er schon ein bisschen schnaufte, versuchte er trittfest wie ein Steinbock zu sein. Dann drehte er sich um und lächelte. In seinen Augen standen Euphorie und ein wenig Verachtung für den Langsameren, der ihm nachkeuchte.

Bei der nächsten Besprechung hatte Pretzl-Abfalter Schokoriegel für alle dabei, die Körber und Flimminger wohl oder übel annehmen mussten, wenn sie das Schokoriegelablehnungstrauma der Kollegin nicht noch weiter verschlimmern wollten.

„Die Frage ist, ob wir diese völlig verrottete Leiche noch ausgraben sollen", sagte Flimminger und biss in den Riegel. „Ich meine, Bernhard Winkelhuber war durch den Absturz aus zweihundert Meter Höhe sowieso Brei. Jeder einzelne Knochen zerbröselt und zerschmettert. Die Weichteile völliger Matsch." Flimminger kaute nachdenklich und versuchte, das an seinen Zähnen klebende Karamell mit der Zunge abzubekommen.

„Er liegt seit fünf Jahren in einem Erdgrab", fügte Pretzl-Abfalter hinzu.

„Wo?", fragte Körber.

„Schmirn", sagte die Inspektorin, „kleines Dorf in Tirol. 1400 Meter Seehöhe."

„Da liegt ab Oktober Schnee, im Frühjahr schmilzt er, das Erdreich ist die ganze Zeit waschelnass", sagte Flimminger.

„Die Verwesung dürfte also eher fortgeschritten sein", sagte Körber.

Flimminger nickte, schluckte den letzten Bissen seines Riegels hinunter und sagte zu Pretzl-Abfalter freundlich: „Ich bin auch mehr für die stinknormalen Schokoriegel und nicht für diese Chili-Meersalz-Kornellkirschen-Grand Cru-Schokoladen. Ich mag auch lieber einen Rollmops als ein pochiertes Seeteufellendenfiletstück im Kerbelbett."

Pretzl-Abfalter strahlte: „Ich glaube, wir wären keine guten Gäste für die Cantinetta Zorzi."

„Bernhard Winkelhuber", sagte Körber, um zum Thema zurückzukommen.

„Ich hab mit Dr. Sudasch gesprochen", sagte Pretzl-Abfalter, „und dann hab ich noch mit der Gerichtsmedizin telefoniert. Sie meinen alle, dass eine Exhumierung wohl wenig Sinn hätte. Es wird nicht mehr viel da sein von der Leiche, und auch wenn die Zorzi ihn vom Berg gestoßen hat, hätte das wohl kaum Spuren hinterlassen. Ein Schubs von hinten – da sieht man gar nichts. Selbst wenn es zu einem Kampf gekommen ist ... wobei es wirklich schwer vorstellbar ist, dass Zorzi den gewonnen hätte, der Mann war mehr als dreißig Zentimeter größer als sie und ein Muskelpaket. Aber selbst wenn es zu einem Kampf gekommen ist, wären davon kaum noch Spuren vorhanden, und selbst wenn Kratzer zu finden wären, wie sollte man sie von den Verletzungen des Absturzes unterscheiden? Abgebrochene Fingernägel wären ein guter Hinweis, die wären vielleicht bei einer Frau noch zu erhoffen, aber der Winkelhuber hatte mit Sicherheit kurzgeschnittene Nägel." Sie schwiegen eine Weile in der Art, dass man das Klicken und Rattern der Gehirne zu hören vermeinte.

„Ich würde gerne eine Dohle vernehmen", sagte Flimminger, „da gab es doch bestimmt eine Dohle oder einen Adler oder ein Murmeltier als Zeugen."

„Ich habe da noch eine Idee", sagte Körber. „Ich muss ein bisschen ausholen. Wir alle haben bestimmte Gewohnheiten. Wir räumen den Geschirrspüler in einer bestimmten Weise ein, haben bestimmte Handlungsabläufe beim An- und Ausziehen, bei der Körperpflege, beim Verlassen und Betreten von Räumen, wir gehen nach einem individuellen System durch den Supermarkt. Das meiste davon ist uns nicht einmal bewusst, erst wenn wir sehen, wie ein anderer Mensch den Geschirrspüler anders einräumt als wir selbst, merken wir, dass wir eine Routinehandlung personalisiert haben. Zum Beispiel öffnen Sie, Frau Inspektor, den Schokoriegel mit Hilfe Ihrer Fingernägel, indem Sie jeweils zwei der kleinen Zacken am Packungsrand mit Daumen und Zeigefinger fassen und das Plastik gezielt bei der Negativzacke dazwischen einreißen. So wie es übrigens auch von den Packungsdesignern gedacht ist. Du, Flimminger, versuchst dagegen die Packung irgendwie ziellos aufzureißen. Das versuchst du ein paar Mal mit den Händen, dann steckst du dir die Packung entnervt in den Mund und reißt sie mit den Zähnen auf. Das machst du jedes Mal, bei allen Packungen dieser Art, egal ob Schokoriegel oder Chips oder Waffelbruch. Du könntest die Packungen gleich mit den Zähnen aufreißen, aber du hast dieses Ritual etabliert, wonach du es mit den Händen versuchen musst und erst nach dem immer gleichen Scheitern mit den Zähnen drangehst."

Flimminger und Pretzl-Abfalter starrten ihn an.

„Das ist faszinierend", sagte Flimminger, „ich werde nie wieder unbeschwert eine Packung öffnen können. Aber worauf willst du hinaus?"

Körber hob die Hand, um Geduld zu erbitten. „Es muss sich dabei keineswegs um jahrelange Gewohnheiten handeln oder Dinge, die wir im Laufe eines Lebens hunderttausendmal tun. Schon beim ersten Mal wird eine Gewohnheit begründet, die beim zweiten Mal wiederholt wird. Wir nehmen ein neues Gerät in Betrieb und etablieren dabei einen Ablauf, nach dem wir immer wieder vorgehen werden."

„Okay", sagte Pretzl-Abfalter, „okay. Angenommen, Bernhard Winkelhuber war Zorzis erstes Mordopfer und Chuck Baker ihr zweites. Es sollten sich Ähnlichkeiten im Tathergang finden, sodass wir vom zweiten Mord möglicherweise eine Hypothese bezüglich des ersten ableiten können."

„Ach so", sagte Flimminger. „Du meinst den Modus Operandi. Das ist doch ein alter Hut."

„Manchmal ist es gut, auf einen alten Hut einen neuen Blick zu werfen", sagte Körber.

„Baker und Winkelhuber sind beide bei sportlicher Aktivität in freier Natur umgekommen", sagte Flimminger. „Welche Ähnlichkeiten könnte es noch geben?"

„Gift", sagte Körber. Wieder schwiegen sie. Pretzl-Abfalter und Flimminger untersuchten gedankenverloren ihre leeren Schokoriegelpackungen nach Spuren des jeweiligen Aufreiß-Modus Operandi. Körber hatte seinen Riegel noch nicht angerührt. Dann sagte Flimminger: „Das Gift hatte bei Chuck Baker doch die Funktion, ihn in Abwesenheit töten zu können. Man macht sich die Hände nicht schmutzig, man belastet sein Gehirn nicht mit grauenvollen Bildern von einem Todeskampf, wenn man nicht dabei ist. Aber bei Bernhard Winkelhubers Tod war Zorzi dabei. Zumindest sagt sie das. Sie hat ihn stolpern, ausrutschen und abstürzen sehen. Sie war mit ihm auf diesem Berg."

„Vielleicht hat sie ja ihren Modus Operandi beim zweiten Mal verfeinert. Es gibt natürlich immer trial and error, Adaptionen, Optimierungsverfahren."

„Sie sind also auf diesem Berg", sagte Pretzl-Abfalter. „Man hat doch bei so einer Tour Verpflegung dabei. Getränke, Jausenbrote, Kekse ... Zorzi ist für die Wegzehrung zuständig. Erstens als Frau, zweitens als Gastronomin. Sie packt die Sachen ein, sie verwaltet sie, aber trägt sie sie auch? Vielleicht gibt sie den Großteil in Bernhards Rucksack, aber ein paar Sachen behält sie zurück. Irgendetwas davon ist vergiftet, wahrscheinlich ein Getränk. Sie wartet, bis sie ganz weit oben sind, ganz alleine auf einem gefährlichen Pfad. Die Getränke in Bernhards Rucksack sind schon aufgebraucht. Zorzi holt nun aus ihrem Rucksack das vergiftete Getränk heraus und gibt es ihm. Sie schlägt vor, auf dieser vorspringenden Felsplatte eine Pause zu machen und die Aussicht zu genießen. Bernhard trinkt, das Gift beginnt zu wirken, er verliert vielleicht das Bewusstsein, auf jeden Fall aber die Kraft, und Zorzi kann ihn mühelos in den Abgrund stoßen."

„Genau!", rief Körber. „Wäre das nicht denkbar? Und die nächste Frage ist: Könnte eine Exhumierung nicht doch etwas bringen?"

„Gift könnte möglicherweise noch nachgewiesen werden", sagte Flimminger, „kommt natürlich auf die Art des Giftes an ..."

Pretzl-Abfalter griff zum Handy und wählte eine eingespeicherte Nummer. „Könnten Sie mir bitte den Herrn Dr. Sudasch geben?", sagte sie, und dann: „Grüß dich, Peter." Körber bemerkte, dass sie mit dem Polizeiarzt ein bisschen flirtete, wie es verheiratete Menschen gerne taten, um sich zu versichern, dass sie noch immer begehrenswert waren und ihr potentieller Marktwert durch die Eheschließung keinen Schaden genommen hatte. Streng genommen hätte man natürlich einen Gerichtsmediziner kontaktieren müssen, aber die Inspektorin unterhielt sich wohl lieber mit Sudasch. Nachdem sie wieder aufgelegt hatte, sagte sie: „Dr. Sudasch meint, unter diesen neuen Gesichtspunkten sollten wir es doch mit einer Exhumierung versuchen. Eine chemisch-toxikologische Untersuchung macht auf jeden Fall noch Sinn. Man soll auch Proben des umliegenden Erdreichs nehmen, das Gift kann dort hineingesickert sein."

Die Exhumierung Bernhard Winkelhubers erregte beträchtliches Aufsehen in seinem Heimatort Schmirn in Tirol, wo es, wie die Dorfchronisten herausfanden, seit dem Jahr 1912 keinen Mordfall mehr gegeben hatte. Bergunfälle war man ja gewohnt, das war in der Gegend gewissermaßen eine natürliche Todesart, aber dass der Winki, wie man ihn seit seiner Schulzeit nannte, nicht durch das Schicksal, sondern durch die zarte Hand seiner Verlobten umgebracht worden sein sollte, war ein Schock. Man kannte doch die Frau Zorzi, das war eine liebe, gesellige Frau, man hatte dem Winki wirklich nur gratulieren können. Sie hatte sich sogar bemüht, den Tiroler Akzent anzunehmen, sie hatte bei ihren Besuchen in Schmirn die Kinder von Winkis Bruder betreut, sie hatte den getrennten Müll aus dem Haushalt von Winkis Vater und dessen zweiter Frau mit dem Auto zur Müllsammelstelle gefahren! Und dann, bei seinem Begräbnis – es war ihr so egal gewesen, wie sie aussah, und dabei hatte sie so bezaubernd ausgesehen. Sie hatte still, aber doch hemmungslos geweint und sich in ein Papiertaschentuch nach dem anderen geschnäuzt, bis ihre Nase ganz rot war. Sie hatte sich extra Halbschuhe mit vernünftigen Absätzen angezogen, um den Schotterweg zum Friedhof hinaufgehen zu können, gar nicht wie eine Stadttussi. Ein schlichter schwarzer Rock, ein hochgeschlossenes Oberteil mit Spitze, sie war sehr angemessen gekleidet gewesen. Und so jemand sollte seinen Verlobten auf dem Gewissen haben?

Als Zorzi von der Exhumierung erfuhr, war sie bestürzt. Tränen schossen ihr in die Augen, und da ihr auch Botox-Behandlungen verweigert wurden, konnte sie die Stirne runzeln, tat dies und schüttelte den Kopf. Sie sei, erklärte sie, nicht mehr besonders religiös. Aber sie sei im katholischen Glauben erzogen worden und es erfülle sie daher mit Schrecken, wenn man daran ging, jemandes Totenruhe zu stören. Bernhard habe in der Heimaterde seinen Frieden gefunden, auf seinem Grabstein habe man „Ruhe sanft" eingraviert. Man könne doch nicht jemanden zum Sanftruhen auffordern und ihn dann ans Tageslicht zerren. Aber bitte, wenn man meine, dass es der Wahrheitsfindung diene, Bernhards Familie zu retraumatisieren, dann solle man es ruhig machen. Man könnte ihr, Zorzi, natürlich auch einfach glauben, was den Steuerzahler deutlich weniger Geld kosten würde, aber der Amtsschimmel musste hier wohl durchs Gebirge wiehern. Man würde kein Gift finden. Oder sonst etwas. „Viel Spaß beim Zerfleischen dieses armen Menschen, der wahrlich schon genug mitgemacht hat!", rief Zorzi und begann so zu schluchzen, dass ihr Anwalt sie unwillkürlich in den Arm nahm, obwohl er merklich Bedenken hinsichtlich der Unversehrtheit seines Calvin-Klein-Anzugs hatte.

Die Obduktion verlief ergebnislos, ebenso wie die Untersuchung des Gemisches an Erdreich und hineinverwestem Gewebe. Keine der über sechshundert toxischen Substanzen, die mittels Gaschromatografie nachweisbar waren, konnte gefunden werden. Keine Spur von Gift oder sonstigen Hinweisen darauf, dass an dem Bergunfall etwas faul gewesen wäre. „Prinzessin von Arborio rehabilitiert?", titelte eine Tageszeitung, „Ist Gatorade-Mord vielleicht doch Selbstmord?", spekulierte eine andere. Zorzi und ihr Anwalt strahlten einander an. Es fehlte nur noch, dass sie die Hände zum High Five aufeinanderschlugen. Es schien nun fast aussichtslos, Zorzi noch zu einem Geständnis zu bewegen, und Körber war wütend, dass er sich so geirrt hatte.

„Wir alle haben die Entscheidung zur Exhumierung mitgetragen", sagte Frau Inspektor Pretzl-Abfalter, „Sie sind nicht alleine schuld."

„Warte nur, bis du so alt bist wie ich", sagte Gruppeninspektor Flimminger, „dann wirst du dich noch viel öfter geirrt haben als heute."

Eine Lähmung senkte sich auf sie, die durch den von außen herangetragenen Druck noch schlimmer wurde. „Kripo wühlt in Friedhofserde und tappt dabei im Dunkeln", „Profiler auf dem Holzweg – brauchen wir wirklich Medien, Mentalisten und Wünschelrutengänger bei der Polizei?", schrieben die Zeitungen. Sie fühlten sich wie in „Die Grube und das Pendel" von Edgar Allan Poe, als die Wände sich aufeinander zuzubewegen begannen.

„Manchmal", sagte Pretzl-Abfalter, „habe ich das Gefühl, dass die Zorzi einfach nur eine nette Frau ist, die eine Menge Pech hatte. Ich meine, so was kommt vor. Die Cousine einer Freundin von mir hat erst Multiple Sklerose bekommen und ein paar Wochen nach der Diagnose ist ihr auch noch die Wohnung ausgebrannt. Es gibt Pechvögel, Pechsträhnen. Die Zorzi ist im Grunde genommen eine tolle Frau. Sie ist mutterseelenallein in ein fremdes Land gekommen, hat eine neue Sprache gelernt, ihren Bachelor in Tourism and Hospitality Management gemacht und sich mit dem Erbe ihres Vaters ein Restaurant aufgebaut. Ein extrem beliebtes, erfolgreiches Restaurant. Vier Falstaff-Gabeln! Ja, sie hat auf den ersten Blick vielleicht etwas Künstliches, man kann sie nicht so recht einordnen, aber wenn man sie näher kennt, spürt man doch, dass sie einen sehr lieben Kern hat, dass sie einfach nur mit allen gut auskommen will ..."

„Ich fasse es nicht", sagte Arnold Körber, „die Zorzi hat Sie umgedreht. Nur weil sie ein bisschen freundlicher zu Ihnen war in letzter Zeit, weil sie ein bisschen auf frauensolidarisch getan hat? Jetzt hat sie gelernt, dass es sich in Notsituationen lohnt, auch Frauen zu manipulieren. Sie ist anpassungsfähig wie Darwins Finken!"

„Also ich bin immun gegen sie", sagte Flimminger, „absolut immun."

Gerade, als sie dachten, dass die deprimierende Aura des Besprechungszimmers demnächst einen weiteren Tiefpunkt erreichen würde, meldete sich eine junge Frau, die den Fall in den Medien verfolgt und nun eine Aussage zu machen hatte. Ihr Name war Petra Pollischansky. Sie hatte blondes kurzes Haar, war groß und schlank und machte einen sportlichen Eindruck. Im Gesicht wirkte sie allerdings etwas verhärmt, als käme sie mit dem Leben schon seit Längerem nicht gut zurecht.

„Es ist so", sagte sie, „ich war vor einigen Jahren mit einem Mann zusammen, der mit der Zorzi zusammen war."

„Der mit ihr davor zusammen gewesen war?", fragte Körber.

„Nein", sagte Petra Pollischansky, „wir waren sozusagen gleichzeitig mit ihm zusammen. Aber nicht polyamourösartig oder so was. Jürgen war offiziell noch mit ihr zusammen, wollte sie aber verlassen, um mit mir zusammen zu sein. Er befand sich gewissermaßen in einer Umbruchsphase."

„Wie hieß der Mann genau?", fragte Flimminger.

„Jürgen Knopp."

„Und dieser Herr Knopp war mit Frau Zorzi zusammen und hat sie mit Ihnen betrogen?", fragte Pretzl-Abfalter.

„Nein. Ja. Naja. Man könnte auch sagen, dass er mich mit ihr betrogen hat. Aber er schlief nicht mehr mit ihr." Sie wandte sich an die Männer: „Sie kennen das doch. Er fühlte sich ihr noch verpflichtet, aber in Wahrheit war er schon lange mit mir zusammen."

„Also ich kenn das nicht", sagte Flimminger.

„Und weiter?", fragte Pretzl-Abfalter.

„Es war jedenfalls so, dass wir die Trennung schon durchgeplant hatten. Jürgen wollte nur noch einmal mit ihr auf Urlaub fahren. Sie hatte ihm so ein Segelboot geschenkt, aber ohne die Papiere. Das Boot war ihm sehr wichtig, er wollte das klären. Sie sind dann zu einem Törn nach Kroatien gefahren. Und er ist nie zurückgekommen."

„Was?!", riefen Körber, Flimminger und Pretzl-Abfalter.

„Nie zurückgekommen", wiederholte Petra Pollischansky und nickte mehrmals zur Untermauerung ihrer Aussage. „Von einem Tag auf den anderen war sein Handy tot. Wir hatten den ganzen Vortag noch SMS hin- und hergeschickt. Drei Tage vorher hatten wir telefoniert, da waren sie an Land gegangen, um in einem Restaurant zu essen. Jürgen verdrückte sich aufs Klo, um mit mir zu telefonieren. Er behauptete ihr gegenüber, Verdauungsprobleme zu haben." Sie lächelte angesichts dieser schönen Erinnerung an die Chuzpe ihres Geliebten und fuhr dann fort: „Vor drei Jahren, am 16. Juli abends haben wir die letzten SMS hin- und hergeschickt." Sie holte ihr Handy heraus und tippte darauf herum. „Ich hab geschrieben: Wann sagst du es ihr? Und Jürgen hat zurückgeschrieben: Chérie, ich muss erst sichergehen, dass das Boot mir gehört. Sie hat zwar gesagt, dass sie es mir schenkt, aber ich hab nichts in der Hand. Hab Geduld! ILD!!!" Sie hielt den Beamten das Handy hin: „Drei Rufezeichen."

„Was heißt ILD?", fragte Flimminger.

Petra Pollischansky verdrehte die Augen, als könne sie nicht fassen, dass eine solche Unwissenheit möglich war. „Ich liebe dich. Das waren seine letzten Worte an mich. Und dann habe ich nie wieder etwas von ihm gehört. Nie wieder! Am nächsten Morgen kam schon keine Antwort mehr. Ich hab ihm alle paar Stunden eine SMS geschickt. Ein paar Tage später hab ich dann angerufen, obwohl ich das eigentlich nicht durfte, weil die Zorzi es ja mitkriegen konnte. Aber das war mir dann schon egal. Ich wusste, dass da etwas passiert war. Aber was sollte ich machen? Ich konnte ja nicht sie anrufen!"

„Schwerlich", bestätigte Pretzl-Abfalter.

„Wie ging es weiter?", fragte Körber.

„Naja, ich hab mich dann beruhigt. Hab mir gedacht: Vielleicht hat sie ihn ja dabei ertappt, wie er mir gerade eine SMS schrieb. Dann hat sie ihm eine Szene gemacht und das Handy ins Meer geschleudert und so weiter. Also wartete ich ab bis zum Ende ihres Urlaubs. Ich wusste ja, wann sie zurückkehren würden. Aber am Tag nach der geplanten Rückkehr rief Jürgen auch nicht an. Ich meine, er hätte sich doch ein neues Handy besorgt oder von der Arbeit aus angerufen. Also hab ich bei ihm in der Arbeit angerufen, in der Post. Er war ja Paketzusteller. Und das war dann echt unglaublich." Sie schnaufte ein paar Mal wie ein Schwimmer, bevor er ins Wasser sprang. „Man sagte mir, Jürgen hätte gekündigt. Er arbeite nicht mehr dort. Ich war fassungslos. Jürgen hätte nie seinen Job gekündigt, ohne das vorher mit mir zu besprechen!"

„Haben Sie weiter nach ihm gesucht?", fragte Körber.

„Natürlich!", rief Petra Pollischansky. „Ich liebte den Mann doch! Erst hab ich abgewartet, ob er sich nicht doch noch melden würde. Aber es kam kein Lebenszeichen, und sein Handy blieb tot. Es blieb mir also nichts anderes übrig, als zu dieser Risotto-Baronin ..."

„Prinzessin von Arborio", korrigierte Pretzl-Abfalter.

„... als zu dieser Reishexe zu gehen und die Sache auszukundschaften. Ich hab vor ihrer Wohnung gewartet. Jürgen hat ja bei ihr gewohnt. Sie ging ein und aus, aber Jürgen nicht. Offenbar wohnte er nicht mehr bei ihr. Das war sehr komisch. Er hatte ja vor, bei ihr auszuziehen, und zwar um bei mir einzuziehen! Warum ist er dann nicht gekommen?"

„Hatte er vielleicht noch ... andere Bekanntschaften?", fragte Flimminger.

„Auf gar keinen Fall!", rief Petra Pollischansky. „Ich bezweifle auch, dass er noch sexuelle Energie für eine andere Frau gehabt hätte. Er war bei mir vollkommen ausgelastet."

„Er lebte also offenbar nicht mehr mit Frau Zorzi zusammen. Hatte er keine Eltern, die Sie fragen hätten können?", fragte Flimminger weiter.

„Sein Vater ist tot. Seine Mutter hat Alzheimer und lebt in einem Pflegeheim. Jürgen hat sich nicht um sie gekümmert. Sie hat ihn als Kind misshandelt, er hatte kein Interesse an ihrem Schicksal."

„Was haben Sie weiter unternommen?", fragte Pretzl-Abfalter.

„Ich bin zu ihr gegangen. Ins Restaurant. Zum Essen. Hab mich als Gast ausgegeben. Ich hatte mir so eine Geschichte zurechtgelegt, von wegen ich sei eine Arbeitskollegin von Jürgen und er sei nicht mehr bei der Arbeit erschienen. Obwohl ich natürlich wusste, dass er gekündigt hatte. Aber wie soll das alles abgelaufen sein? Er kommt nach Wien zurück, kündigt, meldet sich nicht bei mir, zieht bei der Zorzi aus, verschwindet – ich wollte einfach nur ein paar Informationen!"

„Das kann ich mir gut vorstellen", sagte Körber. „Und wie war die Begegnung?"

„Es war gruselig", sagte Petra Pollischansky. „Ich hatte das Gefühl, dass sie wusste, wer ich war. Aber woher? Jürgen war sich sicher, dass sie nichts gemerkt hatte. Wir waren so vorsichtig gewesen, wir wollten ja das Boot nicht gefährden. Ehrlich gesagt hatte ich die ganze Zeit Angst, dass sie mir etwas in den Wein geben würde. Oder in das Thunfischtatar." Sie sah Pretzl-Abfalter, Körber und Flimminger der Reihe nach bedeutungsvoll in die Augen. Dann fuhr sie fort: „Aber es ist nichts passiert. Ich konnte aber auch nicht viel aus ihr herausbekommen. Sie sagte, sie und Jürgen hätten sich getrennt, er sei im Ausland und wieder glücklich liiert, und sie selbst hätte mit Jürgens Boss gesprochen und ihm gesagt, dass Jürgen nie wiederkommen würde. Das ist alles." Sie lehnte sich zurück und verschränkte die Arme.

„Und er ist nie wiedergekommen?", fragte Flimminger. „Sie haben nie wieder von ihm gehört?"

„Nie wieder", sagte Petra Pollischansky. „Er ist bis heute wie vom Erdboden verschluckt."

„Pass gut auf!", hatte Frau Inspektor Pretzl-Abfalter kurz nach der Hochzeit zu ihrem Mann gesagt. „Du kannst vor mir nichts verbergen, also ist es klüger, immer ehrlich zu sein. Ich kann Spuren lesen, Fährten verfolgen, Ungereimtheiten aufdecken, Verhalten analysieren, die richtigen Fragen stellen, ohne dass der andere überhaupt merkt, was er mir gerade erzählt. Und ich habe keinerlei Skrupel zu schnüffeln. Tja, du hättest halt keine Ermittlerin heiraten dürfen!" Gerhard Pretzl lächelte, küsste sie und erklärte, er sei sich dessen wirklich vollkommen bewusst. Dann ging er daran, seiner Frau zu beweisen, dass er sie hinters Licht führen konnte. In monatelanger Feinarbeit organisierte er eine Überraschungsparty zu ihrem Geburtstag. Achtzig Gäste, eine Band, aufwändiges Catering – es war fast so wie bei der Hochzeit, nur in legerer Kleidung.

Die Inspektorin merkte nichts. Ihr Mann wusste jedes Anzeichen zu verbergen. Die Personen, die nicht so gut dichthalten konnten, weihte er erst in letzter Sekunde ein, die anderen überzeugte er von der Notwendigkeit des Schweigens, indem er ihnen den Spaß ausmalte, den es machen würde, eine Kriminalbeamtin, die noch dazu an Hybris litt, auf den Leim zu führen. Um noch weniger Anhaltspunkte zu liefern, ließ er das Fest nicht an ihrem Geburtstag stattfinden, sondern einen Tag davor.

Die Inspektorin kam nach Hause, das Häuschen am Schöpfwerk sah aus wie immer. Keine auffälligen Fahrzeuge waren ringsum geparkt, keine auffälligen Personen gingen herum, ein stilles Licht brannte in der Küche, der Garten war ruhig und leer. Sie öffnete die Haustür, rief: „Hallo Schatz!" und ging in die Küche, aber da war niemand. Sie ging ins Wohnzimmer, und als dort alle plötzlich „Überraschung!" schrien, Musik einsetzte und Pyrotechnik abgefackelt wurde, bekam sie so einen Schreck, dass sie beinahe die Dienstwaffe gezogen hätte. Aber auch daran hatte ihr Mann gedacht: Er stand hinter der Tür bereit, um sie von etwaigen Fehlreaktionen abzuhalten.

Später sagte sie: „Eine Verschwörung. Es war eine richtige Verschwörung." Und: „Wenigstens weiß ich jetzt, dass ich die Waffe nicht ohne Notwendigkeit ziehen würde. In Sekundenbruchteilen habe ich entschieden, dass es sich um keine Gefahrensituation handelt. Das ist sehr beruhigend." Noch später erklärte sie ihrem Mann, dass sie ihm sehr dankbar sei, denn es habe sich bei dem Ereignis wohl um das größte Lehrstück ihrer Karriere gehandelt. Es stellte sich nämlich heraus, dass es in Wahrheit doch Hinweise gegeben hatte. Kleine Vorkommnisse, die sie nicht einordnen hatte können, Telefonate, die ihr knapp über der Wahrnehmungsgrenze merkwürdig vorgekommen waren, Gesprächsfetzen, die in sich keine Stimmigkeit besessen hatten. Im Nachhinein rollte sie alles auf und erkannte: Hier und da hätte sie Verdacht schöpfen können.

Aber natürlich konnte man so im Alltag nicht leben. Man konnte nicht ständig auf der Hut und misstrauisch sein, das endete in Paranoia. Aber es war gut, sich bewusst zu machen, wie oft man sich täuschte, über etwas hinwegsah, etwas falsch interpretierte oder der Einfachheit halber umdeutete. Ein bisschen erinnerte sie die Erfahrung an jenen Versuch in der Polizeischule, als einmal mitten im Unterricht eine fremde Frau hereinkam, ein paar Worte mit dem Vortragenden wechselte und wieder ging. Danach sollten sie die Frau beschreiben, die eben noch im selben Raum mit ihnen gewesen war. Es gelang den wenigsten. Man hatte der Fremden einfach keine Aufmerksamkeit geschenkt. Der Versuch sollte illustrieren, wie schwierig es für Augenzeugen sein konnte, sich etwas korrekt einzuprägen. Manche der Polizeischüler neigten zum Ausblenden und hatten sich so gut wie gar nichts gemerkt, andere waren fantasievoll und schrieben der unbekannten Frau eine falsche Haarfarbe oder eine frei erfundene Handtasche zu. Dabei machte es keinen Unterschied, ob sie weiter weg oder in der ersten Reihe ganz nahe bei der Hereintretenden gesessen hatten.

Von diesem Tag an hatte sich Pretzl-Abfalters Denken zu verändern begonnen. Wann immer sie jemanden beobachtete, machte sie geistige Notizen: „Männlich, Ende Zwanzig/Anfang Dreißig, ca. 1,75 m groß, generell schlank, aber mit kleinem Bauchansatz, blaue Augen, Designerbrille mit Holzgestell, dunkles kurzes Haar, beige Chino, hellblau-weiß gestreiftes Hemd, sehr saubere braune Schnürschuhe." Der Registrierungseifer konnte durchaus bedenkliche Ausmaße annehmen. So kam es etwa zu einer Phase, in der sie sich angewöhnte, sich auf Schritt und Tritt Fahrzeuge samt Nummerntafeln zu merken. Irgendwann wurde die Sache belastend, sie bekam Angst, eine Zwangsstörung zu entwickeln. Schon gar nicht konnte man so seine Freizeit verbringen. Das Abschalten und Ausblenden, das Vertrauen und Hinnehmen, auch das Nicht-Denken waren wichtig für den beruflichen Ausgleich.

Sie alle hatten die Erfahrung gemacht, dass sie ihre professionellen Fähigkeiten in den eigenen vier Wänden nicht unbedingt einsetzen konnten. Auch Arnold Körber hatte sein Privatleben Demut gelehrt. Wie war es nur möglich gewesen, dass Ines ihn so belogen und er es nicht gemerkt hatte? Es wusste doch niemand besser als er, wie oft der Mensch log. Manche logen sogar ohne erkennbaren Grund, ohne einen Vorteil daraus zu ziehen. Zeugen zum Beispiel, die so oder so nach Hause gehen konnten und auch kein Interesse hatten, einem anderen zu nützen oder zu schaden. Sie logen aus Bequemlichkeit, aus Gewohnheit, um sich wichtig zu machen oder um sich möglichst schnell aus der Affäre zu ziehen. Oder Verdächtige, die sich durch sinnlose Lügen in unwichtigen Details unglaubwürdig machten, sogar solche, die falsche Geständnisse ablegten, nur weil ihnen der Vernehmungsdruck unbehaglich war. Es gab Menschen, die sich selbst ständig belogen und irgendwann an die eigenen Lügen glaubten, sodass sie in einer diffusen Welt aus Fantasie und Wirklichkeit lebten, wo das eine ins andere zerrann, wie Wasserfarben, die sich überlagerten und mischten. Es gab die, die logen, weil sie mit der Wahrheit keine guten Erfahrungen gemacht hatten. Es gab die ganz Cleveren, die im Fernsehen gehört hatten, dass sich die Wahrheit durch Detailreichtum auszeichnete, und die ihre Lügen mit elaborierten Dialogen, Requisiten und Nebenhandlungen versahen. Andere hatten etwas von verräterischen körperlichen Signalen gehört, sodass sie darauf achteten, nicht nervös die Hände zu kneten oder den Blick in einem unbewussten Fluchtwunsch zur Tür wandern zu lassen. Man erkannte sie daran, dass sie steif und unnatürlich wirkten, eingekerkert in ihre Angst, sich durch ein einziges Muskelzucken zu verraten. Und es gab die Diven des Method Acting, die sich so hineinarbeiten konnten in ihre Geschichten, dass sie sie mit überzeugenden, lebhaften Affekten aufluden. Es wurde beschönigt, es wurden Ausflüchte gemacht, es wurde abgestritten. Es wurde geschwitzt, geweint, gemauert, überlegen gegrinst, hysterisch gelacht, apathisch geschwiegen, geschimpft, gedroht und jedes erdenkliche körperliche Problem vor-

geschützt: Hunger, Durst, Müdigkeit, Erschöpfung, Kopfschmerzen, Rückenschmerzen, Bauchweh, Herzrhythmusstörungen, bis hin zum plötzlichen Auftreten einer
Wanderniere. Man sagte: „Ich kann mir das nicht erklären", oder: „Ich habe damit nichts zu tun." Man erfand
bizarre Halluzinationen, um auf Unzurechnungsfähigkeit
zu plädieren.

Es gab Menschen, die sogar dann noch unbeirrbar
bei einer Lüge blieben, wenn diese durch Fakten schon
längst widerlegt worden war. Die gar nicht mehr glauben konnten, dass man ihnen die Lüge noch glaubte, sie
aber dennoch nicht aufgaben. Körber hatte überführte
Täter gekannt, die einen Teil der Wahrheit eifersüchtig
in einem kleinen Kämmerchen verschlossen, das nur sie
selbst betreten konnten, und dieses Wissen behüteten
wie ein Drache den Schatz. Er hatte fürchterlich schlech-
te Lügner gekannt, die sich keine Mühe gaben und ihr
Gegenüber offen für dumm zu verkaufen suchten. Solche, denen vor Schuldgefühlen die Stimme zitterte und
die sogar rot wurden. Wobei man sich da natürlich nicht
täuschen lassen durfte: Auch Menschen, die die Wahrheit
sagten, konnten mit ihren Schweißfingern nasse Spuren
auf dem Tisch hinterlassen. Und er hatte die ganz großen
pathologischen Lügner gekannt, die ganze Gerichtssäle
manipulierten, jeden Lügendetektor ausgetrickst hätten,
scheinbar logische Argumente aus dem Ärmel schüttelten und eine Schauspielkunst an den Tag legten, die auch
vom gewieftesten Menschenkenner nicht zu durchschau-
en war.

„Ich liebe dich", hatte Ines noch drei Tage vor ihrem
Auszug gesagt, als ihr Kleiderschrank schon halb leer gewesen war. Die Sachen hatte sie zu ihrem neuen Freund
gebracht, der, wie sie später erklärte, im Gegensatz zu
Körber „einen normalen Beruf" hatte. Sprich, ein lang-
weiliger CEO in einem langweiligen Unternehmen war

und deutlich mehr verdiente als er. Beim Abendessen hatte sie plötzlich ihr Weinglas abgestellt, Körber zärtlich angesehen und „Ich liebe dich" gesagt. Dem war nichts Besonderes vorangegangen, er hatte nur geschildert, wie auf dem Biosalat Blattläuse gewesen waren und er die Blätter in Salzwasser gelegt hatte, worauf die Läuse oben geschwommen waren und abgegossen werden konnten. Das hatte sie wohl gerührt. Vielleicht hatte sie in jenem Moment tatsächlich Liebe empfunden, eine sentimentale Abschiedsliebe, die man noch einmal wohlig durch sich rieseln ließ, bevor man sie endgültig entsorgte.

Zum ersten Mal hatten sie das Gefühl, Zorzi eiskalt zu erwischen. Die Nachricht vom Auftauchen Petra Pollischanskys und die Tatsache, dass sich das Gespräch nun auf Jürgen Knopp verlagerte, traf sie ganz offensichtlich unerwartet. Ihr Anwalt war so überrascht, dass er ihr sofort zur Aussageverweigerung riet. Aber das war nichts, worauf sich Zorzi einließ.

„Wer nichts sagt, macht sich verdächtig. Wer unschuldig ist, sagt alles, was er weiß. Ich möchte die Polizei unterstützen", war ihre Meinung dazu.

„Ich kann Ihnen nicht helfen, wenn Sie nicht auf mich hören", sagte der Anwalt.

„Seien Sie einfach still", sagte Zorzi, „ich helf mir schon selbst."

Von Petra Pollischansky hatte sie noch nie etwas gehört. Als man ihr ein Foto der Frau zeigte, erkannte sie sie nicht. „Die wäre doch gar nicht Jürgens Typ gewesen. Viel zu grobschlächtig. Er stand auf zierliche Frauen. Südländische Frauen. Nicht so eine germanische Walküre", war ihr Kommentar. Weiters gab sie zu Protokoll: „Dass Jürgen eine Geliebte hatte, wusste ich. Aber das war sicher niemand, der in Wien lebte. Es war eine Kroatin oder Slowenin oder so was. Er wollte ja mit ihr in ihrem Heimatland zusammenleben. Genaueres weiß ich aber nicht."

Die Geschichte von der Trennung hatte Zorzi offenbar schon öfter erzählt. Es habe in der Beziehung bereits seit

Längerem gekriselt. Sie und Jürgen Knopp wollten noch einmal einen gemeinsamen Segeltörn machen, um zu sehen, „ob da noch etwas war", und um die Sache in der Isolation eines Kammerspiels zu klären. Dafür hätten sie den Kontakt zu anderen Menschen gemieden, die meiste Zeit seien sie auf See gewesen und nur ab und zu zum Einkaufen oder Essen an Land gegangen. Dabei hätten sie sich auf die Inseln beschränkt, da dort weniger Leute zu befürchten gewesen seien als auf dem Festland. Das Ganze sei nicht gut gegangen. Wahrscheinlich gehe so etwas nie gut. Sie hätten gestritten oder sich angeschwiegen. Es habe keinen konkreten Grund für die Auseinandersetzungen gegeben, es sei mehr so eine allgemeine Zerrüttung gewesen. Ein Genervtsein, eine Entfremdung. Dabei habe sie, Zorzi, die ganze Zeit das komische Gefühl gehabt, dass Jürgen sie irgendwie teste.

Wie sich herausstellte, sei dies auch der Fall gewesen. Jürgen habe ihr nämlich eines Morgens eröffnet, dass es da eine andere Frau gebe und dass ihm dieser Törn dazu gedient habe herauszufinden, mit wem er sich wohler fühle. Er habe sich mit Zorzi überhaupt nicht mehr wohlgefühlt, und Zorzi habe erklärt, dass dies ganz auf Gegenseitigkeit beruhe. Dann habe Jürgen noch die Papiere für das Boot verlangt, das sie ihm zum Geburtstag geschenkt habe, aber wohlweislich nur mit Worten und nicht mit Unterlagen. Sie habe nicht im Geringsten eingesehen, dass sie ihm nach seinem Verrat und der offenkundig monatelangen Zweigleisigkeit auch noch das teure Boot nachwerfen sollte. Sie habe sich daher geweigert und Jürgen sei sehr wütend geworden. Er habe eine volle Weinflasche auf dem Deck zertrümmert und gedroht, das Boot kurz und klein zu schlagen. Zorzi habe daraufhin große Angst bekommen und ihn nur mit Mühe wieder beruhigen können.

Schließlich hätten sie sich darauf geeinigt, dass sie zum Festland segeln wollten und Jürgen dort an Land gehen würde. Er habe ihr erklärt, dass er nicht mehr nach Wien zurückkehren würde, und ihr aufgetragen, dies seinem Arbeitgeber mitzuteilen. Danach habe sie nie wieder etwas von ihm gehört, auch seine in ihrer Wohnung verbliebenen Sachen habe er nie abgeholt.

Zorzi wirkte müde und ihre Geschichte etwas dünn. Nähere Angaben über die obskure kroatische oder slowenische Freundin Jürgen Knopps konnte sie nicht machen. Sie äußerte die Vermutung, dass Petra Pollischansky eine Verrückte war, die ihre fünfzehn Minuten Ruhm haben und auch mal in der Zeitung stehen wollte.

Die Interpol-Fahndung nach Jürgen Knopp verlief ergebnislos. War der Verschollene überhaupt noch am Leben? Sie begannen sich auf ungeklärte Todesfälle im fraglichen Zeitraum und der fraglichen Region zu konzentrieren. Und es dauerte nicht lange, bis sie auf die „Pipeline-Leiche" stießen. Nicht nur Zorzis Geschichte war dünn, auch die Luft wurde es für sie. Die Leiche war vier Tage nach dem Datum gefunden worden, zu dem Zorzi nach eigenen Angaben wieder in Wien eingetroffen war. Und sie war auf dem offenen Meer vor jener Inselgruppe entdeckt worden, zwischen der das Paar nach Zorzis eigenen Angaben gekreuzt war. In Alter und körperlichen Merkmalen entsprach der Tote dem verschwundenen Jürgen Knopp.

Noch selten war der Staatsanwalt von einem Leichenfund so begeistert gewesen. „Herrlich", sagte er, „einfach herrlich. Da müssten wir doch jetzt bald zu einem Geständnis kommen, oder?" Aber Zorzi dachte nicht daran, ein Geständnis abzulegen.

Leider waren die Fotos, die man von dem anonymen Toten gemacht hatte, von schlechter Qualität und das Gesicht überdies durch die Austrittwunden und die Einwirkungen des Meeres zerstört. Petra Pollischansky war der Ansicht, dass es sich sehr wohl um Jürgen Knopp handeln konnte. Zorzi dagegen gab an, dass der Mann auf den Bildern keinesfalls Jürgen sei, da Jürgen am linken Ohrläppchen ein sehr markantes Muttermal gehabt habe, der Tote aber nicht. Sie konnte keine Fotos vom lebenden Jürgen zur Verfügung stellen, da sie sie zur Schonung von Jürgens Nachfolger Chuck Baker vernichtet beziehungsweise von allen elektronischen Geräten gelöscht hatte. Petra Pollischansky dagegen war noch im Besitz von reichlich Fotomaterial. Ein kleines Muttermal auf Jürgen Knopps linkem Ohrläppchen konnte auf einzelnen Bildern gefunden werden, doch wirklich aussagekräftig war das Merkmal nicht, da das entsprechende Ohrläppchen der Pipeline-Leiche nicht mehr ganz intakt war.

Arnold Körber heftete ein Foto von Jürgen Knopp aus besseren Tagen und eines der Pipeline-Leiche an seine Pinnwand. „Bist du das, Jürgen?", fragte er das Foto. „Drei Schüsse in den Hinterkopf. Bleigurte um den Bauch. Wenn sie die beiden anderen auch getötet hat, dann hat sie jedes Mal ihren Modus Operandi gewechselt. Sie ist kreativ. Aber in einem ist sie konstant: Sie will offenbar keine Leiche in ihrer Wohnung haben."

Endlich traf die DNA-Probe, die man seinerzeit von der Pipeline-Leiche genommen hatte, in Wien ein. Gruppeninspektor Flimminger sagte: „Für die Vergleichs-DNA wenden wir uns am besten an die Mutter. Mütter heben immer bizarre Körpersouvenirs von ihren Kindern auf. Meine Mutter hat von mir Haarlocken aus verschiedenen Perioden, sämtliche Milchzähne, die Fingernagelabschnitte vom ersten Nagelschneiden und den Nabelschnurrest aufbewahrt. Als sie im Sterben lag, hat sie meiner Frau die Pappschachtel gegeben, in der diese nekrophilen Schätze aufbewahrt waren. Wir haben sie aufgemacht und da waren überall mumifizierte Mottenlarven. Grauenhaft. Das Ding wurde natürlich sofort entsorgt. Aber meine Mutter war der Ansicht, dass es Glück bringt, organisches Material eines Kindes zu behalten. Komischer Aberglaube."

„Eine meiner Freundinnen hat die Plazenta ihres Kindes bei Nacht und Nebel vor dem Uni-Hauptgebäude eingegraben", sagte Frau Inspektor Pretzl-Abfalter, „das soll bewirken, dass das Kind später einmal studiert."

„Die alte Frau Knopp hat Alzheimer", sagte Arnold Körber, „sie hat ihr Gedächtnis verloren. Erinnerungen bedeuten ihr nichts mehr."

„Wenn sie überhaupt noch lebt", sagte die Inspektorin.

„Finden wir es heraus", sagte Flimminger.

Jürgen Knopps Mutter war noch am Leben und abgesehen vom Absterben der Neuronen in ihrem Gehirn bei bester Gesundheit. Sie besaß von ihrem Sohn eine Handvoll Fotos, die aufzubewahren ihr die Pflegerinnen nahegelegt hatten, obwohl sie den Menschen darauf nicht erkannte. Jürgen Knopp habe seine Mutter schon seit vielen Jahren nicht mehr besucht, erzählten die Pflegerinnen. Er habe es wohl nicht verkraftet, dass sie nicht mehr wusste, wer er war. Dinge, die man für einen DNA-Test verwenden hätte können, besaß sie nicht.

Noch einmal wurde Petra Pollischansky auf die Landespolizeidirektion bestellt. Gruppeninspektor Flimminger sprach alleine mit ihr. „Haben Sie vielleicht noch einen alten Pullover von Herrn Knopp, auf dem man das eine oder andere Haar finden könnte?", fragte er.

Pollischansky schüttelte den Kopf.

„Ein anderes Kleidungsstück vielleicht? Es macht nichts, wenn es gewaschen wurde. Dabei können trotzdem Haare zurückbleiben. Oder einen Kamm? Ein Briefkuvert, das er abgeleckt hat? Eine alte Zahnbürste?"

„Ich heb doch keine alten Zahnbürsten auf", sagte Petra Pollischansky. „Aber es könnte sein, dass ... naja ..."

„Nur keine Scheu", sagte Flimminger, „sprechen Sie nur."

„Das Problem ist, dass ich vielleicht etwas gemacht habe, was nicht ganz legal ist."

„Dann ist es umso wichtiger, dass Sie mir die Wahrheit sagen."

„Es könnte sein, dass ich etwas aufgehoben habe. Aber ich glaube, das darf man nicht."

„Ich bin ganz Ohr."

„Sperma."

„Sperma?"

„Ich habe Sperma eingefroren. Von Jürgen. Das ist doch gut für so einen DNA-Test, oder?"

„Es ist sogar ganz ausgezeichnet. Aber wieso haben Sie das denn gemacht?"

„Ich war damals ein bisschen paranoid. Manchmal hatte ich Angst, dass aus Jürgen und mir vielleicht doch nichts werden könnte. Obwohl ich genau wusste, dass das Blödsinn war. Aber man hat eben so seine Panikanfälle. Und da hab ich mir gedacht, für den Fall, dass er sich vertschüsst, heb ich mir sein Sperma auf, dann kann ich immer noch ein Kind von ihm kriegen. Ich hab einfach das Sperma aus ein paar gebrauchten Ollas gesammelt und eine schöne Portion eingefroren. Ist das illegal?"

„Das müsste ein Gericht klären. Wenn es ohne das Einverständnis des Mannes geschieht, in der Folge ein Kind entsteht und der Vater zu Unterhaltszahlungen verpflichtet wird, könnte es durchaus Probleme geben. Es ist auf jeden Fall moralisch verwerflich. Aber ehrlich gesagt glaube ich ohnehin nicht, dass das klappen würde. Meines Wissens muss Sperma in flüssigem Stickstoff gelagert werden, damit es hält."

„Sie meinen, es ist tot?"

„Ich fürchte, ja. Aber für unsere Zwecke ist es wunderbar. Sie haben das Sperma in Ihrem Tiefkühlfach?"

„Ja. Es ist in einem Becher, auf dem ‚Karfiolcremesuppe' steht. Jürgen hasste Karfiolcremesuppe. Damit konnte ich sicher sein, dass er den Becher nicht auftauen würde."

Der DNA-Abgleich ergab eindeutig, dass es sich bei der Pipeline-Leiche um den vermissten Jürgen Knopp handelte. Zorzi reagierte entsetzt. Jürgen war tot? Er lebte nicht glücklich und zufrieden mit seiner Kroatin oder Slowenin in Kroatien oder Slowenien? Wer hatte ihm so etwas angetan? Sie beharrte darauf, ihn zuletzt lebend gesehen und ihn in einem kleinen Hafen am Festland abgesetzt zu haben. Nein, den Namen wisse sie nicht, es habe sie ja auch nicht gekümmert.

Schon längst waren alle Hebel in Bewegung gesetzt, um das Boot zu finden, das Zorzi nach Jürgens Verschwinden verkauft hatte. Und als man es fand, fand man mit Hilfe von Luminol auch die Blutspuren, die in die schmalen Ritzen zwischen den mit Bootslack gestrichenen Planken hineingesickert waren. Der DNA-Abgleich ergab, dass es sich um Jürgen Knopps Blut handelte. Er war nicht an Land gegangen. Er war auf dem Boot getötet worden.

Zorzi feuerte ihren Anwalt. Sie weinte und klagte über Kopfschmerzen. Sie sagte: „Das können doch nur ein paar Blutatome gewesen sein. Jahrealte Blutatome. Wie kann man denn daraus eine DNA bestimmen? Das ist doch alles ein riesiger Fake!"

„Es genügt ein einziges weißes Blutkörperchen", sagte Flimminger, „mehr brauchen wir nicht."

Flimminger und Körber konfrontierten Zorzi mit den rekonstruierten Tathergängen der Morde an Jürgen Knopp und Chuck Baker. Sie erinnerten Zorzi noch einmal an all die Fakten, die belegt und nicht umzudeuten waren. Dann ging Flimminger hinaus und Körber blieb alleine mit Zorzi zurück. Hinter dem Venezianischen Spiegel drängten sich Pretzl-Abfalter und Flimminger mit etlichen Kollegen, sogar Stankowitsch war gekommen. Es war Zeit für das Geständnis. Auch Zorzi wusste das. Sie begann zu erzählen und sagte, sie wolle am Anfang anfangen, bei Bernhard Winkelhuber. Das war eine große Überraschung, denn diesen Mord hätte man ihr niemals nachweisen können. Körber war vorsichtig wie bei einem scheuen Pferd, dem zum ersten Mal ein Sattel aufgelegt wurde. Als Zorzi die Geschichte von Bernhard Winkelhuber fertig erzählt hatte, war es zehn Uhr abends und alle waren erschöpft.

Am nächsten Tag kam der Staatsanwalt, um hinter dem Venezianischen Spiegel persönlich mitanzuhören, wie Zorzi die beiden anderen Morde gestand. Am Ende hatte Körber das Gefühl, dass er begonnen hatte, sie zu verstehen. Zu begreifen, wie sie tickte, wie ihre innere Logik funktionierte, die mit der allgemeinen Logik in Widerspruch stand.

„Prinzessin von Arborio residiert nun in Schloss", titelten die Zeitungen, als Zorzi nach der Urteilsverkündung in das Frauengefängnis Weißenach verlegt worden war.

Weißenach war tatsächlich ein Schloss aus dem 18. Jahrhundert, das bis 1919 im Besitz der Fürsten von Lodomeritz gewesen war. Da diese ihr Stammhaus in Siebenbürgen hatten, entschlossen sie sich nach dem Ersten Weltkrieg, Bürger des nunmehr vergrößerten Rumäniens zu werden und dorthin überzusiedeln. Die letzte Fürstin Anna Gisela war da noch sehr jung gewesen, eine Schönheit nach der ungeschminkten Mode der Zeit, in den prachtvollen Repräsentationsräumen der Strafvollzugsanstalt hingen noch Ölgemälde und Schwarz-Weiß-Fotografien von ihr. Ihr Mann Fürst Nikolaus, der zwanzig Jahre älter war als sie, soll so verliebt in sie gewesen sein, dass er sie sehr häufig porträtieren hatte lassen.

Anfang der Neunzigerjahre des zwanzigsten Jahrhunderts hatten zwei österreichische Journalisten die greise Anna Gisela von Lodomeritz in einer winzigen Plattenbauwohnung in einem Vorort von Bukarest aufgespürt. Sie erinnerte sich an Bälle und Jagdgesellschaften, Korsos und Kutschen, Kleider und Hüte, Bedienstete und Bankette wie an einen Traum. Das Deutsch, das sie sprach, klang wie von einem Phonographen. Manchmal flocht sie französische Wörter oder Sätze ein. Sie sagte, wenn man so eine Jugend gehabt hatte und so geliebt worden war wie sie, dann konnten einem Jahrzehnte des Schmerzes danach nichts mehr anhaben. Sie hatte zwei Söhne geboren, die in den Vierzigerjahren von der faschistischen Eisernen Garde ermordet worden waren. Fürst Nikolaus war bereits Ende der Zwanzigerjahre an Diphterie gestorben.

Als man Anna Gisela erzählte, dass aus Schloss Wei-ßenach in den Fünfzigerjahren ein Frauengefängnis gemacht worden war, und man sie fragte, ob sie nicht Lust hätte, es noch einmal zu besuchen, sagte sie nein. Die ganze Welt sei ein Gefängnis geworden, erklärte sie, überall würden Leute eingesperrt, bestraft, verurteilt, ge-foltert und hingerichtet, sie finde das *abominable*. Man versicherte ihr, dass in Weißenach ganz bestimmt nie-mand gefoltert oder hingerichtet würde, aber sie wollte trotzdem nicht kommen. Lieber behalte sie das Schloss so in Erinnerung, wie sie es gekannt habe, sagte sie, denn diese Wirklichkeit sei unveränderbar, ein Schloss jen-seits der Geschichte, konserviert in ihrem Gedächtnis. Für immer würden dort Pferde über den Kies trappeln, livrierte Diener mit quietschenden Stiefeln herumgehen, Silberbesteck an feinstes Porzellan klirren, ihre Schwäge-rin Klavier spielen und dazu mit ihrer unvergleichlichen Stimme singen – sie habe ein Faible für traurige russische Lieder gehabt.

Und so, wie Anna Gisela von Lodomeritz das Schloss konservierte, konservierte das Schloss auch sie. Brigadier Häusle, der Leiter der Justizanstalt, hatte sein Büro im ehemaligen Arbeitszimmer des Fürsten Nikolaus. Wä-ren da nicht die mit grauen Tapes auf den Parkettboden geklebten Kabel gewesen, man hätte meinen können, es sei dort in den letzten hundert Jahren nicht allzu viel verändert worden. Ein antiker geschnitzter Schreibtisch, der größer war als die meisten modernen Büros, prangte vor einer Bibliothek, die bis zur stuckverzierten Decke reichte, ein funkelnder Lüster hing darüber, eine Tapete mit bordeauxroten Pflanzenornamenten schloss an dunkle Holztäfelungen an. An der Wand hingen Porträts von Anna Gisela, die hier für immer zwischen siebzehn und einundzwanzig Jahren alt war. Das Lieblingsbild von Brigadier Häusle war eine Fotografie im Halbprofil, auf der der Schwanenhals und die makellose Kinnlinie der jungen Fürstin in Szene gesetzt waren. Ihre großen hellen Augen, die auf den Gemälden blau waren, blickten dämmrig, sehnsüchtig, sinnlich in die Ferne.

Das Schloss bestand aus zwei Längs- und zwei Seitentrakten, die rechteckig um einen großen Innenhof angeordnet waren. Dieser war in der Mitte mit Rasen begrünt, den man durch regelmäßige Aussaat und gelegentlichen Einsatz von Rollrasenstücken zu erhalten suchte, auch wenn die Gefangenen, die hier eine Stunde täglich Bewegung machen durften, ihre Trampelpfade hineintraten, die bei Regen zu Schlammrinnen wurden. Dann gingen die Frauen auf den Betonfliesen, die die Wiese einrahmten, Runde um Runde an den Wänden entlang.

Das Schloss war umgeben vom einstigen Schlosspark, den man nun „das Gelände" nannte. Wie man auf alten Stichen sehen konnte, hatte zum Park früher ein formaler Barockgarten gehört, an den ein Wald- und Augebiet anschloss, das für die Jagd verwendet wurde. Der Wald war längst gerodet und in landwirtschaftliche Nutzfläche verwandelt worden. Es gab einen Kartoffelacker und Glashäuser, in denen Gemüse für die Gefängnisküche angebaut wurde. Obstbäume lieferten die Zutaten für die Kuchen: Kirschen und Marillen im Frühsommer, Äpfel und und Zwetschken im Herbst. Es gab einen großen Schweinestall und eine angeschlossene Metzgerei, in der jeweils sechzehn männliche Strafgefangene eine Fleischerlehre absolvieren konnten. Sie waren im ehemaligen Gutshof untergebracht.

Auch von dem Barockgarten war nichts mehr übrig. An seiner Stelle befanden sich nun funktionale Betonwege, Gras, Büsche, Wirtschaftsgebäude, ein Transformatorhäuschen und ein Streichelzoo mit Ziegen und Meerschweinchen für die Kinder der Insassinnen, die bis zum dritten Geburtstag bei ihren Müttern in der Strafvollzugsanstalt bleiben durften. Auch von jenen Häftlingen, die auf das Gelände hinaus durften, wurden die Ziegen und Meerschweinchen oft gestreichelt. Der einzige Blumenschmuck bestand in einer Reihe von Sonnenblumen im Juli.

Es gab ein eigenes Gebäude für die Frauen im gelockerten Vollzug, die untertags außerhalb des Gefängnisses zur Arbeit gehen durften. In einem kleinen Häuschen mit vergitterten Fenstern gab es einen sogenannten Langzeitbesucherraum. Dabei handelte es sich eigentlich um eine kleine Wohnung mit Sofa, Esstisch, Küchenzeile, Bad, Kinderzimmer und Schlafzimmer. Der Langzeitbesucherraum sollte nach dem Willen des Gesetzgebers dem Erhalt sozialer Strukturen und familiärer Bindungen dienen, indem sich die Insassinnen dort mit ihren Kindern und Partnern treffen und ein normales Familienleben üben konnten. Tatsächlich wurde der Raum selten in Anspruch genommen, da dabei alle nur an Sex dachten und selbst die hartgesottensten Insassinnen darauf verzichten konnten, unter dem anzüglichen Gejohle der Mithäftlinge zu einem Langzeitbesuch anzutreten. Im Volksmund wie auch in der Justizanstalt selbst wurde der Raum „Kuschelzelle" genannt.

Um das Gelände herum standen hohe Bäume, die von außen den Blick versperrten, und eine hohe Mauer, auf der in Ziehharmonikaschlingen verlegter NATO-Draht befestigt war. Es gab Flutlicht, Zugangskontrollen, Metalldetektoren, Bewegungsmelder, Sirenen, Kameras, Suchscheinwerfer, Gitter, Zäune, Panzerglas. Zwei Drittel der Justizwachebeamten waren weiblich, ein Drittel männlich. Untertags trugen sie Pfefferspray, einen Taser und den sogenannten Mehrzweckstock bei sich, nachts eine Schusswaffe. An jedem von ihnen hing eine lange Kette mit einem eisernen Schlüsselring daran, und mancher Besucher wunderte sich, dass da seit dem Mittelalter noch nichts Besseres erfunden worden war. Im Laufe eines Tages schlossen die Beamten unzählige Türen auf und zu, eine Tätigkeit, die sich in die Träume einschlich, wo man immer weiter nach Schlüsseln fingerte, sie in Schlösser steckte, herumdrehte und wieder herauszog.

Achtundachtzig der fünfhundertunddreißig Insassinnen waren wegen Tötungsdelikten verurteilt worden, sechs davon zu lebenslanger Haft. Mit Zorzi kam eine siebte dazu.

Gleich beim ersten Mal, als Arnold Körber Zorzi in Weißenach besuchte, kam ihm die Gerichtspsychiaterin Anneliese Strass entgegen. Er sah sie schon von Weitem, als er vom Haupteingang die lange Allee zum Schloss hinaufging, und sein erster Impuls war, hinter das nächste Gebüsch zu springen und sich zu verstecken. Dann riss er sich zusammen und ging selbstbewusst auf sie zu, und sie tat das Gleiche, wobei sie einmal umknickte und stolperte, was ihm große Freude bereitete. Erst wenige Tage zuvor hatte sie in einem Interview für ein Wochenmagazin geäußert, dass Frauen dasselbe Gewaltpotential besäßen wie Männer. Sie hätten nur geringere körperliche Möglichkeiten, es umzusetzen. Deshalb seien die Gefängnisse des Landes zu 94% mit Männern belegt und nur zu 6% mit Frauen. Körber hatte das auf die Palme gebracht. Hatte sie nicht wenigstens etwas durch den Fall Zorzi gelernt? War Zorzi nicht der lebende Beweis, dass das Ausleben von Gewalt nicht an Körpergröße oder Muskelkraft hing? Es genügte, einen Körper zu besitzen, dann hatte man genug körperliche Möglichkeiten! Es ärgerte ihn umso mehr, als er einmal mit ihr darüber diskutiert hatte. Das war nach dem Vortrag des amerikanischen Gerichtspsychiaters Winston Bakersfield gewesen, der über geschlechtsspezifische Unterschiede in der Kriminalstatistik gesprochen hatte. In den Siebzigerjahren, hatte er erzählt, hatte man in manchen Bundesstaaten der USA begonnen, neue Frauengefängnisse zu bauen. Im Zuge der Emanzipation würde sich die Verbrechensrate zwischen den Geschlechtern angleichen, hatte man gedacht, eine Flut von weiblichen Straftätern würde die Folge der zunehmenden Gleichberechtigung sein. Doch die neuen Frauengefängnisse waren allesamt leer geblieben und letztlich wieder mit Männern belegt worden. Allein bei Eigentumsdelikten hatte es in den darauffolgenden Jahrzehnten einen geringfügigen weiblichen Zuwachs gegeben.

„Es wird sich nie angleichen", hatte Anneliese Strass nach dem Vortrag zu Körber gesagt, „Frauen fehlt einfach die Kraft für ausgeprägte Gewalttätigkeit. Wer körperlich unterlegen ist, muss eben lernen, Konflikte auf andere Art und Weise zu bewältigen."

„Sie haben recht", hatte Arnold Körber erwidert, „es wird sich nie angleichen. Aber nicht aus dem Grund, den Sie nennen."

„Ach so?", hatte sie gesagt. „Und was wäre dann Ihrer Meinung nach der Grund?"

„Testosteron. Wenn Sie einer harmlosen und friedfertigen Kreatur wie etwa einem Meerschweinchen Testosteron spritzen, wird es anfangen, seine Mitmeerschweinchen zu beißen und zu attackieren."

Sie hatte mitleidig gelächelt und gesagt: „Erstens sind wir keine Meerschweinchen. Und zweitens brauchen wir kein Testosteron, um aggressiv zu sein." Dann hatte sie sich auf dem Absatz umgedreht und war weggegangen.

„Dafür sind Sie ja der beste Beweis!", hätte Körber ihr gerne nachgeschrien, es aber nicht getan.

Auf der Allee der Justizanstalt Weißenach kam Anneliese Strass nun näher und versuchte eine körpersprachliche Mischung aus Dominanz und Eleganz. Sie war etwa zehn Jahre älter als Körber und sah immer noch gut aus, insbesondere ihre makellosen Waden stellte sie gerne zur Schau. Sie trug einen knielangen Rock und schicke Pumps. Der Wind zerzauste ihren mahagonibraunen Bob, die Röte auf ihren Wangen rührte nicht von Schminke her. Sie war wohl genauso wenig angetan von dieser Begegnung wie Körber.

Manchmal fragte er sich, ob es nicht eine praktikable Lösung wäre, die Gerichtspsychiaterin einfach zu vögeln. Sie war seit fünfundzwanzig Jahren mit einem langweiligen Notar verheiratet, der viel Fett angesetzt und viele Haare verloren hatte, da lief bestimmt nichts mehr. Sie arbeitete viel und verbissen, vermutlich kamen andere Lebensbereiche zu kurz. Ihre Verführung würde nicht ohne einen gewissen Aufwand vonstatten gehen können. Einladungen zum Essen, Komplimente, Theaterbesuche und Blumen. Es würde ein angeregtes Hickhack geben müssen wie in einem alten Film mit Katharine Hepburn und Spencer Tracy oder Humphrey Bogart und Lauren Bacall. Wenn Körber dann humorvoll Paroli bot, würde Anneliese Strass wohl oder übel genauso erliegen wie die Frauen im Film. Die Fantasie gipfelte darin, dass sich Strass in allen fachlichen Punkten bedingungslos Körber anschloss, da die Dankbarkeit darüber, dass er es ihr so gut besorgte, ihr auch intellektuell die Augen öffnete. Irgendwo war allerdings ein Haken an der Geschichte, das ahnte er, weshalb sie wohl nie in die Tat umgesetzt werden würde.

Nun standen sie voreinander und hatten beide ein Lächeln aufgesetzt.

„Grüß Gott, Herr Doktor Körber", sagte sie und streckte ihm die Hand hin.

„Grüß Gott, Frau Doktor Strass", sagte er und schüttelte ihre Hand.

„Ich habe so eine dunkle Ahnung, wen Sie hier besuchen könnten", sagte sie.

„Ach ja?", sagte er.

„Es herrscht so ein bedauerlicher Mangel an Serienmörderinnen in diesem Land, die für einen Profiler interessant sein könnten. Die Schwarze Witwe von Wörgl ist vor zwei Jahren ihrem Krebsleiden erlegen. Schwester Tod vom Onkologischen Zentrum Hillerthal ist nach zwanzigjähriger Haft entlassen worden und hat irgendwo unter neuer Identität ein neues Leben begonnen. Warten Sie, wen gibt es noch ... Nein, ich glaube nicht, dass Sie sich für diese Frau interessieren, die ihre fünf neugeborenen Babys in der Tiefkühltruhe unter Chicken Nuggets und Germknödeln begraben hat, wie hieß sie doch ...?“

„Mit der hab ich schon vor geraumer Zeit gesprochen. Da gibt es im Augenblick keine offenen Fragen mehr.“

„Also es geht um die Frau Zorzi“, sagte Anneliese Strass.

„Ja“, sagte Körber. „Nachträgliche Täterbefragung.“

„Täterinnenbefragung“, korrigierte sie.

„Täterinnenbefragung“, wiederholte er. Als ob jemand wie Zorzi auch nur den geringsten Wert auf Gendering legen würde, dachte er. Mörderin, Täterin, Gefangene, Insassin, Verurteilte, Kriminelle, Verbrecherin, Killerin.

„Ist es nicht üblich, da ein bisschen Zeit verstreichen zu lassen? Ein Jahr in etwa? Damit der oder die Betreffende Gelegenheit hatte, über die Tat zu reflektieren? Damit nicht einfach nur wiederholt wird, was eben erst im Gerichtsverfahren gesagt wurde? Frau Zorzi ist doch erst seit ein paar Wochen hier.“

Körber hörte sehr laut eine Amsel singen. Aus der Ferne meckerten die Ziegen im Streichelzoo. Ein stampfendes, metallisches Geräusch deutete darauf hin, dass irgendwo eine Maschine in Betrieb war. Die frischen grünen Blätter der Alleeplatanen über ihnen raschelten im Wind, ein einzelner Ast knarzte. Es war Frühsommer geworden, beinahe zehn Monate waren vergangen, seit ihm vor Elisabetta Zorzis Kühlschrank etwas komisch vorgekommen war. Die Sonne strahlte, Lichtflecken huschten über das Gesicht der Frau ihm gegenüber und ihre weiße Schluppenbluse hinunter bis zu der Hand mit dem dezenten Goldring. Anneliese Strass wechselte mehrfach das Standbein, scheinbar ohne seinen Blick loszulassen. Körber wusste, dass sie ihm nicht wirklich in die Augen sah, sondern auf die Nasenwurzel – ein Trick von Leuten, die längeren Blickkontakt unangenehm fanden.

„Wissen Sie", fuhr sie nun etwas sanfter fort, „es wäre vielleicht auch wichtig, dass Frau Zorzi etwas Therapie bekommt. Oder sich zumindest erholt. Zur Ruhe kommt. Stabilität wiederfindet. Sie war sehr angeschlagen während des Gerichtsverfahrens. Stand unter Medikamenten – Tranquilizer, Antidepressiva."

„Ja", bestätigte Körber, „sie hat sich bis zum Ende ihres Geständnisses aufrechtgehalten. Hat alles noch detailliert und leidenschaftlich erzählt. Danach ist sie dekompensiert."

„Das arme Ding", sagte Anneliese Strass ironisch. Ironie war ihr Abwehrmechanismus. Sogar in ihren Gutachten blitzte das durch. Es war ihre Art zu verhindern, dass die Geschichten und Denkweisen der Gestrauchelten in sie hineinkrochen, sich Spiegelneuronen zu regen begannen und ihr Angst, Wut und Jammer aufzwangen. Natürlich hatte sie auch Bücher geschrieben, und Körber hatte sie gelesen. Es war amüsant, wie sie die skurrilen, absurden, bizarren Aspekte selbst an banalsten Eigentumsdelikten herausarbeitete, wie sie die Rechtfertigungsstrategien und das Selbstmitleid der Täter bloßstellte und nicht selten deren blanke Dummheit entlarvte. Es war lustig, man konnte sich beim Lesen überlegen fühlen und Körber mochte das nicht.

„Tut mir leid", sagte sie nun unerwarteterweise, „ich wollte nicht zynisch wirken. Vielleicht machen Sie sich ja Sorgen um sie."

„Ich denke", sagte Körber, „dass Kontakt zur Außenwelt gerade in dieser Anfangsphase für sie wichtig ist. Das Gefühl, nicht vergessen zu werden, könnte beim Überwinden ihrer Depression helfen. Sie wird ihre Reflexionsfähigkeit eher ausbauen können, wenn es ihr halbwegs gut geht. Sie wissen, dass sie sehr intelligent ist."

Anneliese Strass zog die Augenbrauen hoch und nickte. Wie üblich war ein Teil ihres Gutachtens ein Intelligenztest gewesen, bei dem Elisabetta Zorzi zum allgemeinen Erstaunen einen Wert von 131 Punkten erreicht hatte. Ein Wert, den nicht einmal drei Prozent der Bevölkerung hatten, ein Wert, von dem man meinen hätte können, dass er sie nicht nur zu einer ansehnlichen Karriere, sondern auch zu einer intelligenten Partnerwahl befähigen hätte sollen. Aber so funktionierte das natürlich nicht.

Geistige Minderbegabung hatte Zorzis Steuerungsfähigkeit jedenfalls nicht beeinträchtigt. Auch eine psychische Erkrankung lag nicht vor. Kein Wahn, keine Halluzinationen, keine Ich-Störung. In diesem Punkt war sich Körber mit der Gutachterin absolut einig gewesen: Zorzi war voll schuldfähig.

„Oh", sagte Anneliese Strass nun, „gar so einsam, wie Sie zu denken scheinen, ist die Frau Zorzi aber nicht. Sie hat jede Menge Besuch. Ihr Anwalt Dr. Kopetzki ist gekommen, obwohl rein juristisch wohl kaum noch etwas zu klären ist. Dieser Bianchi, ihr Küchenchef, war da, praktisch jeder aus ihrer ehemaligen Crew. Dazu viele Leute, die bei ihr zu Gast gewesen sind, alle möglichen feinen Damen und Herren – hauptsächlich Herren. Wahrscheinlich waren auch ein paar Ghostwriter darunter, die nach den Exklusivrechten für ihre Geschichte gieren."

„Sie haben mit Brigadier Häusle darüber gesprochen?", fragte Körber.

„Aber ja", sagte sie, „wir sprechen über alles. Ich war gerade bei ihm zum Tee."

Von der Seite näherten sich Stimmen. Über die Wiese kam eine Gruppe Frauen mit Nordic-Walking-Stöcken. Es handelte sich um ein Bewegungsprogramm, an dem Insassinnen im gelockerten Vollzug teilnehmen durften. An der Spitze walkte eine Justizwachebeamtin, die Körber und die Psychiaterin grüßte. Als die Gruppe hinter einer Schlehdornhecke wieder verschwunden war, griff Anneliese Strass nach Körbers rechter Hand. An einer minimalen Verschiebung in der Intensität ihres Blicks erkannte er, dass sie ihm nun nicht mehr auf die Nasenwurzel, sondern tatsächlich in die Augen sah. Sie schüttelte seine Hand, dabei strich sie mit dem Mittelfinger über seinen Puls. Es war eine merkwürdig intime Geste, wie ein geheimes Zeichen – als würde ihnen jemand zusehen, der nicht wissen sollte, wie gut sie einander kannten.

„Passen Sie auf sich auf, Dr. Körber", sagte sie und ging Richtung Haupteingang davon.

„Ich bin so froh", sagte Zorzi, „und erleichtert, dass hier nicht nur Frauen sind. Ich hatte es mir so vorgestellt. Wie in einem Nonnenkloster. Insassinnen, Aufseherinnen, eine Direktorin. Von früh bis spät nur Frauen. Östrogen und Menopause und Menstruation. Bewaffnete Frauen in Uniform und unbewaffnete Frauen in Gefängniskleidung. Aber es gibt keine Gefängniskleidung. Wir dürfen anziehen, was wir wollen. Es ist viel besser, als man glaubt. Und dass hier auch Männer durch die Gänge gehen, lockert es ein wenig auf. Es ist nicht so ghettoartig wie befürchtet. Und alle sind sehr nett."

Umgekehrt hatten die männlichen Justizwachebeamten auch von Zorzi einen guten Eindruck. Anders als so viele andere Insassinnen versuchte sie nicht, sie offensiv anzuflirten oder anzubaggern. Natürlich war man geeicht und ließ das alles von sich abprallen, und manchmal wunderte man sich auch – dachten diese Frauen ernsthaft, einer von ihnen würde auf einen versifften, sich ritzenden Junkie mit einer von unmotivierten Aggressionsausbrüchen gekennzeichneten Borderlineproblematik stehen? Aber Frau Zorzi war anders. Sie war eine angenehme, sympathische, kultivierte Person, die sich zu unterhalten wusste und höflich und offen kommunizierte – mit ihr fühlte es sich an, als wäre man draußen in der normalen Welt. Vielleicht sogar etwas märchenhafter, als wäre man zu einem Empfang in der Residenz einer Botschafterin geladen, die die perfekte Gastgeberin gab. Einen Hang zum Gesetzesbruch hätte man ihr niemals angemerkt.

Zorzi war in der Abteilung Normalvollzug untergebracht. Es war der Ort für die mit den längsten Haftstrafen, dem größten Gefährdungspotential und den geringsten Chancen auf Hafterleichterungen. Die anderen Abteilungen waren Jugendabteilung, Erstvollzug, Endvollzug, Mutter-Kind-Abteilung, Freigang. In diesen saßen Frauen, die gerade erst hineingekommen waren in die Kriminalität oder dabei waren, sie wieder zu verlassen, vorübergehende Besucherinnen dieser Schattenwelt, denen man hinaushelfen wollte ans Licht. Resozialisierung, Besserung, Wiedereingliederung in die Gesellschaft waren die Ziele, man bot Struktur, Ausbildung, Perspektiven, Zukunft und Hoffnung an. Hier waren die Insassinnen der Normalität näher als jene im Normalvollzug.

Wie alle wegen schwerer Gewaltdelikte verurteilten Täterinnen hatte Zorzi eine Einzelzelle. Sie war neun Quadratmeter groß und wurde „Haftraum" genannt. In diesem Teil des Schlosses sah es nicht sehr nach Schloss aus, eher nach Krankenhaus: funktional, steril, hässlich. Anders als in den anderen Abteilungen, wo die Türen der Haftträume stundenweise offenstanden, man einander besuchen und so etwas wie eine große Wohngemeinschaft pflegen konnte, waren sie hier immer abgesperrt. Einzeln wurden die Frauen herausgeholt, zum Duschen, für die Arbeit, zum Hofgang – Türe auf, Türe zu.

Arbeit war Pflicht und gearbeitet wurde von 7:00 bis 13:00 Uhr. Zorzi war dankbar, wieder arbeiten zu können, in der Untersuchungshaft war ihr die Zeit lang geworden, trotz der Ungewissheiten und Aufregungen, von denen sie dort belastet gewesen war. Ein Alltag war es, was ihr gefehlt hatte, eine verlässliche Routine. Sie wurde der Wäscherei zugeteilt, wo nicht nur die Wäsche der Justizanstalt selbst gewaschen wurde, sondern auch viele Hotels der Umgebung arbeiten ließen.

„Ich sage Ihnen, es gibt so kranke Frauen", erzählte sie Arnold Körber. „Da ist eine dabei, die spuckt immer auf die Leintücher, bevor sie sie in die Bügelmaschine gibt. Und dann stellt sie sich vor, wie irgendein Hotelgast beim Schlafen seine Wange genau auf ihren Spuckefleck legt. Wer kommt auf so eine Idee?" Körber beglückwünschte sich, dass er in keinem Hotel der Umgebung übernachten musste, sondern mit dem Auto zurück nach Wien fahren konnte, obwohl er wusste, dass dergleichen überall vorkam, in allen Hotels und allen Wäschereien, genauso wie Köche und Kellner und Zustellboten ins Essen spuckten oder Handwerker in Waschbecken pinkelten. Man musste im Alltag die potentielle Möglichkeit solcher Anschläge verdrängen, und man durfte auch nicht zu viele Überwachungsvideos ansehen, wollte man seinen Seelenfrieden bewahren.

Zorzi hätte lieber woanders gearbeitet als in der Wäscherei, in erster Linie hätte sie ihren Platz in der Anstaltsküche gesehen. Denn das Essen, das allgemein als ziemlich gut galt, konnte ihren Ansprüchen nicht genügen. Man gab sich Mühe, schließlich wusste man, dass das Essen für Gefängnisinsassinnen, die von Elementen der Lebensfreude eher ferngehalten wurden, von höchster Bedeutung war. Sie hatten sonst nichts außer Pflicht, Ordnung, Arbeit, Reglementierung, Langeweile und die Aufforderung zur Selbstreflexion. Die drei Mahlzeiten täglich waren die einzige Chance auf so etwas wie Genuss, schon ganze Gefängnisrevolten waren ausgebrochen wegen schlechten Essens, ein halbwegs stabiles inneres Gleichgewicht war mit Schweinefraß unerreichbar. Darüber hinaus wurde eine Ausbildung zur Restaurantfachfrau angeboten, sodass die in der Küche Tätigen mit frischen Zutaten nach handwerklichen Grundsätzen zu kochen hatten und nicht einfach nur Convenience-Produkte aufwärmten. Natürlich handelte es sich um keine Sterneküche, die Möglichkeiten waren schon aus finanziellen Gründen begrenzt, zusätzlich durch die organisatorischen Besonderheiten einer Großküche, die Mahlzeiten für mehr als fünfhundert Personen zubereiten musste. So zählte das Verlangen nach Pommes Frites zu den vordringlichsten Anliegen der Insassinnnen, jedoch war es unmöglich, derartige Mengen zu frittieren und in einem genießbaren Zustand warmzuhalten. Immer wieder schrieben Frauen ausführliche Briefe an die Gefängnisleitung, in denen sie sich über einzelne Gerichte beschwerten und kulinarische Wünsche durchzusetzen suchten, manche bemühten sogar ihre Anwälte dafür. Dennoch war die allgemeine Zufriedenheit hoch, es gab Hausmannskost, die als „wirklich sehr akzeptabel" galt, auch unter den Justizwachebeamten, die dasselbe Essen bekamen.

Körber musste zugeben: Wenn es im ganzen Haus nach Gulasch oder Sauerkraut roch, lief ihm nicht gerade das Wasser im Munde zusammen. Es waren deprimierende, penetrante Gerüche, man sah riesige Blechwannen vor sich, in denen etwas zusammengerührt wurde, was zu Einheitsbrei verkochte. Und Zorzi wollte hier Abhilfe schaffen, alles umkrempeln, den Salat nicht einfach in billigem Öl und Zuckerwasser ertränken, sondern eine Vinaigrette herstellen, die den Namen verdiente. Sie verabscheute Glutamat und litt unter „all diesem Gekörnten". Sie wollte erreichen, dass die Garpunkte stimmten, die Konsistenzen variierten, die Aromen harmonierten. Nicht, dass sie in der Cantinetta selbst allzu viel gekocht hätte – sie hatte verkostet, abgeschmeckt, beraten, angewiesen, assistiert und mit Massimo, seinem Souschef und den Jungköchen konferiert. Ihre Julienne war vielleicht nicht ganz so fein wie die ihrer Köche, aber grundsätzlich wusste sie, wie es ging. Wie konnte man nur jemanden wie sie in die Wäscherei stecken, anstatt sie an jenem Ort einzusetzen, wo ihre Kenntnisse für die Allgemeinheit nutzbar gemacht würden? War das nicht unsinnig, eine Verschwendung an Ressourcen?

„Es ist so", erklärte Arnold Körber, „Menschen, die schlimme Dinge angerichtet haben, lässt man nicht so gerne in die Nähe von Messern."

Zorzi lächelte, als wäre es ihr peinlich, eine Person zu sein, die man wie ein kleines Kind behandelte: Messer, Gabel, Schere, Licht sind für kleine Kinder nicht.

„Alle hier haben schlimme Dinge angerichtet", sagte sie.

„Mehr oder weniger schlimme Dinge", gab Körber zu bedenken.

„Es gibt hier eine Schlachterei, aber dort dürfen nur Männer arbeiten. Da werden Schweinekörper mit Knochensägen und Beilen und Messern zerteilt. Wie verrückt ist das denn? Man bringt den Leuten das fachgerechte Zerlegen von Leichen bei?"

„Aber da arbeiten keine schweren Gewaltstraftäter. Man bildet dort junge Männer aus, die Eigentumsdelikte begangen haben. Damit sie später eine berufliche Perspektive haben und auf vernünftigem Weg an Geld kommen können."

„Das ist eine Ungleichbehandlung."

„Ja. Allerdings."

„Bei den Frauen gibt es eine Gruppe, die irgendwelche Industrieplastikteile mit Stanley-Messern bearbeitet. Am Ende werden die Messer wieder eingesammelt und abgezählt."

„Das ist auch in der Küche so."

Zorzi überlegte. „Aber in der Küche gibt es ja noch viel mehr. Schnitzelklopfer, Fleischgabeln, Geflügelscheren, rotierende Schneidmesser in Küchenmaschinen oder Pürierstäben, Flambiergeräte, schwere gusseiserne Pfannen, die man jemandem überziehen könnte, kochende Flüssigkeiten, mit denen man jemanden verbrühen kann..."

„Das ist korrekt. Leuten, die in der Küche arbeiten dürfen, bringt man besonderes Vertrauen entgegen. Auch Gewaltstraftäter können dort arbeiten, aber es ist ein Privileg, das sie sich durch jahrelange gute Führung verdienen müssen. Wenn Sie es sich als Ihr Ziel setzen und alles tun, was dafür verlangt wird, wird es sicher eines Tages möglich sein."

„Ich mag es nicht, wenn Sie mich Gewaltstraftäterin nennen. Ich bin nicht nur das, was die Tat aus mir gemacht hat. Ich will nicht nur über die Tat definiert werden."

„Die Taten", sagte Körber.

Zorzi beugte sich vor: „Herr Dr. Körber, kein Mensch auf dieser Welt kennt mich so gut wie Sie. Denken Sie wirklich, dass ich das nächstbeste Messer nehmen und wahllos auf irgendjemanden einstechen würde?"

Körber schwieg. Zorzi hatte Beziehungstaten begangen, ausschließlich an Männern, die ihre Lebensgefährten gewesen waren. Natürlich war es nicht im Bereich des Wahrscheinlichen, dass sie einen Topf kochenden Wassers auf irgendeine Mitgefangene kippte, die neben ihr den Salat wusch. Aber es war etwas anderes, das ihm die Sprache verschlug. „Kein Mensch auf dieser Welt kennt mich so gut wie Sie." War das korrekt? Wahrscheinlich war es das. Der Mensch, dem man ein Geständnis ablegte, wurde immer irgendwie zum Vertrauten, und Zorzis Geständnis war sehr ausführlich und, soweit er das beurteilen konnte, außergewöhnlich ehrlich gewesen. Da war nichts verschwiegen, nichts verschleiert, nichts unglaubwürdig dargelegt worden, und auch das, was verdreht gewirkt hatte, schien nicht einer Lüge, sondern Zorzis verdrehter Wahrnehmung geschuldet zu sein.

Körber war immer noch überrascht, dass er es schließlich gewesen war, dem sie vertraut hatte – nicht Stankowitsch, nicht Pretzl-Abfalter, nicht Flimminger –, und auch ein bisschen geschmeichelt. Aber vielleicht war es sogar naheliegend, hatte doch aus ihrer Sicht er sie als Erster durchschaut, als er damals an einem heißen Sommertag vor ihrem Kühlschrank gestanden war. Von Flimmingers Bauchgefühl, das ihn dazu veranlasst hatte, Körber überhaupt in Zorzis Wohnung mitzunehmen, wusste sie ja nichts. Von dem Moment an, als sie sich geöffnet hatte – und wie lange hatte man nicht darauf hingearbeitet –, war diese Nähe dagewesen, wie sie immer eintrat zwischen dem, der verstand, und dem, der gestand. Es war ein Moment des Triumphes gewesen, den Körber mit besonderer Vorsicht genossen hatte, denn die Person, die hier aufgab (nicht umsonst sprach man bei einem Geständnis von einem „Zusammenbruch"), sollte nicht verschreckt werden, sich der Gewalt des Staates und der Neugier der Öffentlichkeit zu überantworten.

Zorzi schien sich aufrichtig zu freuen, Körber wiederzusehen. Seit dem Geständnis hatten sie nicht miteinander gesprochen. Während der Gerichtsverhandlung hatten sie einander natürlich gesehen, er sie wohl deutlicher als sie ihn, da sie auf die Worte konzentriert war, die fielen, und die Akten, die vor ihr lagen. Nur ein einziges Mal, als sie hineingeführt wurde, hatte sie seinen Blick gesucht, ihre Augen waren ihm riesiger denn je erschienen, sie hatten traurig gewirkt, vielleicht auch ein wenig verschleiert von den Medikamenten, die die Spitzen des Scherbenhaufens, auf dem sie nun aufwachte, abdämpfen sollten.

Zorzis Zusammenbruch hatte nicht während des Geständnisses stattgefunden, er war danach gekommen. Sie war getrennt worden von den Menschen, an die sie sich gewöhnt hatte, Flimminger, Pretzl-Abfalter, Körber und die anderen. Sie war von den vertrauten Orten getrennt worden, den vertrauten Ritualen, und das schon zum zweiten Mal, nachdem sie Monate zuvor aus ihrem alltäglichen Leben gerissen worden war. Schließlich war der Moment eingetreten, an dem alle Protokolle unterfertigt und nichts mehr zu sagen geblieben war. Zorzi war kreidebleich gewesen, sie hatte sich die Häutchen vom Nagelbett ihrer Finger gerissen, sie hatte nicht aufstehen wollen, weil ihr schwindlig gewesen war. Sie hatte nicht geweint, aber man hatte das Gefühl gehabt, dass es besser gewesen wäre, wenn sie geweint hätte. Man hatte sie sicherheitshalber einem Arzt vorgeführt und sie hatte die üblichen Medikamente bekommen, die einen schlafen und am nächsten Tag wieder aufstehen ließen.

Als Körber sie zum ersten Mal in Weißenach besuchte, hatte sie das Schlafmittel bereits abgesetzt und war entschlossen, in Kürze auch auf das Antidepressivum zu verzichten. Sie wollte nach vorne blicken, neu anfangen, sich nicht unterkriegen lassen. Äußerlich hatte sie sich ein wenig verändert. Die künstlichen Wimpern waren längst ausgefallen, die Zähne waren nicht mehr ganz so weiß wie früher, und ihre Haare waren länger geworden, weil sie dem „Haarsalon" in Weißenach, betrieben durch zwei Insassinnen mit Friseursausbildung, nicht traute. Um die Mundwinkel hatten sich haarfeine Fältchen eingegraben, und auch auf der Stirn, die schon lange kein Botox mehr erhalten hatte, blieben zwei zarte Striche an jener Stelle zurück, an der sich, wenn man die Augenbrauen zusammenzog, die Zornesfalte bildete. Anders als so viele, die im Laufe von Untersuchungshaft und Gerichtsverfahren herunterkamen, hatte sie sich jedoch insgesamt gut gehalten. Das Funkeln in ihren Augen war noch da, ihr Lächeln hatte keinerlei bitteren Zug angenommen und sie war nach wie vor sorgfältig gepflegt. Sie sah natürlicher aus als bei ihrer ersten Begegnung, was ihr nach Körbers Ansicht gut stand.

Zorzi erforschte das Gefängnis mit höchstem Interesse, seine Topografie, Organisationsstruktur, Gruppendynamik, die Orte, Einrichtungen, Menschen, Möglichkeiten und Unmöglichkeiten. Anders als in den Männergefängnissen, wo man körperliches Training zum Aggressionsabbau anbot, waren die sportlichen Optionen in Weißenach dürftig. Die meisten Insassinnen nahmen innerhalb kürzester Zeit zu. Es gab die Power-Walking-Gruppe, an der Zorzi jedoch nicht teilnehmen durfte – ohne allzu große Bewachung auf das Gelände hinauszugehen war ein Privileg, das sie vorläufig nicht genoss. Einmal in der Woche gab es einen Zumba-Kurs und jede zweite Woche eine Stunde Yoga. Eher selten wurde im Innenhof ein Netz aufgespannt und ein Volleyball-Spiel organisiert. „Wer mehr Bewegung will, soll seinen Haftraum aufräumen", hieß es.

Auch die, die keine Bewegung wollten, mussten ihren Haftraum aufräumen. Zorzi hielt den ihren picobello in Ordnung. Er war neun Quadratmeter groß, wovon ein guter Teil durch Möbel verstellt war. Auf dem verbleibenden Fleckchen turnte sie, so viel es ging. Nach der Arbeit um 13:00 Uhr wurde sie eingeschlossen. Sie zog sich um und machte Kniebeugen, Liegestütze, Sit-ups. Um 16:00 Uhr durfte sie ihren Hofspaziergang antreten. Da ihr das Gehen zu wenig war, lief sie immer und immer wieder im Kreis, manchmal auch in der Diagonale. In der Mitte der zertrampelten Wiese machte sie Hampelmänner und Strecksprünge. Sie lief an den anderen Häftlingen vorbei, die die Gelegenheit nutzten, um sich zu zweit oder in Grüppchen zu unterhalten. Einmal stellte ihr eine andere Frau ein Bein und Zorzi knallte der Länge nach hin. Nachdem sie sich aufgerappelt hatte, sah sie sich um, doch da waren mehrere Frauen, die grinsten, und Zorzi hatte keine Ahnung, welche von ihnen es gewesen war. Sie ignorierte die Frauen, die offenbar gespannt auf einen Wutausbruch ihrerseits warteten, putzte sich ab und lief einfach weiter. Das nächste ausgestreckte Bein sah sie dann rechtzeitig und wich ihm aus. In der Wäscherei sagte ihr eine der Frauen, dass sie Zorzis Reaktion „cool" gefunden hätte.

„Ihr solltet euch auch mehr bewegen", sagte Zorzi, „ihr werdet sonst wahnsinnig."

Zu Körber sagte sie: „Die Schweine hier werden bio gehalten."

„Welche Schweine?", fragte er verblüfft, da Zorzi üblicherweise keine Schimpfwörter verwendete, wenn man von der Email an Dr. Hans-Peter Kriegler einmal absah.

„Ich meine die richtigen Schweine, die Tiere. Man achtet darauf, dass sie genug Auslauf bekommen. Sie können jederzeit ins Freie. Sie werden artgerecht gehalten. Was ist mit unserer artgerechten Haltung? Wir haben weniger Rechte als die Schweine, die zum Essen vorgesehen sind."

Jede Insassin durfte einmal in der Woche für eine Stunde in die Bibliothek. Die Möglichkeit wurde gerne genutzt – nicht etwa, weil alle so gerne Bücher lasen, sondern weil man sich dort auch DVDs ausborgen konnte. Diese konnte man sich dann im „Clubraum" anschauen, wo man im Normalvollzug nach dem Abendessen für zwei Stunden Sozialkontakte pflegen durfte. Viele hatten auch einen DVD-Player im Haftraum. Das Versinken in Filmen war einerseits eine Flucht und gleichzeitig schmerzhaft. Man sah schöne Landschaften und Menschen, die Flugreisen machten oder mit dem Auto hinfuhren, wohin sie wollten, die am Strand spazierengingen oder durch Wälder liefen, Menschen in Bewegung, vielfältige Orte, die zu durchqueren waren, und man sah Liebespaare, Küsse, Zärtlichkeiten, angedeuteten Sex. Solange man sich in all das hineinträumen konnte, war es gut, es erzeugte Hoffnung und das Gefühl, dass man Gedanken nicht einsperren konnte. Doch in jedem Moment, in dem man aus der Illusion hinaustrat, weil man den Blick vom Fernseher weg auf die Gefängniswand oder den Gefängnisboden oder die Hinterköpfe anderer Gefängnisinsassinnen schweifen ließ, in jedem solchen Moment wurde einem bewusst, wie weit entfernt man war von diesem schönen Restaurant und diesem reichen Gentleman und selbst von der Möglichkeit, einfach schnell zum Bäcker zu laufen und sich ein Croissant zu holen.

Mit Büchern war das nicht anders. Flucht und Schmerz, losfliegen und auf dem Boden aufschlagen, glauben und den Glauben verlieren wurden ausgelöst durch ein absurdes Ding aus Papier. Schwarze Zeichen auf weißem Zellstoff formten sich zu fremden Welten, die dann wieder in sich zusammenstürzten.

Zorzi hatte weder DVD-Player noch Fernseher in ihrem Haftraum, obwohl sie in ihrem früheren Leben ein Serien-Junkie gewesen war und obwohl ihre Mutter viel Zeit aufwendete, sie zu überreden: „Es nimmt die Einsamkeit, wenn man die Stimmen anderer Menschen hört, es ist dann ein bisschen, als wären sie da. Die Einsamkeit muss doch furchtbar sein, wenn sie dich nach der Arbeit einschließen. Ich schalte auch den Fernseher ein beim Kochen, wenn deine Tante Sofia nicht da ist. Oder beim Bügeln. Oder einfach, wenn weder sie noch sonst jemand da ist, mit dem man sich unterhalten kann. Ein Fernseher gibt dir das Gefühl, dass du nicht alleine bist auf der Welt. Du darfst hier ja noch nicht einmal ein Handy oder einen Internetanschluss haben. Bitte nimm einen Fernseher, wenn man es dir schon erlaubt. Ich bringe dir einen kleinen, der aus deiner Wohnung ist zu groß."

„Nein danke, Mama", sagte Zorzi, „ich will das nicht. Ich habe Angst zu verblöden."

„Aber es gibt doch auch intelligente Filme. Dokumentationen, Wissenschaft, Natur."

„Ich lese lieber Bücher, wirklich. Und ich kann Radio hören, da habe ich auch Stimmen."

„Weißt du noch, wie wir dir als Kind immer gesagt haben, du sollst nicht so viel fernsehen, sondern auch mal ein Buch lesen?", fragte die Mutter.

„Ja", erwiderte Zorzi, „es ist verrückt."

Zu Körber sagte sie: „Ist es zu fassen, dass die hier Krimis haben? Bücher mit Mord und Totschlag darin? Es ist nur eine kleine Abteilung und der Brousek sagt, dass da selbstverständlich sehr selektiert wird. Der Brousek ist der Beamte, der die Bibliothek betreut, ein sehr netter Mann. Bei den Filmen gibt es interessanterweise keine Crime Series, keine Gewalt. Aber bei den Büchern macht man Ausnahmen. Sie dürfen keine blutigen Messer auf dem Cover haben oder sowas. Der Brousek sagt, dass alle Krimis, bevor sie in das Sortiment aufgenommen werden, gründlich gelesen werden. Von ihm selbst, der Hollergschwandtner – die kennen Sie ja?"

„Ja", sagte Körber, „die Abteilungskommandantin im Normalvollzug."

„Und die Ünsal kennen Sie auch ..."

„Die Psychologin."

„Und die Dings, die Sozialarbeiterin ..."

„Fischer, glaub ich, die wechseln öfter."

„Die haben alle eine gute Ausrede, aus beruflichen Gründen Krimis lesen zu müssen. Und am Schluss liest sie dann noch Brigadier Häusle zur endgültigen Absegnung. Es wird darauf geachtet, sagt der Brousek, dass die Gewalttaten nicht zu grausam sind oder zu drastisch beschrieben. Also wenn dort steht: Das Opfer wurde mit einem Bauchschuss getötet, ist es okay, aber wenn genüsslich beschrieben wird, wie ein Sadist jemandem die Haut abzieht, dann nimmt man es nicht. Er sagt, dass die Krimis ein bisschen abgehoben und unrealistisch sein müssen, möglicherweise auch witzig, damit man sie in die Bibliothek aufnehmen kann. Die Gefangenen nehmen sie dann nicht als Realität, so wie ja auch die Nicht-Gefangenen sie nicht als Realität nehmen, sonst könnten sie sich damit nicht unterhalten. Außerdem achtet man sehr darauf, dass keine Tipps zur Spurenverschleierung oder sonstige Polizeigeheimnisse drinstehen. Je schlechter das Ganze recherchiert ist, desto besser. Nur Unterhaltung, nichts über Tricks zur Tatortgestaltung. Feinheiten des Kreditkartenbetruges dürfen natürlich auch nicht erläutert werden."

„Klingt vernünftig", sagte Körber. „Sehr aufwändiges Verfahren. Warum lässt man die Krimis nicht einfach ganz weg?"

„Ja", sagte Zorzi, „das habe ich auch gefragt. Der Brousek meint, die Frauen hätten immer wieder danach verlangt. Viele hätten in ihrem ganzen Leben überhaupt nur Krimis gelesen. Man hat sich das dann überlegt und versucht, einen Weg zu finden. Man wollte ja nicht, dass die, die ohnehin nur wenig lesen, ganz damit aufhören. Also hat man das intensiv mit der Ünsal besprochen. Sie sagt, dass im Krimi die Gewaltfantasie sehr sublimiert sei. Weder der Krimiautor noch der Krimileser sei ja im Allgemeinen jemand, der zu Gewalt neigt."

„Die Beschäftigung mit dem Bösen kann auch dazu beitragen, dass man es eben nicht ausleben muss", stimmte Körber zu.

„Ist das bei Ihnen so?", fragte Zorzi. „Ich meine, weil Sie sich ja mit dem Verbrechen beruflich beschäftigen."

Körber musste lachen. „Auf jeden Fall habe ich noch keinen Eintrag im Strafregister."

„Dann nehmen wir das als Beweis. Der Brousek findet auch, dass das Krimilesen noch aus einem anderen Grund heilsam sein könnte. Die Frauen lernen dadurch, dass der Täter immer gefasst wird. Die Polizei ist immer klüger. Keiner kommt ohne gerechte Strafe davon."

„Ein interessanter Gedanke", sagte Körber, „interessant auch, dass du dich dafür interessierst." Das Du war ein Unfall, er musste es korrigieren. „Entschuldigen Sie, mir ist das Du herausgerutscht, weil wir uns so intensiv unterhalten haben. Es war unangebracht."

„Es stört mich nicht", sagte Zorzi. „Ich bin die Frau, also darf ich das Du anbieten. Sagen wir Du zueinander."

„Aber das hier ist keine normale soziale Situation", sagte Körber.

Zorzi lächelte und warf ihm einen Blick zu, den er nicht genau einschätzen konnte. War es ein liebevoller Blick? Und waren da nicht ein paar rollende Rs gewesen? Hatte sie die letzten Sätze mit italienischem Akzent gesagt?

„Sie haben recht, Herr Dr. Körber", sagte sie, „jetzt entschuldige ich mich. Ich bin mir übrigens auch nicht ganz sicher, ob ich weiß, was ,sublimieren' heißt." Er hatte sich nicht getäuscht, der Akzent war immer noch da.

„Sublimieren heißt", sagte er, „Impulse und Instinkte durch einen geistigen Umwandlungsprozess auf eine höhere Ebene zu bringen."

„Ich denke sehr viel nach. Meinen Sie, da könnte ein geistiger Umwandlungsprozess stattfinden?"

„Das wäre schon möglich. Sie könnten auch versuchen, einen Ausdruck zu finden. Wenn Sie zeichnen oder schreiben oder sonst etwas Kreatives machen ... Es gibt hier auch eine Töpfergruppe, glaube ich."

„Ich würde gerne kochen", sagte Zorzi, „das ist sehr kreativ."

„Das kann ich verstehen", sagte Körber. „Es ist schade, dass das vorläufig nicht geht." Heute roch es nach Karfiol im Haus, ein ärmlicher Großküchenkohlgeruch, dem man anmerkte, dass hier das Gemüse nicht schnell blanchiert und mit einer Nuss Butter sautiert wurde, sondern dass man es überkochte, sodass es die Brösel, in die man es dann warf, durch das heraustretende Wasser aufweiche.

„Und?", fragte Körber. „Was lesen Sie jetzt?"

Zorzi schrieb einen Brief an die Gefängnisleitung:

Sehr geehrter Herr Brigadier Häusle,

ich möchte mich nochmals dafür bedanken, dass Sie mich hinsichtlich meines Ansuchens, in der Küche arbeiten zu dürfen, empfangen haben, und möchte nun auf Ihr Angebot zurückkommen, mich fürs Erste mit Tipps und Verbesserungsvorschlägen an Sie zu wenden.

Es gibt, wie Sie wissen, hier jeden Freitag Fisch. Dabei handelt es sich im Allgemeinen um Seefisch wie Dorsch, Seelachs oder Scholle. Dagegen wäre auch absolut nichts einzuwenden, das Problem ist nur, dass es sich um Tiefkühlware handelt. Es ist nun bedauerlicherweise so, dass Fisch beim Einfrieren sowohl geschmacklich als auch, was seine Konsistenz betrifft, wirklich sehr viel einbüßt. Meine Frage wäre daher: Wäre es nicht denkbar, frischen Fisch anliefern zu lassen? Da es nur einmal in der Woche wäre und es sich dabei nur um jeweils eine Sorte handeln würde, wäre der logistische Aufwand ja nicht allzu groß.

Mit freundlichen Grüßen
Elisabetta Zorzi

P. S.: Noch eine Sache am Rande: Es wurde mir gesagt, dass man hier Wert darauf lege, frisch zu kochen und keine Convenience-Produkte zu verwenden. Nun gab es zu meinem großen Befremden letzte Woche Spargel, der, wie an Aussehen (schlapp) und Geschmack (Essig) deutlich zu erkennen war, aus einem Bottich stammte. Und ursprünglich, wie ich vermute, aus Peru. Es ist hierzulande gerade Spargelzeit, man könnte frisch und regional einkaufen. So was ist doch wirklich nicht nötig.

Einige Tage später kam die Antwort:

Sehr geehrte Frau Zorzi,

ich freue mich über Ihre Bereitschaft, sich mit Ihren Fachkenntnissen in den Alltag bei uns in Weißenach einzubringen, und danke Ihnen für Ihr Vertrauen.

Bezüglich der Frischfischproblematik kann ich Ihnen Folgendes mitteilen: Bedauerlicherweise sind uns hier finanzielle Grenzen gesetzt. Dank unseres eigenen Landwirtschaftsbetriebes können wir viele Produkte selbst herstellen – Seefisch gehört leider nicht dazu. Über die Selbstversorgung hinaus haben wir pro Häftling pro Tag ein Budget von EUR 6,70 zur Verfügung, womit wir Lebensmittel zukaufen können. Dies ist, wie Ihnen als Gastronomin zweifellos bewusst ist, ein äußerst niedriger Betrag, mit dem sehr streng kalkuliert werden muss. Die Anlieferung von Frischfisch ist daher vollkommen ausgeschlossen.

Was nun den Spargel betrifft: Es ist wohl Ansichtssache, ob man eingelegte oder eingekochte Ware als Convenience-Produkt ansieht oder als Ergebnis einer speziellen Zubereitungsart. Ist Marmelade etwa Convenience, nur weil sie länger hält als frisches Obst? Ich kann Ihnen versichern, dass es einen großen Aufstand gäbe, wenn wir Essiggurken vom Speiseplan nehmen würden. Tagesfrischer Marchfelder Solospargel ist jedenfalls etwas, das wir uns – siehe oben – nur dann leisten könnten, wenn es den Rest der Woche gar nichts zu essen gäbe.

Mit freundlichen Grüßen
Mag. Michael Häusle, Brigadier

„Ein sehr höflicher und kultivierter Mann", sagte Zorzi zu Körber, als sie ihm den Brief zeigte. „Er hat sich mit der Beantwortung wirklich Mühe gegeben. Das Essiggurken-argument ist gar nicht ungeschickt. Obwohl es natürlich auf Spargel nicht anwendbar ist."

Zorzi erforschte weiter die Gefängnisbibliothek. Es gab eine große Abteilung mit Liebesromanen. Liebes-romane waren die beliebteste Rauschdroge für Insassin-nen, die lasen. Sie vertieften sich in die Geschichten von Heldinnen, die von Grafen oder Ärzten oder millionen-schweren Börsenmaklern auf Händen getragen wurden. An den Besuchstagen trafen diese Leserinnen dann ihre eigenen Männer, von denen sie nicht wussten, ob sie sie betrogen, ob sie nicht wieder das ganze Geld verspielt oder versoffen hatten, ob sie sich halbwegs um die Kin-der kümmerten und ob sie am nächsten Besuchstag über-haupt wiederkommen würden.

Die meisten der Frauen waren durch die Liebe im Ge-fängnis gelandet. Sie hatten Schmiere gestanden, während ihr Freund einen Raub beging, sie hatten als Drogenkurie-re fungiert, weil sie ihren Freund nicht verlieren wollten, sie hatten ihren Freund abgestochen, weil er sie gedemü-tigt hatte und sie high und dicht und zugedröhnt waren und wollten, dass er endlich den Mund hielt. Sie hatten ihre kleinen Kinder tagelang in der Wohnung eingesperrt, um mit ihrem Freund auf Sauftour zu gehen, und als sie zurückgekommen waren, waren die Kinder verdurstet ge-wesen. Sie hatten ihre Babys umgebracht, weil ihr Mann keine Kinder wollte und sie irgendwie schon und sie das

Dilemma dadurch lösten, dass sie schwanger wurden, aber den Mann mit dem Baby nicht konfrontierten. Sie hatten in verantwortungsvollen Jobs komplizierte Veruntreuungen begangen, um ihrem Geliebten exquisite Wünsche zu finanzieren oder ihn vor der Bedrohung durch Gläubiger, Gangster und Buchmacher zu retten.

Und Zorzi? War nicht auch sie durch die Liebe in den Abgrund geführt worden? Sie hatte dieses Gefühl hochhalten wollen, heilig und unangetastet, aber jedes Mal hatten es die Objekte der Liebe beschädigt, banal gemacht und beschmutzt. Die Objekte der Liebe waren immer schnell bei ihr eingezogen, weil sie es ganz und richtig machen wollte und ohne Wenn und Aber – Kopfsprung statt zentimeterweises Hineingehen ins Wasser, die Liebe hatte das verdient. Und dann waren die Objekte der Liebe da gewesen, machten es weder ganz noch richtig, entzauberten und ernüchterten die Atmosphäre, hielten sich nicht an den Pakt, der mit dem Wort „Liebe" doch implizit geschlossen worden war.

In der Zeit mit Jürgen hatte Zorzi viel gelesen – seine Science-Fiction-Romane. Sie hatte keine Erinnerung an den Plot oder die Personen in den Büchern, obwohl es erst wenige Jahre her war, aber sie wusste noch, dass sie vergebens versucht hatte, seine Begeisterung nachzuvollziehen. Auch in den Erholungsphasen nach ihren Operationen hatte sie Bücher gelesen, wenn sie sich mit ihren Verbänden in ein Berghotel zurückzog und sich die Mahlzeiten auf das Zimmer bringen ließ. Sie mochte Familienromane mit großem Personal, die sich über mehrere Generationen hinzogen und in denen man Kindern beim Erwachsenwerden zusehen konnte, verschollen Geglaubte wieder auftauchten, man einander suchte, auch wenn man getrennt worden war. Auch wahre Geschichten mochte sie, Familienchroniken, Biografien. So wenig sie sich für ihre eigene Familie interessierte – abgesehen von ihrer Mutter und den Nachrichten, die diese von und an Tante Sofia überbrachte, hatte sie nur Kontakt zu einer Cousine in Foggia, der sie nichtssagende Briefe über das Wetter und ihre angeblich gute Befindlichkeit schrieb –, so wenig ihr daran lag zu erfahren, was ihre Großeltern, andere Onkel und Tanten, Cousins und Cousinen und deren Kinder so trieben, so sehr interessierte sie sich für das Familienleben per se.

Nun, da sie mehr Zeit hatte, als ihr lieb war, war sie, wenn man von Science-Fiction einmal absah, für alles offen. Sie las Liebesschund, Klassiker, zensurgenehmigte Krimis, heitere zeitgenössische Literatur, Fachbücher über Gärtnerei und Gesundheit, Ratgeber für Selbstdisziplin und Erfolg, sogar Gedichte. Und dann fiel ihr doch noch ein Familienmitglied ein.

„Haben Sie vielleicht ein Buch von einem gewissen Emilio Zorzi?", fragte sie den Justizwachebeamten Brousek, der die Gefängnisbibliothek leitete.

Er sah im Computer nach. „Leider nein – ist das ein Verwandter von Ihnen?"

„Ja", sagte Zorzi, „mein Vater. Aber er war nicht so weltberühmt."

„Ihr Vater ist Schriftsteller? Ach deshalb lesen Sie so gern!", sagte Brousek.

„War. Er ist schon tot. Ich hab früher eigentlich nie viel gelesen. Man macht doch oft das Gegenteil von dem, was die Eltern tun."

Brousek nickte. „Meine Mutter war Lehrerin. Was glauben Sie, wie schlecht ich in der Schule war."

„Ist sie auch tot?", fragte Zorzi.

„Nein. Aber sie ist keine Lehrerin mehr. Sie ist in Pension."

„Und jetzt ist sie stolz, weil Sie eine Uniform tragen?"

„Geht so. Sie ist stolz, dass ich die Anstaltsbibliothek leite."

„Und das ganz hervorragend", lächelte Zorzi, „ich schätze Ihre Beratung sehr."

„Danke", sagte Brousek, „ich tue mein Bestes. Ich habe mir übrigens gedacht, dass Sie die Geschichte des Schlosses interessieren könnte. Wir haben einen sehr schönen Band hier." Er ging zum Regal und zog das Buch heraus. Auf dem Cover stand „Schloss Weißenach" im Himmel über einer kolorierten Fotografie des Schlosses, die aus der Zeit vor dem Ersten Weltkrieg stammen musste. Ein Grüppchen von weißgekleideten Damen mit Sonnenschirmen bewegte sich auf eine Freitreppe zu, die es nicht mehr gab. Zwei elegante Reiter näherten sich von der anderen Seite. Vor dem Eingangstor standen große Palmen in Töpfen und zwei livrierte Diener. Die Fenster hatten keine Gitter.

„Es gibt schöne Bilder darin, sehen Sie", sagte Brousek und blätterte, „von den Anfängen im sechzehnten Jahrhundert, da hat das Schloss noch irgendwelchen Grafen gehört und ganz anders ausgesehen. Soviel ich weiß, stammt die Kapelle aus der Zeit – nicht das Innenleben, das ist barockisiert. Und dann kamen die Lodomeritz, die haben da was richtig Großes draus gemacht. Die hatten das zweihundertfünfzig Jahre lang in Besitz. Sehen Sie hier, das war die letzte Fürstin, Anna Gisela. Ich finde, sie sieht Ihnen sogar ein bisschen ähnlich."

Zorzi studierte das Gesicht der Fürstin Anna Gisela. „Das ist ein großes Kompliment, Herr Brousek, sie ist eine sehr schöne Frau."

„Ihre Augen sind natürlich wesentlich heller als Ihre", sagte Brousek.

„Das Buch nehme ich gerne mit", sagte Zorzi, „es interessiert mich außerordentlich, wer früher einmal hier gelebt hat, das haben Sie genau richtig eingeschätzt."

Sie studierte das Buch gründlich. Sie versuchte, alte Grundrisse mit dem abzugleichen, was ihr von dem Areal bekannt war, sie versuchte sich zu orientieren. Sie stellte sich die Gärten vor, den idyllischen Bootsteich mit den Schwänen, die beiden barocken Brunnen mit den wasserspeienden Delfinen, den beruhigenden Klang ihres Geplätschers, den Duft der vielen Blumen, die Kinder in Matrosenanzügen, die im Buchsbaumlabyrinth Verstecken spielten, die dunklen Auwälder, in denen mächtige Hirsche gejagt wurden. Was war wohl früher einmal an der Stelle ihres Haftraumes gewesen? Wahrscheinlich hatte man für die Zellen einen weitaus größeren Raum parzelliert, einen lichtdurchfluteten Raum mit vielen Fenstern, mit Parkett und nicht mit pflegeleichtem PVC ausgelegt. Vielleicht war es ein Damensalon, in dem man Kaffee und Kuchen genoss, oder ein Jagdzimmer für die Herren, in dem geraucht werden durfte, oder ein Musikzimmer mit einem großen Flügel darin. Und das war derselbe Ort, an dem sie nun an einem wackligen kleinen Schreibtisch saß und nicht vor und zurück konnte, sie musste in diesem winzigen Raum bleiben und in ihrem eigenen Kopf, vor sich Gitter und hinter sich eine massive versperrte Tür. Vielleicht hatte genau an der Stelle, an der sie jetzt saß, einmal ein junges Liebespaar gestanden, das sich heimlich geküsst hatte, oder es war ein bodenlanges Kleid vorbeigerauscht, das sich in einem Walzer gedreht hatte, oder es waren Haare von einer Zofe gebürstet worden, oder jemand hatte mit Feder, Tintenfass und Sandstreuer eine Einladung verfasst. Der Blick aus Zorzis Fenster ging in den Innenhof, in dem einmal eine stattliche Zeder gestanden hatte, wie auf den alten Fotos zu sehen war, und ringsherum waren Sitzgelegenheiten gewesen, Buchsbaumkugeln und Rosenbüsche. Nein, wahrscheinlich war das hier kein Dienstbotenzimmer gewesen.

Anfangs war Körber zu den normalen Besuchszeiten ge-kommen, zu denen pro Insassin jeweils drei Besucher zu-gelassen waren. Es hätte ihn interessiert, Zorzis Mutter näher kennenzulernen und auch ihren treuesten Freund Massimo Bianchi, aber die beiden wollten sich natürlich lieber auf Italienisch mit ihr unterhalten. Darüber hin-aus schienen sie in Körbers Gegenwart verkrampft und gehemmt zu sein, was verständlich war, denn auch wenn Zorzi ohne die geringste Scheu mit ihm umging, war er für die beiden anderen ja doch ein Fremder, eine offizi-elle Person. Er traf Zorzi daher bald nur mehr in einem der kleinen Räume, die für vertrauliche Gespräche mit Anwälten, Bewährungshelfern, Sachwaltern, Gerichts-psychiatern und Kriminalpsychologen vorgesehen wa-ren. Wobei „treffen" vielleicht nicht ganz der richtige Ausdruck war. Im Grunde ließ er sie sich vorführen.

Natürlich musste Zorzi ihr Einverständnis geben, schließlich hatte auch eine verurteilte Straftäterin das Recht zu entscheiden, wen sie empfing. Und doch konn-te sie sich nicht selbstständig auf ihn zubewegen, über-allhin wurde sie begleitet und geführt, erst ab der Türe, die hinter ihr geschlossen wurde, machte sie die letzten Schritte alleine auf ihn zu. Körber stand von dem Tisch auf, an dem er gewartet hatte, sie schüttelten einander die Hand, und einmal griff er dabei mit der anderen Hand an ihren Ellenbogen, wie um sie fester zu halten, und einmal griff er ihr an die Schulter, wie um ihr Halt zu geben, und einmal umarmte sie ihn plötzlich.

Sie waren allein in dem Raum. Es gab eine Videoüberwachung, aber Körber bezweifelte, dass irgendjemand die Muße hatte, seinen Termin mit Zorzi mitzuverfolgen. Vielleicht war die Kamera gar nicht an. Er verspürte das Bedürfnis nach lauter Musik und einem Glas Wein, nach irgendetwas, das die Spannung verminderte. Und doch war es genau diese Spannung, dieser absurd kleine Raum, der Geruch nach Vanillesoße und die beiden Wassergläser auf dem Tisch, die Stille, die sie einschloss, das Eingeschlossensein überhaupt, die ihn wahrnehmen ließen, wie sehr sie sich freute, ihn wiederzusehen.

Er tat so, als wäre nichts gewesen, bot ihr einen Stuhl an, rückte ihn zurecht und setzte sich ihr gegenüber. Während der Vernehmungen hatten er und seine Kollegen wie üblich eine offene Situation bevorzugt, man wollte keinen Tisch zwischen sich und der zu Vernehmenden haben. Der Tisch mit den Unterlagen und dem Aufnahmegerät war immer seitlich gestanden, die Stühle einander gegenüber. Es war wichtig, nicht nur die Worte der Befragten zu hören, sondern auch Veränderungen in der Körperhaltung zu sehen, Bewegungen und das Einfrieren derselben, die Hände und die Füße. Nun aber war Körber froh, dass sich zwischen ihm und Zorzi ein Tisch befand.

„Ich habe gehört, du singst jetzt im Chor mit", sagte er, „du sollst eine große Bereicherung für das Ensemble sein." Seine Handflächen wurden feucht. Er hatte sie schon wieder geduzt. Vielleicht war es besser, keine große Sache draus zu machen. Er war auch mit anderen Tätern schon zum Du übergegangen, nicht oft, aber in zwei oder drei Fällen, sowas passierte eben, wenn man sich besser kennenlernte, als das im normalen Leben je möglich war.

„Ja", sagte Zorzi, „ich habe gar nicht gewusst, dass ich so gerne singe. Allerdings wird die Sache dadurch erschwert, dass die Tönetrefferquote der anderen nicht allzu hoch ist."

„Ich weiß, was du meinst", sagte Körber, „ich habe in meinem Leben schon einige Gefangenenchöre gehört. Anders, als uns Verdi und Beethoven weismachen wollen, entsprechen sie nicht immer dem, was man von der Oper gewöhnt ist."

„Es ist grauenhaft", sagte Zorzi, „aber wir arbeiten dran." Würde sie ihn auch duzen? Es schien so, als ob sie eine Anrede vermiede. Körber schwieg und trank einen Schluck Wasser.

„In zwei Wochen ist das große Sommerfest", sagte Zorzi, „da werden die Tore geöffnet und die Bevölkerung von Weißenach und alle, die es interessiert, dürfen auf das Gelände herein. Es ist eine Auflage des Bundesdenkmalamtes, dass das Schloss einmal im Jahr zumindest von außen für die Öffentlichkeit zugänglich sein muss. Weil man es ja von außerhalb der Mauern überhaupt nicht sieht. Und die Öffentlichkeit eigentlich das Recht hat, denkmalgeschützte Gebäude anzuschauen. Ich darf natürlich nicht hinaus aus dem Kerntrakt. Aber es wird im Festsaal eine Feier geben, bei der auch der Chor auftritt. Es wäre schön, wenn du kommst."

Das Sommerfest fand in der ersten Septemberwoche statt und man hatte Glück mit dem Wetter: Es war ein sonniger, heißer Tag. Viele Menschen waren gekommen, die Einwohner von Weißenach, aber auch Neugierige von weiter weg, wie man an den Nummernschildern auf dem überfüllten Parkplatz erkennen konnte. Schon vor der Mauer waren Imbissstände und Marktbuden aufgestellt. Wer auf das Gelände hineinwollte, musste wie am Flughafen durch eine Metalldetektorschleuse gehen und seinen Rucksack oder die Handtasche durch einen Röntgenscanner schicken. Auf dem Gelände selbst waren weitere Buden aufgestellt. Informationsstände der Polizei, eines Radiosenders, einer Umweltschutzorganisation, ein Eiswagen, eine Wok-Braterei, eine Brezn-Hütte, Biertische und -bänke, Stände mit Silberschmuck, Kuscheltieren für einen guten Zweck, duftenden Manufakturseifen. Es sah aus wie bei einem ganz normalen Straßen- oder Dorffest. Um die Tiere des Streichelzoos vor Überlastung zu schützen, hatte man das Gatter abgesperrt. Am Zaun hingen Trauben von Kindern. Es gab einen Stand zum Kinderschminken und ein paar Tische, an denen man unter Anleitung Drachen basteln konnte. Die fertigen Drachen wurden dann von den Kindern im Laufen durch die Luft gezogen, die Kinder durften dabei nicht stehenbleiben, da sonst die Drachen zu Boden gesunken wären, denn es wehte kein Wind. An einem Stand wurden Kunstwerke und Basteleien der Häftlinge verkauft: Aquarelle, Zeichnungen, Töpferarbeiten, mit Mosaiken verzierte Bilderrahmen, Seidenmalerei. Der Erlös ging laut Auskunft eines Schildes zur Gänze an die Herstellerinnen.

Körber entdeckte Anneliese Strass an einem Würstelstand, wo sie gerade an einem Hotdog saugte, um zu verhindern, dass das Ketchup auf ihre Bluse tropfte.

„Das ist aber nett, dass Sie hier sind!", rief sie und wechselte das Hotdog in die linke Hand, um mit der rechten Körbers Hand zu schütteln. Er grüßte und bestellte ein Mineralwasser. Anneliese Strass zeigte auf das Schloss: „Ich glaube, die meisten Leute sind gar nicht hier, um die Gelegenheit zu nutzen, ein denkmalgeschütztes Gebäude zu sehen."

Körber ließ den Blick über die Menschen schweifen: „Die meisten sehen gar nicht hin, da haben Sie recht."

„Ich glaube auch nicht", fuhr Strass fort, „dass man wegen dieser Volksfestsache hierherkommt. Nicht wirklich."

„Nicht?", sagte Körber.

„In Wahrheit, glaube ich, kommen die meisten Leute hierher, weil sie einmal Gefängnisluft schnuppern wollen. Sie wollen sich nah an das Verbrechen heranwagen, um ein wohliges Schaudern zu empfinden."

„Könnte sein", stimmte Körber zu. Er wollte sich gerade wieder verabschieden, als sie fragte: „Wollen wir ein bisschen herumgehen?" Sie schlenderten durch die fröhliche Menge. Beim Transformatorhäuschen war ein Podium aufgestellt, auf dem eine Blasmusik zu spielen begann. Ein paar Leute tanzten.

Als sie wieder bei dem Stand mit der Gefangenenkunst angekommen waren, entdeckte Körber, dass die Namen der Künstlerinnen auf Schildchen an den jeweiligen Objekten angebracht waren. Er fragte sich, ob etwas von Zorzi dabei war, und begann die Namen zu studieren, fand ihren aber nicht. Natürlich nicht, dachte er, hätte sie zu malen begonnen oder sich der Töpfergruppe angeschlossen, hätte sie mir bestimmt davon erzählt.

„Sehr hübsche Vasen", sagte Anneliese Strass. „Kommen Sie auch zu der Polizeihundevorstellung?"

Körber sah auf die Uhr. Es war noch Zeit bis zum Festakt und dem Auftritt des Chors. „Okay", sagte er, „warum nicht."

Sie gingen zu einer großen Wiese, die mit einer Absperrung freigehalten war. Dahinter drängten sich bereits die Menschen. Die Gerichtspsychiaterin lächelte einem Beamten zu, der sie sofort durchließ und zu einer Art V.I.P.-Bereich führte, wo ein paar Plastikstühle standen. Sie setzten sich in die erste Reihe.

„Nüsschen?", fragte Anneliese Strass und hielt Körber eine Packung mit Erdnüssen hin, die sie aus ihrer Handtasche gekramt hatte.

„Danke, nein", sagte Körber. Die Vorstellung begann. Ein Schäferhund attackierte auf Kommando einen Mann in Schutzkleidung, stieß ihn um, verbiss sich in den Armschutz und ließ auf ein neues Kommando wieder von ihm ab. Dann war Ilse dran, der hauseigene Drogenspürhund. Jeden Morgen ging die Abteilungskommandantin Hollergschwandtner mit Ilse das Gelände ab, um nach Drogen zu suchen, die von außen über die Mauer geworfen worden waren. Auch zur Durchsuchung von Haftträumen wurde der Hund eingesetzt. Ilse stand stets unter strenger Bewachung, denn es hatte bereits Anschläge auf sie gegeben. Sie fand nun aus zehn identischen Koffern mühelos denjenigen heraus, in dem eine winzige Menge Cannabisharz, gut verschlossen in einem Plastiksäckchen, verborgen war. Frau Hollergschwandtner zeigte das Säckchen mit dem Harzkorn herum, man konnte es aus der Entfernung kaum sehen. Dann öffnete sie einen der anderen Koffer, in dem ein riesiges Stück Schinkenspeck lag. Er hätte Ilse wohl wesentlich mehr interessiert als das Cannabis, und doch hatte sie diesen Koffer ignoriert. Man konnte Ilses selbstlosem Arbeitseifer nur den höchsten Respekt zollen.

Nach gebührendem Applaus wurden sieben Hunde auf die Wiese geführt. Man ließ sie in einer Reihe absitzen und holte dann aus einer Transportbox eine Katze, die an den Hunden gemütlich vorbeispazierte. Die Hunde folgten ihr mit den Augen und so manchem sah man es an, wie viel Selbstbeherrschung es ihn kostete sitzenzubleiben. Die Katze, die offenbar Routine in dieser Übung hatte, schenkte ihrerseits den Hunden keinerlei Beachtung. Als sie nach einem Schmetterling zu springen begann, fing man sie wieder ein. Applaus. Die Hunde machten Zirkuskunststücke, sprangen über Hindernisse und durch ringförmig gehaltene Arme.

„Fantastisch", sagte Anneliese Strass. „Ich muss meine Aussage von vorhin revidieren. Wahrscheinlich sind viele Leute wegen der Hundevorführung gekommen. Das war heuer zum ersten Mal, das wird man sicher beibehalten."

„Sind Sie jedes Jahr da?", fragte Körber.

„Oh ja, seit vielen Jahren. Sie sind zum ersten Mal hier?"

„Ja", sagte er, „Brigadier Häusle hat mich eingeladen." Technisch gesehen war das korrekt, denn auf der Einladung zum Festakt, die sich Körber organisiert hatte, stand Brigadier Häusles Unterschrift.

„Sowas", sagte sie, „er hat mir gegenüber gar nichts davon erwähnt."

Körber schwieg. Der letzte Applaus war verebt, zwei Kinder durften noch auf die Wiese hinaus, um einen Welpen zu streicheln, auf dessen Geschirr „Polizeianwärter" stand.

„Das ist ja herzig", sagte die Gerichtspsychiaterin und stopfte die halbleere Erdnusspackung in ihre Handtasche zurück. „Also dann: auf zum Festakt."

Ins Schloss kam man nur hinein, wenn man auf der Liste mit den Voranmeldungen stand und seinen Ausweis herzeigte, das allgemeine Publikum musste draußen bleiben. Sie passierten eine weitere Sicherheitsschleuse. Plötzlich überkam Körber die Befürchtung, dass sich Anneliese Strass auch im Festsaal neben ihn setzen könnte. Sie war ihm die ganze Zeit nicht von der Seite gewichen. Er wollte nicht, dass Zorzi sie mit ihm zusammen sah. Genau konnte er das nicht begründen, nur mit dem Gefühl, dass Zorzi die Gerichtspsychiaterin nicht mochte und dass es sie erschrecken könnte, sie gemeinsam zu sehen. Zorzi würde vielleicht denken, dass sie über sie redeten, sie analysierten und hinter ihrem Rücken über sie fachsimpelten. Jedes Mal, wenn Strass ihm etwas zuflüsterte, würde Zorzi das von der Bühne aus auf sich beziehen. Er musste die Gerichtspsychiaterin irgendwie abhängen.

Der Festsaal war bereits gut gefüllt. Strass und Körber drifteten auseinander, um Bekannte zu begrüßen. Eine Frau bat Körber um ein Autogramm, was wiederum andere motivierte, sich ebenfalls eines zu holen. Man fragte ihn, wann denn sein nächstes Buch erscheinen und wovon es handeln würde. Er antwortete, er sei noch im Projektstadium und sammle gerade Material für ein Buch über weibliche Kriminalität.

„Ah, deshalb sind Sie hier!", riefen die Leute, die um ihn herumstanden.

Wie im Theater wurde durch ein Klingeln zu verstehen gegeben, dass man die Plätze einnehmen sollte. Körber setzte sich in die erste Reihe. Plötzlich sah er, wie Anneliese Strass auf ihn zusteuerte, um sich neben ihn zu setzen.

„Na?", sagte sie. „Großes Fanaufkommen? Man erkennt Sie wirklich aus weiter Ferne. An Ihren Tätowierungen, meine ich. Der ganze Look. Sehr geschickt und originell."

Die Beleuchtung im Publikumsraum wurde gedimmt, Bühnenspots wurden eingeschaltet. In Begleitung etlicher Justizwachebeamter kam der Chor herein und formierte sich auf der Bühne. Da war Zorzi in einem schlichten marineblauen Rock und einem weißen Poloshirt. Die Haare hatte sie zu einem Rossschwanz gebunden. Sie sah aus wie die spießige Frau eines wohlhabenden New Yorkers in einem Film. Charities, Country Club, Stadtwohnung in Manhattan, Landsitz in den Hamptons. Sogar Collegeschuhe hatte sie an. Da sie klein war, stand sie ganz vorne. Sie hatte Körber noch nicht gesehen, aber sie ließ den Blick immer wieder über das Publikum gleiten, um ihn zu finden. Anneliese Strass beugte sich ganz nah zu Körber heran und flüsterte ihm zu: „Na sowas! Unsere Frau Zorzi ist jetzt also beim Chor. Das ist ja nett!"

Die Chorleiterin, eine ehemalige Volksschullehrerin, die ihre Mutter mit einer Nylonstrumpfhose erdrosselt hatte, nahm ihren Platz am Klavier ein. Stille. Drei, vier Akkorde. Dann setzten die Stimmen ein. Sie sangen „Yesterday" in einer Fassung, die die Beatles wohl nachhaltig traumatisiert hätte. „Yesterday, all my troubles seemed so far away, now it looks as though they're here to stay ..." Der Text schien auf eine groteske und wohl nicht beabsichtigte Weise zur Situation der Sängerinnen zu passen. Mitten im Lied entdeckte Zorzi Körber und begann zu strahlen. Er versuchte, ihr aufmunternd zuzulächeln, ohne dass Anneliese Strass es bemerkte. Zorzi entdeckte die Gerichtspsychiaterin an seiner Seite und das Strahlen verflüchtigte sich.

Das Lied war zu Ende. Brigadier Häusle kam auf die Bühne, trat hinter das Rednerpult und hielt eine Ansprache, in der er auf humorvolle Weise einer beträchtlichen Zahl von Leuten dankte. Lachen und Applaus. Der Landeshauptmann kam auf die Bühne und hielt eine Rede über die wirtschaftliche Bedeutung der Justizanstalt Weißenach für die Region. Applaus. Der Chor stimmte das nächste Lied an: „Gimme gimme gimme a man after midnight ..." Auch dieser Text sprach möglicherweise so mancher der Sängerinnen aus dem Herzen. Applaus. Der Bürgermeister von Weißenach trat ans Rednerpult und hielt eine Ansprache über die historische Beziehung zwischen Gemeinde und Schloss sowie über die gegenwärtige gute Zusammenarbeit zwischen Gemeinde, Gefängnisleitung und Landesregierung. Applaus. Nun kam eine Überraschung. Der Chor trat einen Schritt zurück, Zorzi trat zwei Schritte vor. Jemand brachte ihr ein Standmikro. Offenbar sollte sie ein Solo singen. Klavierintro. Schüchtern, aber konzentriert begann Zorzi zu singen: „Hallelujah" von Leonard Cohen. Ein Lied, das Körber eigentlich nicht mochte – er hielt es für in berechnender Weise darauf angelegt zu berühren. Und doch war er diesmal berührt. Zorzis Stimme war roh, zerbrechlich, narrativ. Im Gegensatz zum Rest des Chores, der die Backing Vocals stellte, traf sie jeden Ton. Als der letzte verklang, hatte Körber Gänsehaut.

„Wunderschön", flüsterte ihm Anneliese Strass ins Ohr, nachdem der Applaus verklungen war. „Ich hätte nie gedacht, dass sie zu einer solchen Gefühlstiefe fähig ist. Andererseits – kann man aus der Fähigkeit, so zu singen, wirklich auf Gefühlstiefe schließen?"

Körber zuckte mit den Schultern. „Ich kann dieses Lied nicht ausstehen", sagte er.

Beim nächsten Besuch rückte Zorzi ihren Stuhl selbst zurecht. Sie zog ihn von seinem Platz an der Längsseite des Tisches zur Stirnseite, sodass sie nun nicht mehr gegenüber von Körber saß, sondern übereck. Ein bisschen näher an ihm dran als sonst, aber was war schon dabei. Sie erzählte, dass Massimo ihr Essen bringen hatte wollen. Da die Jagdsaison bereits begonnen hatte, hatte er geschmorten Fasan mit Pilzen auf umbrische Art gemacht, dazu Polenta. Beides hatte er in Sous-vide-Verpackungen eingeschweißt, damit Zorzi die Mahlzeit im Wasserbad fertiggaren konnte. Als Massimo jedoch zur Eingangskontrolle kam, erklärte ihm die Beamtin, dass sie die Kunststoffbeutel aufschneiden und den Inhalt untersuchen müsse. Er war entsetzt. Er sagte, das Konzept bestehe darin, die Mahlzeit bis zehn Minuten vor Ende der Garzeit zuzubereiten, damit sie dann im Beutel und im Wasserbad korrekt finalisiert wurde. Man könne das Essen nicht einfach so aus den Beuteln herausholen, das würde alles ruinieren. Die Beamtin sagte, ihr Konzept bestehe darin, dass alles, was ins Gefängnis hineingebracht werde, auf unerlaubte Gegenstände hin untersucht werden müsse. Massimo erwiderte, dass er schon unzählige Leute gesehen habe, die Chips- und Erdnussflipspackungen mitgebracht hätten – die seien auch nicht aufgerissen worden bei der Kontrolle. Die Beamtin erklärte, dass Originalverpackungen, die nicht leicht zu manipulieren seien, eine Ausnahme bildeten.

„Das ist eine Originalverpackung, die nicht leicht zu manipulieren ist!", rief Massimo und deutete auf die vakuumierten Säckchen mit dem Fasan und der Polenta. Die Beamtin führte aus, dass eine Originalverpackung im Sinne der Justizanstalt grundsätzlich in einer Fabrik angefertigt worden sein müsse, und dass es selbst hier Ausnahmen gebe. Cornflakesschachteln zum Beispiel könne man leicht öffnen, um verbotene Gegenstände hineinzugeben, und sie dann wieder zukleben. Bei Chipspackungen allerdings begnüge man sich, die generelle Unversehrtheit zu kontrollieren. Er könne seine Säckchen nun entweder abgeben und nach dem Ende seines Besuches wieder nach Hause mitnehmen, oder ihrer Öffnung zustimmen.

„Glauben Sie ernsthaft, ich habe in der Polenta eine Feile versteckt?", rief Massimo.

Feilen seien sehr aus der Mode gekommen, sagte die Beamtin, aber Drogen und Rasierklingen habe man schon gesehen.

Damit nicht alles umsonst gewesen war, stimmte Massimo schließlich der behördlichen Öffnung der Sous-vide-Verpackungen zu. Die Beamtin leerte den Fasan und die Polenta in zwei Schüsseln und stocherte darin herum. Dem Ragout schadete das nicht weiter, aber die Polenta, die zu einem schönen Ziegel geformt gewesen war, wurde ziemlich zerbröselt.

„Und?", rief Massimo, „wo sind sie jetzt, die Drogen? Wo ist die Rasierklinge? Wozu war dieses Gemetzel gut?"

Vollkommen aufgelöst sei Massimo mit den beiden Schüsseln in das Besucherzimmer gekommen, erzählte Zorzi, und sie hätten am Ende sehr gelacht. Sie habe das Essen später in der Zelle verzehrt, kalt, und es sei immer noch tausend Mal besser gewesen als das Knastessen.

Irgendwie war Zorzis Oberschenkel an den von Körber geraten oder umgekehrt, jedenfalls lagen die beiden

Oberschenkel nun aneinander und man konnte das genausogut auch so lassen. Zorzi sagte, jetzt solle aber er mal was erzählen, und weil ihm nichts Besseres einfiel, erzählte er die Anekdote, wie er nach der Matura einen Italienischkurs in Florenz besucht hatte, weil ihm beim Skifahren eine gewisse Giulia begegnet war. Er hatte mit ihr über Monate eine wunderbare Fernbeziehung geführt, die jedoch mit Zunahme seiner Sprachkenntnisse rapide an Reiz verlor. Auf recht ähnliche Weise habe er übrigens E-Bass spielen gelernt, sagte Körber, und Zorzi lachte.

„Und jetzt?", fragte sie. „Hast du eine Freundin?"

Körber schüttelte den Kopf.

„Ehefrau?", fragte Zorzi.

Er schüttelte wieder den Kopf. Dann war es still, Zorzi fragte nicht weiter.

„Ich bin auf ziemlich üble Weise sitzengelassen worden", sagte Körber, „ist schon ein Weilchen her, aber ich kaue immer noch daran." Er erzählte ihr in groben Zügen von der Sache mit Ines, nur die nötigsten Fakten, Kennenlernen, Zusammenleben, Zukunftspläne, Betrug und Ende. Warum sollte Zorzi nicht wissen, dass auch er ein Mensch mit Sorgen und einer nicht unsteinigen Biografie war? Einmal drückte sie kurz seine Hand, und als sie ihre Hand wieder wegziehen wollte, hielt Körber sie fest. Die beiden Hände lagen nun wie selbstverständlich in einer Einheit auf seinem Oberschenkel, streng genommen nur etwa zehn Zentimeter von seinem Schwanz entfernt. Körber überlegte, ob die Kamera, von der er nicht wusste, ob sie eingeschaltet war und ob an dem Monitor, den sie beschickte, ein Mensch saß, dieses Bild einfangen konnte. Wahrscheinlich nicht. Die Tischkante war wohl dazwischen. Es war ja auch egal. Wen hätte es stören sollen, dass sie einander an der Hand hielten?

Zorzi bat ihn um ein Blatt aus seinem Notizbuch, in das er heute noch gar nichts hineingeschrieben hatte. Er riss eine leere Seite heraus und reichte sie ihr mit dem Stift. Sie schrieb etwas und schob dann das Blatt zu ihm hin. Über die Kamera war sicher nicht zu erkennen, was darauf stand. „Ich glaube nicht, dass uns jemand beobachtet", las er, „und wenn, ist es auch egal." Er nickte Zorzi zu. Sie nahm noch einmal das Blatt und schrieb etwas dazu. „Das ist ziemlich aufregend!", las er und musste lachen. Unter dem Tisch hielt er ihr wieder die Hand hin und sie legte ihre hinein.

Als er später die Allee zum Haupteingang hinunterging, war es schon dämmrig und die Beleuchtung eingeschaltet. Laternen, Scheinwerfer, dahinter erloschen die Farben ins Schwarz-Weiß. In Körbers Kopf war es bunt und bewegt. Er hatte Zorzi nichts von Sibylle und Ute erzählt und das war bestimmt auch besser so. Auf keinen Fall würde er sich hinreißen lassen dürfen, die beiden zu erwähnen, auch wenn er das Bedürfnis verspürte, zu Zorzi genauso offen und ehrlich zu sein wie sie zu ihm. Dieses Bedürfnis konnte immer wieder mal entstehen, wenn man jemanden nach Strich und Faden ausgefragt hatte, der Mensch hatte ein Verlangen nach Symmetrie. Auch die Leute, die Körbers Bücher gelesen hatten, wollten ihm oft etwas über sich erzählen, sie hatten das Gefühl, sie hätten ihn kennengelernt, und nun sollte er ebenso etwas über sie erfahren. Aber Zorzi mit der Existenz von Sibylle und Ute zu belasten, wäre wohl eine etwas übertriebene Form der Ehrlichkeit gewesen.

Er hatte Zorzi nicht angelogen, weder Ute noch Sibylle war seine Freundin. Sie waren *friends with benefits*. Sibylle war Turnusärztin und arbeitete nebenbei im Notarztdienst, sie hatte keine Zeit, „einem Typen die Wäsche zu waschen". Körber hatte sie bei einem Einsatz kennengelernt, sie waren anschließend was trinken gegangen und sie hatte ihn gefragt, ob er noch Lust „auf ein wenig Spannungsabbau" hätte. Eine Woche später hatte er sie angerufen und ihr dieselbe Frage gestellt, und so war eine gewisse Regelmäßigkeit entstanden.

Ute war verheiratet und konnte ebenfalls keine Komplikationen gebrauchen. Man hatte Sex, unterhielt sich, ging gelegentlich essen. Darüber hinaus wahrte man Distanz, und auch Zorzi gegenüber würde Körber Distanz wahren.

Der erste Kuss ergab sich mehr oder weniger organisch aus der Begrüßung.

Ein Kuss war eine Auszeit. Er blendete die Umgebung aus. Wenn man sich danach wieder umblickte, sah man alles viel schärfer. Man sah deutlich das abstrakte Gemälde an der Wand, das irgendein Amt irgendeinem Künstler abgekauft hatte, damit es in irgendeinem im Eigentum der Republik befindlichen Gebäude eine Wand schmückte. Man sah das grün-blaue Ölfarbengewölk, auf das ein einziger zitronengelber Tropfen gespritzt war, und fand die Komposition plötzlich sehr inspirierend und witzig. Man sah den Tisch, seine metallenen Beine und die graue, zerkratzte Platte aus Kunststoff – er war immer noch hässlich, aber irgendwie auch etwas Besonderes. Man sah die winzigen Rußpartikel am Fensterrahmen, die sich an der Basis der Gitterstäbe verdichteten, und fand diese Beobachtung interessant. Auch die anderen Sinne schärften sich, man hörte deutlich das Krächzen einer Krähe, fühlte die aufgerauhten Stellen an seinen Jeans, roch ein Parfum, das an eine Meeresbrise erinnerte, obwohl der Eindruck so schwach war, dass man ihn unter anderen Umständen kaum wahrgenommen hätte. Man roch das Parfum über den Schweinsbratengeruch hinweg, der durch das Haus zog. Man fühlte sich, als wäre man an einem Filmset. Wie ein Teenager dachte man, dass alles nur ein großes Spiel sei und man selbst eine Hauptrolle spiele.

Ein solcher Kuss führte zu weiteren Küssen.

Wenige Tage später hatte Körber einen Traum, in dem er in eine schummrige Bar kam. Ganz hinten an einem Tisch saß Anneliese Strass, die sich dort alleine betrank. Auch Körber war ziemlich betrunken, wie er feststellte, als er auf sie zuging. Er wunderte sich, dass man in einem Traum so betrunken sein konnte, und dann wunderte er sich, dass er wusste, dass er gerade in einem Traum war.

Als Anneliese Strass ihn erblickte, rief sie: „Na Sie haben mir noch gefehlt!" und nahm einen großen Schluck von ihrem Whiskey. Körber ließ sich neben sie auf die Plüschbank fallen. Sie rief: „Einen Doppelten für meinen Freund!", und sofort erschien ein halbnacktes Go-go-Girl und stellte ein Glas vor ihn hin. Sie stießen an, sagten beide: „Auf dass wir uns niemals duzen mögen!" und tranken.

„Wissen Sie, woran Sie leiden?", fragte Strass ohne weitere Umschweife. „Es gibt ein Wort dafür, und Sie kennen es genau."

„Mir geht es bestens", sagte Körber, „ich leide an gar nichts."

„Hybristophilie ist das Wort", sagte Strass mit schwerer Zunge, „Hybristophilie."

„Schwachsinn!", rief Körber und schlug mit der Faust auf den Tisch.

„Die Liebe zu Schwerverbrechern", lallte Strass unbeirrt weiter, „die Liebe zu Menschen, die fürchterliche Gewalttaten begangen haben. Die Liebe zu Mördern, Serienkillern, Sexualstraftätern, Amokläufern. Die Liebe zu Menschen, die verurteilt wurden und im Gefängnis sitzen ..."

„Gott! Sie sind ja eifersüchtig!", rief Körber und trank.

„Sie sind ein *prison groupie*, Körber", lallte Strass und trank.

Das Go-go-Girl kam wieder vorbei, diesmal hatte sie einen Bauchladen umgeschnallt. „Ginster?", fragte sie. Vor ihrer Brust lag ein üppiger Haufen leuchtend gelber Ginstersträuße.

„Einen Strauß für meinen Freund!", rief Strass und drückte ihm einen in die Hand. „Und den Spruch dazu, Schätzele, sag ihm den Spruch!"

„Wenn du lange in einen Abgrund blickst", sagte das Go-go-Girl, „blickt der Abgrund auch in dich hinein."

„Es gibt keine männlichen Hybristophilen!", schrie Körber und sprang auf. Er schwankte so sehr, dass er sich an der Rückenlehne der Sitzbank festhalten musste. „Sie verwechseln da was!"

„Gefallen Ihnen die Blumen?", fragte Strass. Körber nahm den Strauß und schleuderte ihn weit in den Raum hinein, wo er von der plötzlich auftauchenden Abteilungskommandantin Hollergschwandtner aufgefangen wurde. Hollergschwandtner näherte sich ihrem Tisch und sagte: „Zeit für den Einschluss, Frau Strass."

„Was soll das?", fragte Körber. „Frau Doktor Strass ist doch nicht im Gefängnis!"

„Lassen Sie nur", sagte Strass, „wer drinnen und wer draußen ist, das weiß man nie so genau."

Nach dem Aufwachen beschloss Körber, mit Flimminger zu reden. Flimminger würde einen objektiven Blick auf das werfen, was ihm sein Unbewusstes da suggeriert hatte.

Sie alle kannten diese Frauen, die *prison groupies* genannt wurden, sie waren integraler Bestandteil des Strafvollzugs. Frauen, die sich in inhaftierte Straftäter verliebten. Oft begannen diese Liebesgeschichten mit einer Brieffreundschaft. Einem Strafgefangenen musste man noch Briefe schreiben wie im neunzehnten Jahrhundert, er hatte keinen Internetzugang, um Emails zu schreiben, und kein Handy, um SMS zu tippen. Er hatte genügend

Zeit, um schöne Worte zu finden und persönliche Gedanken zu formulieren, sodass ein verbaler Austausch entstand, den wohl viele Frauen im normalen Umgang mit Männern vermissten. Gleichzeitig waren diese Männer unter Kontrolle, man wusste immer, was sie gerade machten, sie arbeiteten, trainierten und nach dem Einschluss schrieben sie tiefempfundene Reflexionen in Gedanken an ihre Frauen. Sie konnten weder fremdgehen noch sich einfach in Luft auflösen. Dates ließen sie nicht platzen, sondern sie freuten sich auf jeden Besuch. Dann wurden sie vorgeführt und setzten sich brav zwei Stunden an einen Tisch, um zu reden. Die Frauen fanden es faszinierend, dass man sich mit einem Mörder ganz normal unterhalten konnte, dass er Gefühle hatte, kränkbar war, dass er sogar von Liebe reden konnte. Es gab keinen Alkohol und keine Drogen. Die Männer waren dankbar. Sie brauchten die Frauen in der Außenwelt, die ihnen Geld mitbrachten oder Süßigkeiten oder Zigaretten, die für sie draußen Dinge erledigten und eine Adresse zur Verfügung stellten, wenn Freigänge im Gespräch waren.

Die Männer waren abhängig und zugleich aufregend gefährlich. Sie störten nicht im Alltag. Sie schnarchten und furzten nicht im Bett, verbrachten den Sonntag nicht vor dem Fernseher beim Fußballschauen, machten keinen Dreck, verlangten keine Mahlzeiten und produzierten keine Wäsche, um die man sich kümmern musste. Man konnte von ihnen träumen und wusste, dass auch sie von einem träumten. Man traf nur an speziellen Terminen mit ihnen zusammen, auf die man hinfiebern konnte. Die Leute redeten, wenn man mit einem Strafgefangenen zusammen war, man war etwas Besonderes und hatte ein spannendes Element in einem sonst vielleicht langweiligen Leben.

Und dann gab es noch die Frauen, die im Rahmen ihrer beruflichen Tätigkeit mit verurteilten Kriminellen zu tun hatten und sich auf diesem Weg in sie verliebten: Gefängnispsychologinnen, Psychiaterinnen, Anwältinnen. Justizwachebeamtinnen interessanterweise kaum. Körber kannte einen Fall, wo es einem Sexualmörder auf einer geschlossenen Abteilung im Maßnahmenvollzug schon zwei Mal gelungen war, eine Psychiaterin zu betören. Beide Frauen hatten ihren Job verloren, die zweite besuchte ihn noch immer. Und erst im Vorjahr war eine Gefängnispsychologin aufgeflogen, die etwas mit einem Raubmörder angefangen hatte.

Es gab prominente Kriminelle, deren Fälle durch die Medien gingen und so schon ein gewisses Fanaufkommen erzeugten. Weibliche Kriminelle dagegen konnten kaum mit Groupies, Fanpost und hingerissenen Gefängnispsychologen rechnen. Hybristophilie war ein Frauending, auch wenn es wohl viele unterschiedliche Beweggründe für die Frauen gab. Da waren die, die sich durch extreme Gewalt erotisch angezogen fühlten. Die, die selbst Gewalterfahrungen hinter sich hatten und endlich einen Täter gefunden zu haben hofften, der sich um ihretwillen ändern wollte. Die, die nicht daran glaubten, dass der Täter die Tat wirklich begangen hatte, und alles daran setzten, um einen vermeintlichen furchtbaren Justizirrtum aufzuklären. Die, die zwar glaubten, dass der Täter die Tat begangen hatte, aber davon überzeugt waren, dass das Gericht die Hintergründe falsch bewertet hatte. Dass es sich um Notwehr gehandelt hatte oder um einen Unfall. Dass sich ein Schuss aus der Pistole zufällig gelöst hatte, dass das Messer versehentlich abgerutscht war, dass das Opfer unglücklich gestolpert war. Oder dass Alkohol/Crack/Crystal Meth die Schuldigen waren. Oder dass das Opfer selbst schuld war, oder die Gesellschaft, oder die Familie des Täters. Denn auch der Täter war einmal ein kleiner Junge gewesen, der es schwer gehabt hatte. Er hatte von Anfang an die schlechtesten Karten gehabt. Niemand hatte ihn je geliebt. Er war immer nur herumgestoßen worden. Das Opfer hatte ihn fürchterlich provoziert. Es gab die, die den Täter retten wollten – sie waren entweder sehr religiös und glaubten an Wunder, oder sehr links und glaubten an Sozialutopien. Und es gab die, die sagten, dass man einen Menschen nach seinem Charakter beurteilen sollte und nicht nach seinen Taten – vielleicht weil sie selbst die Neigung hatten, Mist zu bauen, und darauf hofften, dass man unter all dem Mist die Schönheit ihres Wesens erkannte.

Körber wusste, dass er mit all dem nichts zu tun hatte. Aber er würde mit Flimminger reden, um sicherzugehen.

„Ich hab mir was mit der Zorzi angefangen", sagte Körber.

„Okay?", sagte Flimminger. Es war nicht auszumachen, ob ihm diese Information wirklich nicht besonders wichtig erschien, oder ob er nur sein Vernehmergesicht aufhatte. Sie saßen in Körbers Büro und tranken Kaffee. An der Pinnwand hing der Zeitstrahl eines Vermisstenfalls, der sich als Entführungs- und schließlich als Mordfall entpuppt hatte. Der Zeitstrahl war auf zusammengeklebte Zettel gekritzelt, er war noch nicht ganz fertig, es gab durchgestrichene Stellen, die Abstände waren nicht perfekt. Später würde Körber ihn auf das Whiteboard im Besprechungsraum abzeichnen. Hinter seinem Rücken raschelte der Kastanienbaum mit den letzten braunen Blättern – ein Sturm sorgte dafür, dass es durch das geschlossene Fenster zu hören war.

„Heißt das, du schreibst ihr Briefe?", fragte Flimminger und nippte an seinem Kaffee, den er in der Hand behielt, da auf Körbers Schreibtisch wie immer kein Platz war.

„Nein", sagte Körber.

„Schreibt sie dir Briefe?"

„Nein."

„Also das, was ihr da angefangen habt, spielt sich ausschließlich während der Besuche ab? Entschuldige, ich bin neugierig."

„Kein Problem", sagte Körber, „ich wollte ja mit dir reden. Es spielt sich ausschließlich während der Besuche ab."

„Also in einem winzigen, schäbigen Raum mit einem grauen Tisch und zwei grauen Stühlen, nehme ich an ...", sagte Flimminger.

„Das trifft es ziemlich genau. Es hängt auch ein Bild an der Wand. Abstrakt."

„Oh! Diese Frauengefängnisse sind immer schön dekoriert."

„Es ist definitiv kein romantisches Ambiente."

„Und was, wenn du es mir schon erzählen willst, spielt sich in diesem nicht romantischen Ambiente ab?"

„Persönliche, intime Gespräche. Küsse. Umarmungen. Kein Sex", sagte Körber.

„Dafür fehlt dann doch die Privatsphäre", vermutete Flimminger.

„Und die Bequemlichkeit", bestätigte Körber.

„Kuschelzelle kriegt sie ja wohl nicht."

„Keine Kuschelzelle für Schwerverbrecher. Kann man vergessen."

„Okay", sagte Flimminger und beobachtete das Gepeitschtwerden der Kastanie durch unsichtbare Mächte hinter seinem Freund. „Na dann ... Wieso erzählst du mir das eigentlich?"

„Ich wollte dich fragen, ob du darin irgendeine Unvereinbarkeit siehst. Beruflich. Meinst du, das ist ein Problem?"

„Mmh!", machte Flimminger. „Du meinst, ein offizielles Problem?"

„Natürlich. Für mich persönlich ist es ja kein Problem", erwiderte Körber ungeduldig.

„Lass mal überlegen", sagte Flimminger. „Du bist nicht ihr Therapeut."

„Nein", bestätigte Körber. „Ich kann gar nicht therapieren. Hab ich nie gemacht. Interessiert mich auch nicht."

„Also dann ist das ja schon mal ausgeschieden. Als Therapeut soll man doch eher nichts mit einer Klientin anfangen, oder?"

„Soll man nicht. Aber ich bin nicht ihr Therapeut."

„Aber was das Wichtigste ist", fuhr Flimminger fort, „du bist in Weißenach nicht angestellt. Wenn du dort angestellt wärst, also wenn du Justizwachebeamter wärst oder Gefängnispsychologe – das ginge nicht. Dann wärst du den Job los, wenn jemand dahinterkommt."

„Genau. Aber ich bin dort nicht angestellt."

„Warte", sagte Flimminger, schaute zur Decke und drehte sich auf dem Drehstuhl hin und her, „ich überlege, ob ich Präzedenzfälle kenne." Körber öffnete eine Schreibtischschublade und holte eine Packung Spekulatius hervor, die er auf einen Aktenturm auf seinem Tisch stellte. Er wusste, dass es Flimminger beim Nachdenken half, wenn er etwas zu knabbern hatte. Flimminger nahm sich einen Spekulatius und zerkaute ihn sorgfältig. Dann sagte er: „Da gab es doch mal diesen Kollegen von der Sitte, der sich was mit einer Prostituierten angefangen hat. Mit dieser Mongolin, die später für ihn anschaffen gegangen ist ... Der ist dann im Innendienst gelandet."

„Das war ja mehr Zuhälterei als eine Liebesgeschichte."

„Okay", sagte Flimminger, „stimmt, aber was ist mit dieser Kollegin in Dornbirn? Kriminalpolizistin, hat sich was mit einem ehemaligen Häfenbruder angefangen, verurteilt wegen bewaffneten Raubes oder so. Und der hat sich dann ihre Dienstwaffe für einen Einbruch ausgeborgt und am Ende damit auf ihre Kollegen geschossen."

Nun nahm sich Körber einen Spekulatius. „Das war ziemlich dumm. Extrem dumm. Meinst du, der Fall ist vergleichbar?"

Flimminger schüttelte den Kopf: „Du hast schon mal keine Dienstwaffe. Und die Zorzi ist hinter Gittern. Es kann also nichts passieren."

„Es kann nichts passieren", wiederholte Körber, „das ist der Punkt."

„Du bist erwachsen, sie ist erwachsen."

„Absolut." Eine Weile kauten sie nachdenklich die Spekulatius. Wäre der Sturm nicht gewesen, hätte beinahe Adventsstimmung aufkommen können.

„Du bist dir doch darüber im Klaren, dass die Zorzi für die nächsten hundert Jahre in Weißenach sein wird?", fragte Flimminger dann.

„Ich hatte auch nicht vor, mit ihr ein Haus zu bauen und eine Familie zu gründen", sagte Körber.

„Gut. Das wäre nämlich auch ziemlich sinnlos."

„Und ich hab nicht vor, ihr bei einem Ausbruch zu helfen, falls du das meinst."

„Das hab ich nicht gemeint."

„Es ist nur etwas, das sich so ergeben hat und das sich gerade sehr gut anfühlt."

„Du brauchst dich nicht zu rechtfertigen", sagte Flimminger. „Schreibst du jetzt eigentlich ein Buch mit ihr?"

„Ich weiß nicht", sagte Körber, „ich hab sie nicht gefragt. Es waren schon ein paar Journalisten bei ihr, die sie überreden wollten. Sie hat abgelehnt. Wahrscheinlich schreibe ich eher was Allgemeines."

Flimminger nickte, stand auf und deutete mit seinem leeren Kaffeehäferl auf den halbfertigen Zeitstrahl an der Pinnwand. „Sieht gut aus. Wie lange brauchst du noch dafür?"

„Gib mir noch eine Stunde."

„Okay. Ruf an, wenn du fertig bist."

„Mach ich. Und danke."

„Du weißt, dass du dir irgendwann wieder eine reale Beziehung suchen musst."

„Weiß ich", sagte Körber und schloss hinter seinem Freund die Tür.

Zorzis Führung war tadellos. Sie hielt sich an alle Regeln. Justizwachebeamte, die zuvor in Männergefängnissen gearbeitet hatten, sagten im Allgemeinen, dass es mit den Frauen schwieriger sei. Männer hätten mit Regeln weniger Probleme, sie hielten sich an sie oder sie brachen sie, die Existenz der Regeln aber stellten sie selten in Frage. Vielleicht, meinten manche, sei das so ein natürlicher militärischer Geist. Die Frauen dagegen fanden die Regeln per se unerträglich. Sie litten. Sie weinten. Sie diskutierten. Sie konnten sich nicht damit abfinden, dass man die Einhaltung all dieser Regeln immer wieder und unvermindert einforderte.

Zorzi jedoch legte keinerlei Trotz an den Tag. Wenn ihr etwas verwehrt wurde, wie etwa die Arbeit in der Küche, brachte sie höflich ihre Argumente vor und fügte sich in ihr Schicksal, sobald sie erkannte, dass die Sache im Augenblick aussichtslos war. Sie war pünktlich, ihren Haftraum hielt sie in tadelloser Ordnung. Bei den regelmäßigen Visitierungen, wie man die Haftraumkontrollen nannte, fand man nie einen einzigen unerlaubten Gegenstand. An Drogen hatte sie kein Interesse. Sie bastelte keine Dildos, die angewiderte Beamte dann unter dem Schrank hervorziehen mussten. Sie hortete und konstruierte keine Waffen. Mit den Mithäftlingen legte sie sich nicht an. Sie pflegte zwar keine tieferen Freundschaften zu den anderen Frauen, aber sie bemühte sich, mit allen gut auszukommen und jenen, die auf Streit aus waren, aus dem Weg zu gehen.

Manche der Insassinnen hielten sie für eine Schleimerin, weil sie zu den Justizwachebeamten immer freundlich und korrekt war. Andere hassten sie, weil sie keine tragische Lebensgeschichte vorweisen konnte und auch gegenwärtig wenig Sorgen zu haben schien. War ihr nicht klar, dass sie richtig, richtig in der Scheiße saß? Noch bekam sie viel Besuch, aber diejenigen der Frauen, die schon länger da waren, wussten, dass das immer weniger werden würde, ein stetig austrocknendes Rinnsal, das nach drei oder fünf oder zehn Jahren nur mehr tropfte und manchmal auch ganz versiegte, als hätte man in der Außenwelt nie existiert.

Die Abteilungskommandantin Hollergschwandtner war eine mütterliche Person. So streng sie darauf achtete, dass alles seinen geregelten Gang lief, so nahe gingen ihr doch die Schicksale der Insassinnen. Zorzi hatte in ihrer Vergangenheit wenig vorzuweisen, das Mitleid erregte. Und doch betrachtete Hollergschwandtner auch sie als eine Art Schützling. Manchmal erschien ihr Zorzi wie ein naives Mädchen, das sich in einer romantischen Märchenwelt verirrt hatte und durch einen bösen Zauber zum Wolf geworden war.

Arnold Körber hatte das Gefühl, dass er Zorzi guttat. Sie war entspannter geworden, gelassener, weniger empfindlich. Sie erzählte ihm, dass sie darüber nachdachte, ein Fernstudium zu beginnen. Vielleicht Geschichte – im Grunde hatte sie Geschichte immer schon interessiert. Schwarz-Weiß-Fotos, Stiche, Reliquien und Artefakte, alte Gemälde, Ruinen und staubige Briefe waren Dinge, die sie faszinierten. Erinnerungen an Zeiten, die so lange zurücklagen, dass sie der Wirklichkeit schon ein wenig entrückt waren. Sie würde sich das alles nur in Büchern ansehen können, aber so war das nun, Bücher waren wie

Adventskalenderfensterchen, die man öffnen konnte, um jeden Tag eine neue Überraschung zu sehen.

Zorzi erzählte Körber, dass eine junge Raubmörderin ihr Avancen gemacht habe. Die Frau habe ihr hinter den Wäschewagen über das Haar gestrichen, ihr den Kopf nach hinten gebogen und sie so angesehen, als ob sie sie jeden Moment küssen wollte. Sie habe den Kopf schief gelegt und ihren Mund immer näher an den von Zorzi gebracht, und dabei seien ihr auch durchaus die Knie weich geworden, sagte Zorzi, aber sie habe sich dann in letzter Sekunde weggedreht.

„Macht dich das an?", fragte sie Körber.

„Irgendwie schon", sagte er.

Mit dem Essen hatte sie sich versöhnt. Nicht einmal das „Risotto", das es einmal gab, konnte sie aus der Fassung bringen. „Es war ganz normaler Langkornreis, in Salzwasser gekocht und mit ein paar Erbsen und Karottenstückchen vermischt", lachte sie und Körber lachte mit. Er erwähnte nichts davon, dass er wenige Stunden später mit Ute in einem Gastropub sitzen und Dry-Aged Irish Ribeye Steak mit Kartoffel-Brunnenkresse-Püree und guinnessglasierten Zwiebeln essen würde. Er hatte Zorzi gegenüber kein schlechtes Gewissen, weil er mit Ute schlief, wegen des Essens aber schon.

Zorzi hatte vor, nach Weihnachten die Antidepressiva abzusetzen. Ihr vierunddreißigster Geburtstag kam und ging ohne den geringsten Rückschlag. Zu Weihnachten wünschte sie sich Aquarellfarben, Pinsel und extrafestes Papier. Sie sagte, sie habe seit ihrer Kindheit nicht mehr gemalt, wolle nun aber ernsthaft damit beginnen. Sie habe den Wunsch, ihre Umgebung zu malen, denn sie sei sicher, dass sie ihr dadurch schöne Seiten abgewinnen würde. Man könne eine hässliche Wand so malen, dass sie ein schönes Bild abgebe. Wenn Körber ihr das Geschenk am 23. Dezember bringen würde, könnte sie schon am Heiligen Abend mit der Arbeit beginnen.

Der Heilige Abend war nicht nur in der Natur einer der dunkelsten Tage des Jahres, sondern auch im Gefängnis. Besuche waren nicht erlaubt, denn die Justizwachebeamten hatten Familien, mit denen sie feiern wollten, und so gab es nur einen Notdienst.

Körber sagte: „Willst du dir nicht noch etwas wünschen? Es kommt mir so wenig vor. Schlimm genug, dass du so knapp vor Weihnachten Geburtstag hast. Wahrscheinlich hast du dein ganzes Leben lang viel zu wenige Weihnachtsgeschenke bekommen." Zorzi nannte ihm mehrere Schokoladensorten und er versprach, diese mitzubringen, aber im Grunde genügte ihm das immer noch nicht. Er wollte ihr irgendetwas Prächtiges schenken, etwas Bedeutungsvolles, Schmuck vielleicht – aber was sollte sie damit anfangen?

Vielleicht würde sie auch, sagte Zorzi, im neuen Jahr eine weitere Sprache lernen. In Weißenach gebe es Frauen aus vielen Ländern und sie höre sich gerne an, wie deren Sprachen klängen. Da seien zum Beispiel zwei brasilianische Drogenkurierinnen, die miteinander Portugiesisch sprächen. Das klinge sehr schön, sagte Zorzi, und sie verstehe auch einiges davon, wegen der Verwandtschaft zum Italienischen. Besonders leid tue ihr eine Chinesin, die kaum ein Wort Deutsch oder Englisch spreche und niemanden habe, um sich mit ihm in ihrer Muttersprache zu unterhalten, da sie die einzige Chinesin sei. Niemand wisse, was sie angestellt habe, da sie es ja nicht erzählen könne. Manchmal fordere sie die Chinesin durch Gesten auf, etwas auf Chinesisch zu sagen, was diese gerne mache. Auch das klinge sehr schön und sie fände es nett, selbst etwas Chinesisch zu lernen, um sich mit ihr unterhalten zu können.

„Bist du die einzige Italienerin hier?", fragte Körber.

„Ja", sagte Zorzi.

Am 21. Dezember fand die Weihnachtsfeier statt. Es gab einen Weihnachtsbaum mit dicken Goldkugeln und elektrischer Beleuchtung und Teller mit Mandarinen und Keksen darauf, die von einem karitativen Verein gespendet worden waren. Der Chor trat auf und sang „Stille Nacht, heilige Nacht" und „Ihr Kinderlein kommet". Zorzi hatte wieder ein Solo einstudiert, das für sie wegen des Dialektes eine besondere Herausforderung gewesen war: „Es wird scho glei dumpa, es wird scho glei Nåcht, drum kim i zu dir her, mei Heiland auf d'Wåcht ..." Silbe für Silbe folgte Körber dem Gesang, die Sprache klang fremd und die Melodie war so traurig, dass links und rechts geschnieft wurde. Körber war froh, dass Anneliese Strass diesmal nicht anwesend war.

Am 23. Dezember brachte er die Geschenke nach Weißenach, umarmte Zorzi sehr lange und musste daran denken, dass er mit seinem Buch irgendwie nicht weiterkam.

Den Heiligen Abend verbrachte er bei seinen Eltern, die wie immer einen Truthahn brieten, weil er „leichter" war als eine Gans. Ein paar Tanten und Onkel und Freunde seiner Eltern saßen auch um den Tisch. Keinem der Anwesenden hatte er etwas von Zorzi erzählt, genauso wenig, wie er je etwas von Ute oder Sibylle erzählt hatte. Seit er von Ines, die man noch gekannt hatte, verlassen worden war, war er single und tat deshalb allen leid, was er vollkommen unnötig fand. Später am Abend ging er noch zu Raoul Berner, dem Anwaltsfreund, der einmal mit Rainer Kopetzki in der Cantinetta Zorzi gegessen hatte. Raoul und seine Frau hatten die Kinder zu Bett gebracht, die Großeltern verabschiedet und ließen den Abend noch mit einigen Freunden beim Punsch ausklingen. Auch hier herrschte „Pärchenterror", wie Körber Situationen umschrieb, wo er als Einziger ohne Anhang erschien. Zum Glück stritten dann zwei, die Frau stürmte in die verregnete und leider schneefreie Winternacht und war dann eine volle Stunde am Handy nicht erreichbar, ihr Mann betrank sich indessen weiter und musste davon abgehalten werden, mit dem Auto auf die Suche nach ihr zu gehen. Endlich kam sie zurück und wurde von den anderen Frauen in der Küche getröstet, während die Männer im Wohnzimmer saßen und übers Saunieren und Skifahren sprachen. Weihnachten war doch immer wieder etwas, was man einfach nur herumbringen musste.

Seinem Freund Raoul hatte Körber von Zorzi erzählt, wie bei Flimminger wollte er dessen Reaktion testen, aber auch Raoul fand nichts dabei. Er kannte unzählige Geschichten von Anwälten, die sich in Klientinnen verliebt hatten, und Anwältinnen, die etwas mit Klienten angefangen hatten, und auch einen Anwalt, der mit einem Klienten liiert gewesen war, kannte er.

„Waren da Mörder dabei?", hatte Körber gefragt.

Raoul hatte überlegt. „Weiß ich nicht. Aber ich glaube, das meiste waren Scheidungsgeschichten, Vermögensangelegenheiten und so weiter."

Als Körber durch den eisigen Regen nach Hause ging, fragte er sich, ob Zorzi wohl schon schlief oder immer noch malte.

Im neuen Jahr überraschte ihn Sibylle, die Notärztin, mit der Ankündigung, dass sie einander nicht mehr sehen können würden. Sie habe sich ernsthaft in jemanden verliebt. Interessanterweise teilte sie ihm dies nach dem Sex mit.

„Oh!", sagte Körber. „Sowas. Mir ist dasselbe passiert. Ich habe mich auch in jemanden verliebt."

„Ja? Freut mich für dich", sagte Sibylle und zog ihren BH an. Es schien ihr ziemlich egal zu sein.

„Hast du nicht gesagt, du hättest keine Zeit für eine Beziehung?", fragte er.

„Naja", sagte sie, „du weißt ja: Wenn es wirklich wichtig ist, dann nimmt man sich die Zeit."

Ute wiederum erzählte, dass sie nun endgültig vorhabe, sich von ihrem Mann zu trennen. Die Feiertage seien sehr desillusionierend gewesen. Es öffneten sich einem in beängstigender Weise die Augen, wenn man Zeit für einander habe, meinte sie. Auf jeden Fall wolle sie getrennte Wohnsitze, das wäre der erste Schritt. Die Scheidung dann vielleicht später.

„Dann könnten wir uns auch öfter sehen, das wäre doch schön, oder?", sagte Ute und knabberte an Körbers Ohrläppchen. Er schwieg und hoffte, dass das genügte. Dass sie verstand, dass es kein Öftersehen geben würde.

Zorzi zeigte ihm die ersten Bilder, die sie gemalt hatte. Es waren Ansichten aus dem Gefängnis, keine erfundenen oder aus dem Gedächtnis gemalten Bilder. Auf einem sah man den winterlich braunen Innenhof mit seiner zertrampelten Wiese, dahinter ein weiß-graues Fassadendetail mit einem Gitterfenster, aus dem ein leuchtend rotes Tuch hing. Auf einem anderen war ein von komplexen Wolkenstimmungen durchfurchter Himmel zu sehen, in den ein Stück Dachschräge mit einer Rolle NATO-Zaun darauf ragte. Besonders kunstvoll war ein Bild der Wäscherei mit ihren Waschmaschinen und Trocknern, den Wäschewagen, Tuchstapeln und Bügelstationen, alles in zartem Pastell.

Körber fiel auf, wie wenig Zorzi ins Freie kam, und er fragte sich, ob das nicht mit zum Schlimmsten am Gefängnisleben gehörte: Dass man nicht einfach an die Luft hinauskonnte, wenn einem die Decke auf den Kopf fiel. Im Sommer gab es kein Schwimmen oder Sonnenbaden, im Winter kein Rodeln oder Eislaufen, nicht einmal in den Regen konnte man treten, wenn einem danach war. Keine Wiesen, Wälder, Schanigärten, Bootsfahrten oder Schaufensterbummel, keine Stadtveduten, Bergblicke, nichts. Es gab zwar ein Anrecht auf das Nachdraußengehen, aber es blieb auf einen Innenhof beschränkt. Eine Stunde Frischluft pro Tag war das Minimum, das der Gesetzgeber jedem Strafgefangenen zugestand, selbst dem Kapitalverbrecher.

Körber musste an den Urlaub denken, den er mit Ines auf Kreta verbracht hatte. In dem Apartment neben dem ihren hatte ein älteres englisches Paar gewohnt, das den ganzen Tag mit Staffeleien umhergezogen war, um Aquarelle zu malen. Das Meer, die Hügel, die Felsen, bizarr geformte Olivenbäume, bunte Macchie, Ziegen darin. Körber hatte nicht verstanden, wieso man etwas malte, das in der Wirklichkeit zwar schön, in gemalter Form aber unweigerlich kitschig aussah. Zorzis Bildern dagegen, so unbeholfen sie auch waren, gelang es tatsächlich, der tristen Umgebung eine eigene Ästhetik abzugewinnen.

„Gar nicht schlecht", sagte er, „ich schätze, du hast mindestens zweihundert gemalt, bis du die Technik so weit entwickelt hattest."

„Unzählige auf jeden Fall", bestätigte sie und packte die Blätter wieder in ihre Mappe, „aber ich muss noch viel besser werden."

„Beim nächsten Sommerfest kannst du bestimmt schon Bilder am Kunststand verkaufen", sagte Körber.

Zorzis Mutter, die vor Weihnachten nicht kommen hatte können, reiste für ein paar Tage an und freute sich, dass ihre Tochter malte und im Chor sang. Es sei seltsam, sagte sie, Zorzi sei wieder wie ein kleines Mädchen, dessen Bilder man lobte und das man zum Musizieren ermutigte.

Ute erklärte Körber, dass sie Nägel mit Köpfen machen wolle. Ihre Beziehung habe sich doch im Laufe der Zeit entwickelt, weit hinausgehend über das, was ursprünglich geplant gewesen sei. Er solle doch endlich Farbe bekennen. Körber antwortete sehr sachlich, dass das Einzige, was er ihr anbieten könne, die Beibehaltung des Status quo sei. Ute erwiderte darauf sehr unsachlich: „Du verdammtes Arschloch." Sie ging mit der Ankündigung, ihn nie wiedersehen zu wollen, es sei denn, er ließe sich etwas ganz Besonderes einfallen.

Der Vermisstenfall, der zu einem Entführungs- und Mordfall geworden war, konnte aufgeklärt werden. Ein Anlageberater hatte seine Verlobte von zwei gedungenen Kriminellen entführen lassen, um mit dem von ihren wohlhabenden Eltern erpressten Lösegeld ein paar bedenkliche, infolge eines Schneeballsystems entstandene Finanzierungslücken zu stopfen. Dummerweise hatte sich die junge Frau beim Transport in einem Kofferraum übergeben, was, da sie geknebelt worden war, zu ihrem Tod durch Ersticken geführt hatte.

Zorzi freute sich unvermindert, wenn sie Körber sah. Bei einem seiner Besuche aber strahlte sie noch mehr als sonst. Sie küsste und umarmte ihn inniger und ließ seine Hand nicht einmal los, während sie sich setzten. Sie habe eine Überraschung für ihn, sagte sie. Es sei fast wie ein Wunder, so schön sei es. Sie habe sich der Abteilungskommandantin Hollergschwandtner anvertraut und ihr alles erzählt. Über das, was sich zwischen ihr und Körber entwickelt habe. Und Frau Hollergschwandtner habe sich mit ihr gefreut. Darüber, dass Zorzi so ein Glück habe, obwohl sie hinter Gittern sitze. Frau Hollergschwandtner habe gemeint, jetzt wisse sie, weshalb Zorzi so einen ausgeglichenen Eindruck mache. Dann hätten sie noch öfters darüber geredet und Frau Hollergschwandtner habe immer wieder gefragt: „Na? Was macht die Liebe?" Und sie habe darauf geantwortet: „Es läuft wunderbar, Arnold ist wirklich der beste Mann der Welt. Ich kann es noch immer nicht glauben. Vielleicht hat das alles nur deshalb passieren müssen, damit ich ihm begegne?" Frau Hollergschwandtner habe gesagt: „Ja, das Schicksal geht oft seltsame Wege." Irgendwann dann habe sie, Zorzi, den Mut gehabt zu fragen, ob denn nicht ein Langzeitbesuch möglich wäre. Sie wisse ja, dass die Lebenslänglichen eigentlich kein Anrecht darauf hätten, aber könnte man nicht vielleicht eine einzige kleine Ausnahme machen? Es würde ihnen als jungem Paar so viel bedeuten und es hätte ja niemand einen Schaden davon. Frau Hollergschwandtner habe gesagt, dass sie darüber nachdenken müsse, und dann, nach einer Woche oder so, habe sie erklärt: „Sagen Sie dem Dr. Körber, er soll zu mir kommen, wir besprechen dann Genaueres. Grundsätzlich kann man da schon eine Ausnahme machen, unser Langzeitbesucherraum steht ja ohnehin die meiste Zeit leer."

Zorzi lächelte ihn erwartungsvoll an und spielte an seinem Pulloverärmel herum. Körber war gerührt und geschockt zugleich. Gerührt, weil sie einen Langzeitbesuch wollte, und geschockt, weil sie das nicht vorher mit ihm besprochen hatte.

„Wieso hast du nicht erst mit mir geredet, bevor du zur Hollergschwandtner gehst?", fragte er. „Wir hätten das doch gemeinsam entscheiden können."

Zorzi ließ seine Hand los. „Weil es eine Überraschung sein sollte. Ein Geschenk. Ich konnte dir doch nichts zu Weihnachten schenken, man kann ja hier nicht einfach einkaufen gehen! Und so dachte ich, das wäre doch etwas, was dir gefallen sollte."

„Es gefällt mir ja auch", beschwichtigte sie Körber.

„Sicher?", fragte sie. „Es ist mir jetzt so peinlich. Ich bin einfach davon ausgegangen, dass du auch lieber auf einer gemütlichen Couch mit mir sitzen willst und nicht unter einer Kamera, die vielleicht nicht, vielleicht aber doch an ist."

„Du hast das toll eingefädelt", sagte er. „Mit Couch und ohne Kamera, das wird klasse."

„Sie wissen, dass ich mit jedem Langzeitbesucher ein Gespräch führen muss", sagte die Abteilungskommandantin
Hollergschwandtner. Körber nickte, obwohl er es natürlich nicht gewusst hatte. Mit Langzeitbesuchen hatte er
bislang noch nie etwas zu tun gehabt.

„Also", sagte sie und studierte einige Papiere auf ihrem
Mini-Schreibtisch, die, wie Körber vermutete, in keinem
Zusammenhang zur Thematik standen. „Zunächst einmal
muss ich sichergehen, dass der Partner, der sich zu einem
Langzeitbesuch anmeldet, genauestens über die Tat – beziehungsweise die Taten – der betreffenden Insassin informiert ist." Sie sah auf und schaute Körber in die Augen: „Ich glaube, diesen Punkt können wir als gegeben
betrachten." Er hob einen Mundwinkel zu einem schwachen Lächeln und Hollergschwandtner lächelte ebenso
schwach zurück. Sie war eine große Frau, sicherlich über
eins achtzig und nicht gerade zart gebaut, der Schreibtisch vor ihr wirkte wie ein Kindergartenmöbel. Sie hatte kurze blonde Locken und war dezent geschminkt, in
ihren Ohrläppchen steckten zwei Türkisperlen. Körber
schätzte sie auf Mitte fünfzig – eine erfahrene Beamtin,
die souveräne Milde ausstrahlte.

„Weiters dürfen Sie keine Lebensmittel und keine Ge-
tränke mitbringen. Die Inhaftierte kann jedoch bei der
Ausspeisung etwas für den Langzeitbesuch einkaufen.
Natürlich keinen Alkohol." „Ausspeisung" war, wie Kör-

ber wusste, Gefängnisjargon für den kleinen Supermarkt der Anstalt, der einmal in der Woche geöffnet hatte.

„Es gibt im Langzeitbesucherraum eine kleine Küchenzeile, man kann also einfache Gerichte, wie zum Beispiel Spaghetti, zubereiten. Es gibt allerdings nur Blechmesser in der Lade. Aus Sicherheitsgründen."

„Ich verstehe", sagte Körber.

„Frau Zorzi hat darum gebeten, den Besuch so zu organisieren, dass die Mithäftlinge nach Möglichkeit nichts davon mitbekommen. Es ist in der Vergangenheit immer wieder zu mobbingartigen Zwischenfällen mit Bloßstellung der Betroffenen gekommen."

„Wie muss ich mir das vorstellen?", fragte Körber.

„Wir haben den Insassinnen hundert Mal gesagt, dass es bei einem Langzeitbesuch nicht zwangsläufig um Sex geht, oft sind ja auch Kinder dabei. Es geht darum, etwas mehr Zeit in einem etwas normaleren Ambiente miteinander zu verbringen. Man kann kochen, essen, sich in Ruhe unterhalten. Aber ..." Frau Hollergschwandtner seufzte. „Leider gibt es halt doch immer wieder obszöne Sprechchöre."

„Ach so", sagte Körber, „das sollten wir dann wohl lieber vermeiden, wenn es geht."

Hollergschwandtner nickte. „Wir haben deshalb mit Frau Zorzi vereinbart, den Langzeitbesuch nicht über Nacht stattfinden zu lassen, sondern nur nachmittags, nach dem Einschluss. Sie hätten dann vier Stunden Zeit, von 13:30 Uhr bis 17:30 Uhr. Falls jemand fragt, warum Frau Zorzi beim Hofspaziergang um 16:00 Uhr fehlt, sagen wir, dass sie sich nicht wohl fühlt. Um 18:00 Uhr gibt es Abendessen, und Frau Zorzis Abwesenheit wird in ihrer Abteilung niemandem aufgefallen sein. Wären Sie damit einverstanden?"

„Vier Stunden wären ganz wunderbar", sagte Körber.

„Gut", sagte Hollergschwandtner. „Noch etwas möchte ich Ihnen nahelegen, Herr Dr. Körber. Falls es doch zu

Intimitäten kommen sollte – in der Nachtkastllade liegen Präservative in verschiedenen Größen. Bitte verwenden Sie sie. Bedenken Sie, was passieren würde, wenn Frau Zorzi schwanger würde. Man würde ihr das Baby sofort nach der Geburt wegnehmen, denn auf die Mutter-Kind-Abteilung darf sie nicht. Sie müssten das Kind allein großziehen, es könnte seine Mutter ein Leben lang nur im Gefängnis besuchen."

„Natürlich", sagte Körber, „ein Kind ist definitiv nicht geplant."

Als der Termin kam, war es einer der surrealsten Momente in Körbers Leben. Zwei Menschen wurden unter staatlicher Aufsicht zusammengebracht, um einen privaten, möglicherweise intimen Moment zu erleben. Sie wurden dabei bewacht, damit der eine dem anderen nichts zuleide tat. Sex wurde ermöglicht, Mord verhindert. Das Ganze erinnerte an jene Meeresschnecken, die sich erst dann paarten, wenn alle Versuche, einander zu töten, gescheitert waren.

Dabei war es ein ganz normaler Spaziergang über das Gelände, als Zorzi und Körber zu dem Häuschen mit dem Langzeitbesucherraum gebracht wurden. Brousek und ein anderer Justizwachebeamter begleiteten sie. Zwei kräftige Männer in Uniform, bewaffnet mit Tasern, Pfefferspray und Mehrzweckstöcken, die dazu abgestellt waren, eine zierliche kleine Frau von Gewalttaten abzuhalten. Es war Februar und eiskalt; obwohl die Mittagsstunde schon überschritten war, lag auf den Grashalmen noch Reif. Der Streusplitt unter ihren Füßen knirschte genauso wie das gefrorene Gras.

„Keine Sorge", sagte Brousek zu Zorzi und Körber, „wir haben eingeheizt."

Zorzi schien den Spaziergang zu genießen, sie war seit Monaten nicht ins Freie jenseits des Innenhofs gekommen. In der Hand hielt sie einen Plastiksack mit

Einkäufen aus dem Gefängnissupermarkt. Sie trug eine grobmaschige altrosa Wollmütze und einen dazu passenden Schal. Körber hatte das Gefühl, dass der Wind durch die locker gestrickten Wollsachen hindurchblies und sie eigentlich frieren hätte müssen, aber die Aufregung hielt sie wohl warm. Es wäre schön gewesen, händchenhaltend durch diese eisstarre Landschaft zu gehen, Zorzis Hand in seiner Manteltasche zu wärmen. Es schien jedoch unpassend in Gegenwart der Beamten, und so wagte er es nicht.

Alle paar Schritte wechselte Körbers Gefühlslage. Einmal verspürte er intensive Vorfreude, dann wieder war er nicht sicher, ob das, worauf er sich da eingelassen hatte, wirklich eine gute Idee war. Aber die Amtshandlung nahm ihren Lauf, sie erreichten das Häuschen und Brousek sperrte auf. Im Erdgeschoß war der Überwachungsraum.

„Hier werden wir bleiben, bis es vorbei ist", sagte Brousek. „Wir können weder Gespräche noch sonst etwas hören." Er schaltete ein Radio ein, um zu demonstrieren, dass es das war, was sie hören würden. „I crossed the ocean for a heart of gold", sang Neil Young. Über eine Treppe gingen sie hinauf in den Langzeitbesucherraum, der eigentlich eine kleine Wohnung war. Während sein Kollege an der Tür stehenblieb, führte Brousek sie herum. „Das Kinderzimmer werden Sie ja nicht brauchen", sagte er und öffnete kurz die Türe, sodass man einen Blick auf ein Kinder- und ein Gitterbett werfen konnte. „Bad, WC." „Schlafzimmer." „Wohn- und Essbereich mit Küchenzeile." Ein schlichtes schwarzes Ledersofa stand in dem Raum mit dem hellen Bretterboden, daneben ein Esstisch mit vier Stühlen.

„Gar nicht schlecht", sagte Zorzi, „erinnert mich ein bisschen an das Hotel delle Palme. Nur die Aussicht war dort anders. Man sah auf das türkise Meer, nach hinten hinaus auf die grünen Hügel." Hier sah man durch das vergitterte Fenster direkt auf die Mauer, die das Gelände umgab, den NATO-Draht und die blinkenden Lichter des Alarmsystems.

„Hier ist der Notrufknopf", sagte Brousek zu Körber, „wenn Sie den drücken, sind wir sofort da." Er deutete auf einen leuchtend roten Knopf an der Wand hinter dem schwarzen Sofa.

„Darf ich den auch drücken?", fragte Zorzi.

Brousek ging nicht darauf ein. „Wir lassen Sie jetzt allein. Um 17:30 Uhr holen wir Sie wieder ab." Damit gingen er und der andere Beamte nach draußen. Körber und Zorzi lauschten dem Geräusch des Schlüssels, der im Schloss umgedreht wurde. Dann hörte man nichts mehr, die Tür war massiv. Auch vom Radio im unteren Stockwerk war nichts zu hören.

Zorzi packte ihre Einkäufe aus: zwei Flaschen Mineralwasser, eine Packung Grissini, eine Plastikschale mit Erdbeeren.

„Wie findest du die Bettwäsche?", fragte sie.

„Sehr bunt", sagte Körber, „sehr gemustert. Aber nicht auf die gute Art."

Sie lachte und streckte ihm die Hand entgegen: „Komm, wir legen uns da jetzt trotzdem hinein. Ich glaube, wir haben uns genug unterhalten."

Alle vier Wochen hatten Zorzi und Körber Anspruch auf einen Langzeitbesuch. Es gab nun etwas, auf das man hinwarten konnte, wie ein Kind auf Weihnachten hinwartete.

Ein paar Tage lang war Stankowitsch der Star, denn er hatte sich verlobt. Dies war auf eine sehr spezielle Weise geschehen, die man sich auf YouTube ansehen konnte. Er hatte eine ganz normale Verabredung mit seiner Freundin im großen Hof des Museumsquartiers gehabt. Wie immer waren dort viele Leute unterwegs gewesen und er hatte nach ihr Ausschau gehalten. Plötzlich hatten sich ein paar der Leute formiert und zu Musik aus einem Ghettoblaster mehr oder weniger synchron zu tanzen begonnen. Er dachte noch: Oh wie nett, ein Flashmob, als es immer mehr Leute wurden und ihm schlagartig klar wurde, dass er einige von ihnen kannte. Nein, wenn er genauer hinsah, kannte er praktisch jeden – was machten die alle da? Und dann formierten sich die tanzenden Freunde, Verwandten und Bekannten zu einem Pfeil, an dessen Spitze Stankowitschs Freundin tanzte. Die Musik hörte auf und seine Freundin hatte ein Mikro in der Hand. Sie sagte für alle hörbar, was sie für ihn empfand, und fragte ihn, ob er sie heiraten wolle. Er sagte: Ja – ja natürlich. Nachher konnte er sich weder erinnern, welche Musik gespielt worden war, noch was seine Freundin im Detail gesagt hatte.

Auf der Landespolizeidirektion nahm Stankowitsch von allen Seiten Glückwünsche entgegen. Körber, Flimminger und ein paar andere gingen mit ihm nach dem Dienst feiern. Nach etlichen Flaschen Bier sagte Stankowitsch zu Körber im Vertrauen, dass ihn das Gefühl wurme, dass er eigentlich keine Chance gehabt habe, nein zu sagen. Das hieß, er hätte nein sagen können, aber dann hätte er seine Freundin für immer verloren, außerdem bloßgestellt und für alle Anwesenden eine unerträglich peinliche Situation erzeugt. Es sei ja nicht so, dass er seine Freundin nicht ohnehin hätte heiraten wollen. Aber er hätte gerne in einem Moment ja gesagt – oder ein Ja gehört –, in dem er mit ihr alleine war, sodass es auch die Möglichkeit gegeben hätte, nein zu sagen oder um Bedenkzeit zu bitten. Er hätte gerne dieses Gefühl der Freiheit gehabt.

Körber riet Stankowitsch, nicht kleinlich zu sein. Er war zu diesem Zeitpunkt bereits fast so betrunken wie in dem Traum, in dem er Anneliese Strass getroffen hatte. Es lag ihm plötzlich viel daran, Stankowitsch glücklich zu sehen und ihn, da er nun ohnehin heiraten würde, dazu zu bringen, es mit Freude zu tun. Er empfahl ihm, sich darüber zu freuen, dass er Anlass für einen so großen Aufwand gewesen sei, und malte ihm aus, wie schwierig es gewesen sein müsse, all die Leute und das Equipment zu organisieren, den Tanz einzustudieren und so weiter. Gleichzeitig stand er neben sich und dachte: Man kann doch niemandem nahelegen, sich zu freuen, wenn er sich nicht von selber freut. Sie tranken noch ein Bier und noch eines und Stankowitsch sagte, dass er sich freue, sehr sogar, und Körber dachte daran, wie sich mit jedem Langzeitbesuch bei Zorzi die Vorfreude auf den nächsten steigerte.

Am nächsten Tag fand Körber eine Email von Ute in seinem Posteingang:

Arnold, was stimmt nicht mit dir? Ich kann nicht glauben, dass das alles nichts gewesen sein soll. Zweieinhalb Jahre!!!! Hast du vergessen, was du alles zu mir gesagt hast? Waren deine ganzen lieben Worte nur Lügen? Ich bin nicht mehr sauer auf dich, lass uns reden, bitte.

Ute

P.S. Ich weiß, dass ich es morgen bereuen werde, das geschrieben zu haben, weil ich jetzt betrunken bin, aber in vino veritas, amen.

Die Email war um zwei Uhr nachts abgeschickt worden, als Körber und Stankowitsch zum Zeichen ihrer beider Freude gerade zum Tequila übergegangen waren. Körber antwortete nicht.

Flimminger war in heller Aufregung, weil sein erstes Enkelkind zur Welt gekommen war. Seine Tochter hatte eine Tochter zur Welt gebracht. Es sei fantastisch, schon in vergleichsweise jungen Jahren Großvater zu werden, sagte er, andererseits habe er viel zu wenig Zeit für das Kind, das schon im Gymnasium sein werde, wenn er in Pension gehen würde. Seine Enkelin sei ein unglaublich hübsches Mädchen mit unverhältnismäßig großen Füßen, was darauf hindeute, dass sie mindestens einsachtzig werden würde. Wahrscheinlich werde sie eine Modelkarriere machen.

Eines Tages erhielt Körber einen Anruf von Ines. Er hatte sie schon lange aus seinem Telefonverzeichnis gelöscht, sodass er nur eine Nummer auf dem Display sah und den Anruf entgegennahm.

„Hi, ich bin's, Ines."

„Oh. Hi."

„Wollte nur mal fragen, wie's so geht."

„Gut, sehr gut. Viel Arbeit. Bin grad im Auto unterwegs."

„Stör ich?"

„Nein nein. Geht schon."

„Also viel Arbeit? Ja, bei mir auch. Im Frühjahr immer."

„Hast du noch den Job?"

„Nicht denselben. Aber in derselben Firma. Bin aufgestiegen."

„Cool."

„Ja, mehr Gehalt jetzt."

„Schön."

„Ja, hab auch viel geschuftet. Und du? Ich meine: Und sonst?"

„Wie, sonst?"

„Wie geht's dir sonst? Privat und so?"

„Auch alles gut."

„Bist du mit jemandem zusammen?"

„Ja."

„Ja, dacht ich mir. Und? Lebt ihr auch zusammen?"

„Das nicht. Aber es macht keinen Unterschied. Wie du weißt, bin ich eh nie zu Hause."

„Stimmt. Man kann genauso gut alleine wohnen."

„Und du? Wie geht's mit deinem CEO?"

„Hannes? Ach, das ist schon seit einer Weile vorbei. Ich hab jetzt meine eigene Wohnung. Endlich."

„Schön für dich. Ich muss jetzt aufhören. Bin gleich bei einem Tatort."

„Okay. Immer am Verbrecherjagen. Dann viel Glück."

„Dir auch."

„Vielleicht sieht man sich mal."

„Ja, warum nicht."

„Du meldest dich?"

„Sicher. Ciao."

Er war gar nicht im Auto unterwegs zu einem Tatort, sondern ging zu Fuß zum Supermarkt, um ein paar Wurst- und Schinkensemmeln zu holen. Es war ihm egal, ob sie es gemerkt hatte. Überhaupt war ihm der ganze Anruf ziemlich egal. Eigentlich war es schade, dass da nichts mehr weh tat, der ganze Schmerz war irgendwie umsonst gewesen. Wann hatte es aufgehört? Noch vor einem Jahr wäre ihm das Herz stehengeblieben, wenn er Ines' Stimme gehört hätte.

Gerhard Pretzl wurde bei einem Einsatz angeschossen. Er war mit seiner Einheit ausgerückt, um einen randalierenden Alkoholiker unter Kontrolle zu bringen, der mit einem Messer auf seine Eltern und diverse andere Verwandte losgegangen war. Die Schwägerin des Mannes hatte den Notruf gewählt, kurz danach war ein weiterer Notruf von einer Nachbarin eingegangen. Offensichtlich ging es um eine Geldangelegenheit, gepaart mit dem Gefühl, dass immer schon alle anderen bevorzugt worden waren. Als der Randalierer die WEGA-Beamten sah, ließ er sofort das Messer fallen, riss die Hände hoch und stellte sich mit dem Gesicht zur Wand, damit er von hinten abgetastet werden konnte. Es war nicht der erste WEGA-Einsatz in seinem Leben.

Nachdem er abgeführt worden war und sich die Lage beruhigt hatte, befragte man noch die Nachbarn. In dieser scheinbar harmlosen Situation traf Gerhard Pretzl dann ein Schuss in den Hintern. Ein anderer Nachbar war aus seiner Wohnung herausgekommen und hatte mit seiner Heckler & Koch den Schuss abgefeuert – in das Gesäß des Beamten, da dieser Helm und Schutzweste trug, „sodass es sinnvoll erschien, etwas tiefer zu zielen." Als Begründung für seine Kurzschlusshandlung gab der Mann an, dass am selben Morgen bereits einmal die Polizei vor seiner Tür gestanden hätte, und zwar in Begleitung des Gerichtsvollziehers, dem er zuvor den Zutritt verweigert hatte. Als er dann wenige Stunden später auch noch die WEGA gesehen habe, habe er sich gedacht: Jetzt gehen sie aber zu weit! Er habe richtig die Schnauze voll gehabt von der Staatsgewalt – dass der Einsatz gar nicht ihm galt, habe er erst später kapiert.

Frau Inspektor Pretzl-Abfalter erzählte, dass ihr Mann nun alles auf dem Bauch liegend machen musste. Wie bei allen anderen Dingen merke man auch beim Hintern erst, wie wichtig er sei, wenn man ihn nicht mehr benützen könne. Auf dem Bauch liegend lesen gehe ja noch, aber essen, fernsehen, am Computer arbeiten sei mühsam. Sie versuchten es mit Humor zu nehmen und sie sei dankbar, dass nicht mehr passiert sei, aber die Tatsache, dass ihr Mann verwundbar war und einen gefährlichen Job hatte, sei ihr nun viel bewusster als zuvor. Flimminger schlug ihr vor, sich vorübergehend auf die Schreibtischarbeit zu beschränken und keinen „direkten Kundenkontakt" zu haben, aber sie erwiderte nur: „Um Gottes willen, ich bin doch kein Mädchen!"

An einem der ersten warmen Tage ging Körber beim Dorotheum vorbei und sah in der Auslage einen Ring. Er wusste sofort, dass dies das Geschenk war, das er für Zorzi gesucht hatte. Auf einem Kärtchen stand: „Um 1900. 2,53 ct Diamanten, 18 ct Weißgold, Platinfassung". Das drückte nicht im Entferntesten aus, wie schön der Ring war und wie perfekt er zu Zorzi passte. Die Steine waren in Form einer Blüte gefasst: einer in der Mitte, sieben rundherum. Man sah auf den ersten Blick, dass der Ring sehr alt war. Der Preis entsprach zwei Bruttomonatsgehältern.

Als Körber den Ring in Weißenach zur Kontrolle vorlegte, sagte die Beamtin: „Ist der wertvoll? Dann sollte die Frau Zorzi ihn lieber nicht in den Gemeinschaftsbereichen tragen."

Er übergab Zorzi den Ring auf dem schwarzen Ledersofa des Langzeitbesucherraums. Sie sagte, dass er wunderschön sei, genau das, was sie sich immer gewünscht habe, und er steckte ihn ihr an. Sie habe noch nie einen Ring geschenkt bekommen, und das zeige, dass man die Hoffnung niemals aufgeben solle, fügte sie noch hinzu.

Die Abteilungskommandantin Hollergschwandtner saß durchaus gerne beim Arzt im Wartezimmer. Es gab dort jede Menge Zeitschriften, die zu lesen sie sonst allenfalls im Urlaub Zeit hatte. Und auch dann nicht wirklich, denn auch im Urlaub hatte man zu tun mit Mann und drei Kindern und deren Freunden, oder den eigenen Freunden und deren Kindern, mit Sightseeing und Essengehen und sportlichen Aktivitäten. Aber in einem Wartezimmer hatte man Zeit, erzwungene Zeit, für die man dann auch ganz dankbar war, und man konnte nichts anderes tun als lesen, durchblättern, Bilder anschauen. Sie liebte Frauenzeitschriften, in denen es eine heile und stets glamouröse Welt gab, wo es von größter Bedeutung war, welchen Primer man verwendete, wie man sich einen Katniss-Zopf flocht oder welchen Gürtel man zu welchem Rock kombinierte. Frau Hollergschwandtner zog nur selten einen Rock an. Das tagtägliche Tragen einer Uniform machte die Beschäftigung mit Mode zum Luxus.

Auch das Leben der Prominenten interessierte sie: neue Liebe, Trennung, neue Liebe, Trennung – es musste so aufreibend sein. Gerne las sie auch darüber, ob man mit dieser oder jener Technik Männer eher anzog, gleichwohl es ihr schon seit Jahren ganz ohne Technik zu gelingen schien, ihren eigenen Mann anzuziehen. Ebenfalls ohne praktischen Nutzen, aber von hohem Unterhaltungswert waren für sie Anregungen zu erotischen Praktiken, die sie für den eigenen Gebrauch eher ausschloss, wie das gegenseitige Kitzeln mit einer Marabufeder oder den Einsatz von Handschellen im Schlafzimmer. Ersteres erinnerte sie an einen Spurensicherungskoffer, der dasselbe Utensil zum Abbürsten des Rußpulvers von Fingerabdrücken enthielt, Letzteres an das Fixieren von gefährlichen Personen. Man wollte seinen Berufsbedarf nicht unbedingt in der Freizeit sehen, verstand aber den Reiz, der davon für Versicherungsmaklerinnen und Pharmareferentinnen ausging.

Plötzlich bemerkte sie Unruhe im Kreis der anderen Wartenden. „Das gibt's doch nicht", wurde getuschelt, „Jetzt ist die schon dreißig Minuten drin!", und: „Ich versteh diesen Arzt nicht, der weiß doch, dass das Wartezimmer voll ist."

Hollergschwandtner wechselte einen Blick mit ihrer Kollegin Olczak. Olczak war neu und zum ersten Mal bei einer Ausführung dabei, sodass sie es wohl nicht gewagt hatte, die Vorgesetzte in ihrer Lektüre zu unterbrechen. Hollergschwandtner sah auf die Uhr: Tatsächlich, beinahe dreißig Minuten war Frau Zorzi nun schon bei dem Augenarzt im Behandlungsraum. Dr. Wörgötter war eine Plaudertasche, das war bekannt, und auch die Gefängnisinsassinnen nutzten stets gern die Gelegenheit, sich zu unterhalten. Aber es konnte ja nicht schaden, ein bisschen zur Eile zu mahnen.

Hollergeschwandtner stand auf und ging zur Ordinationstür, ihre Kollegin folgte ihr. Es war gar nicht so leicht, an der Tür anzuklopfen, denn sie war gepolstert. Hollergschwandtner klopfte mehrmals so fest es ging, doch es war keine Antwort zu hören. Sie öffnete die Tür einen Spalt weit und steckte den Kopf hinein.

Auf dem Fußboden des Behandlungszimmers lag Dr. Wörgötter regungslos in einer Blutlache, auch der Schreibtisch war von roten Tropfen bespritzt. Frau Zorzi war nirgends zu sehen. Hollergschwandtner hörte, wie die dicht hinter ihr stehende Kollegin scharf die Luft einsog, wohl in dem Versuch, einen Schrei zu unterdrücken. Sie packte Frau Olczak am Ärmel und zog sie blitzschnell in das Behandlungszimmer, dann schloss sie die Tür. Es galt, eine Panik unter den Patienten zu vermeiden.

Lebte der Arzt noch? Hollergschwandtner bemühte sich, nicht in das Blut zu steigen, um den Tatort nicht zu kontaminieren, und beugte sich über Dr. Wörgötter. Sie sah nun, dass eine Schere in der Seite seines Halses steckte. Sie wagte es nicht, die Schere herauszuziehen, da dies den Blutfluss womöglich verstärkt hätte. An der unverletzten Halsseite konnte sie einen schwachen Puls fühlen.

„Er lebt noch", flüsterte sie Olczak zu, „Sie bleiben bei ihm. Rufen Sie Verstärkung und Notarzt." Die junge Frau nickte und griff nach ihrem TETRA-Funkgerät. Hollergschwandtner zog ihre Dienstwaffe. War es möglich, dass sich Frau Zorzi hier noch irgendwo versteckte? Schnell öffnete die Beamtin die in Frage kommenden Kästen, doch sie waren mit medizinischen Utensilien vollgeräumt. Die Zorzi musste dem Blut geschickt ausgewichen sein, denn sie hatte keine Abdrücke auf dem Fußboden hinterlassen.

Im hinteren Bereich des Raumes war eine weitere gepolsterte Tür. Hollergschwandtner stieß sie auf und blickte auf einen Gang, von dem weitere Türen abgingen. Erste Tür links. Sie stieß sie auf. Es war der Optikerraum. An die Wand projiziert waren Zahlen in verschiedenen Größen. Zwei Frauen starrten sie entgeistert an. Die eine saß hinter einer metallenen Apparatur mit zwei kreisförmigen Sehfenstern darin, die andere stand daneben.

„War hier eine Frau, klein, Jeans, schwarz-rote Bluse, rotes Halstuch?", fragte Hollergschwandtner. Die beiden Frauen schüttelten den Kopf.

Die Beamtin schloss wieder die Tür und stieß die nächste auf. Die Teeküche. Eine Frau in einem weißen Kittel saß an einem Tisch und aß Kuchen. Hollergschwandtner wiederholte ihre Frage. Kopfschütteln. Türe zu, letzte Türe auf. WC. Leer. Kein Fenster. Sie war nun am Ende des Ganges angelangt und sah ums Eck. Rechts ging es zum Wartezimmer, links zur Anmeldung, noch weiter links war die Eingangstür. Alles schien ruhig. Bei der Anmeldung stand ein älterer Herr, der mit einer der beiden Empfangsdamen sprach, hinter ihm warteten ein Hipster und eine Mutter mit Kleinkind darauf dranzukommen. In diesem Moment wurde die Eingangstür aufgerissen und das WEGA-Kommando stürmte herein.

Die Polizisten, die von Frau Olczak eine Beschreibung der Flüchtigen erhalten hatten, hatten sie weder vor noch im Haus angetroffen. Die beiden Empfangsdamen hatten nicht gesehen, wie Elisabetta Zorzi die Praxis verlassen hatte. Allerdings waren sie oft so beschäftigt, dass sie nicht wahrnahmen, wer kam oder ging.

Für die einen war das Töten undenkbar, für die anderen war es machbar.

Drei Tage lang kämpfte der Augenarzt Dr. Wörgötter mit dem Tod, und Arnold Körber fieberte mit ihm. Hätte er dem Beten einen Sinn zugeschrieben, hätte er es getan. Dann war Wörgötter über dem Berg. Gott sei Dank, dachte Körber, ob es ihn nun gibt oder nicht. Hauptsache, es war nicht Zorzis vierter Mord.

Die Zeitungen schrieben:

„Die spektakuläre Flucht der Prinzessin von Arborio"

„Schere am Schreibtisch wird zur tödlichen Waffe"

„Gefangenenausführung mit zwei schwer bewaffneten Beamtinnen – Ergebnis Mordversuch"

„Mit Kapitalverbrechern beim Arzt – Wie sicher sind wir eigentlich noch?"

„Ihre Führung war exzellent – Prinzessin von Arborio täuscht Justizwachebeamtinnen nach Strich und Faden"

Im Fernsehen wurde immer wieder ein Ausschnitt aus einem Interview mit Dr. Wörgötter gebracht, das man erst wenige Monate zuvor für eine Doku über österreichische Gefängnisse gedreht hatte. „Also bei den männlichen Gefangenen habe ich schon ein sehr ungutes Gefühl, das muss ich offen zugeben", sagte Dr. Wörgötter darin, „da möchte ich auch immer, dass die Beamten bei der Untersuchung dabei sind. Aber die Damen aus Weißenach, die sind wirklich ganz reizend, das ist für mich überhaupt kein Problem. Sehr nette Damen sind das."

„Nun ist der Arzt selbst Patient" oder etwas Ähnliches sagte darauf der Sprecher.

Auch Brigadier Häusle war im Fernsehen zu sehen. Er sagte: „Selbstverständlich werden die Gefangenen vor einer Ausführung nach Waffen durchsucht. Es lässt sich jedoch nie ganz ausschließen, dass ein zufällig vor Ort befindlicher Gegenstand als Waffe zweckentfremdet wird. Wie es bei dieser Schere geschehen ist, die sich wohl auf dem Schreibtisch des Arztes befunden hatte. Man muss allerdings dazusagen, dass etwas Derartiges noch nie zuvor in der Geschichte der Justizanstalt Weißenach vorgekommen ist, und das sind immerhin fast sechzig Jahre."

Arnold Körber erhielt einen Anruf von seiner Mutter. Normalerweise fragte sie ihn nur selten nach seinen Fällen, erstens, weil sie nicht beim Essen oder Kaffeetrinken über grausliche Sachen reden wollte, und zweitens, weil er ohnehin nie etwas Interessantes erzählte. Da war man bei den Zeitungen besser aufgehoben.

„Na?", sagte sie. „Ich hoffe, es geht dir halbwegs gut." Körber war irritiert. Wusste sie etwas von der intimen Beziehung zwischen ihrem Sohn und der Mörderin? Und wenn ja, wer hatte es ihr erzählt? Oder hatte sie so eine mütterliche Ahnung, hatte er sich durch irgendetwas verraten?

In puncto mütterliche Ahnungen war Rebecca Körber nie eine Meisterin gewesen. Im Gegensatz zu anderen Müttern, die es förmlich rochen, wenn ihr Kind Kummer oder etwas angestellt hatte, nahm sie jedes Wort für bare Münze. Es war beschämend, wie leicht man sie hinters Licht führen konnte, aber auch rührend, denn das Vertrauen in ihren Sohn wurde auch durch diverse Enttäuschungen nie erschüttert. Als er in der Volksschule war, hatte er einmal ein Gedicht aus einem Buch abgeschrieben, es seiner Mutter gezeigt und behauptet, er hätte es selbst verfasst. Sie war entzückt. Ihr Sohn war ein Genie. Er würde ein berühmter Dichter werden. An diesem Glauben hielt sie jahrelang fest, bis sie eines Tages zufällig das Gedicht in dem Buch fand. Da war er schon vierzehn. Sie kam in sein Zimmer und sagte: „Wir müssen reden."

„Ich bin unschuldig", sagte er präventiv.

„Weißt du", sagte die Mutter, „es ist nicht nötig, dass du mich anlügst. Du kannst mir immer die Wahrheit sagen. Ich bin nicht böse, wenn du ehrlich bist."

„Okay. Es war nicht der Hund, der den ganzen teuren Beinschinken aufgegessen hat, sondern ich."

„Was? Und du hast dabei zugesehen, wie ich den armen Kerl einen ganzen Tag lang hungern habe lassen, weil ich dachte, dass er schon genug gefressen hätte?"

„Er hat nicht gehungert."

„Wieso nicht?"

„Weil ich ihm die Leberknödel gegeben hab."

„Die Leberknödel, von denen du behauptet hast, dass du sie mitten in der Nacht gegessen hast? Weil du plötzlich Lust auf kalte Leberknödel hattest?"

„Dieselben."

„Arnold."

„Ich habe gestanden und es tut mir leid. Kann ich jetzt wieder in Ruhe über dieser Parabelgleichung weinen?"

„Ich bin gar nicht wegen des Schinkens zu dir gekommen. Es ist wegen dem Gedicht. Von dem du behauptet hast, dass du es selber geschrieben hast. Das ich überall herumgezeigt habe, weil ich dachte, mein Sohn sei ein Genie. Ich habe es in diesem Buch gefunden." Sie legte das Buch, das sie die ganze Zeit in der Hand gehalten hatte, auf seinen Schreibtisch.

„Ups", sagte Arnold.

„Warum machst du sowas? Ich hab dich doch auch lieb, wenn du keine genialen Gedichte schreibst. Das ist doch gar nicht nötig."

„Schau, ich war neun oder so. Ich hatte gerade erfahren, dass das Christkind nicht existiert. Ich habe dich gefragt, wieso du mir jahrelang was vorgemacht hast. Warum du mich getäuscht und angelogen hast. Erinnerst du dich?"

„Machst du mir da etwa noch immer Vorwürfe?"

„Nein. Nur solltest du mir auch keine machen. Also, du hast mir erzählt, dass es bei der Christkindlüge darum geht, einen Zauber zu erzeugen, an dem sich das Kind erfreut. Die Lüge dient einem guten Zweck, stimmt's?"

„Ja …"

„Und dann hab ich mir gedacht, ich mach dasselbe. Ich erzeuge einen Zauber, an dem du dich erfreust. Also hab ich das Gedicht abgeschrieben, und du hast gedacht, es sei ein Wunder geschehen. Jahrelang hast du Freude damit gehabt!"

Rebecca Körber schüttelte den Kopf. „Du bist ein ganz schöner Mistbraten, mein Freund. Aber deine Argumentationslinie ist brillant. Irgendetwas Geniales hast du doch an dir. Wahrscheinlich hättest du das verdammte Gedicht auch selbst schreiben können."

Und nun rief sie an und sagte: „Ich hoffe, es geht dir halbwegs gut", als hätte sie nach all den Jahren plötzlich mütterliche Ahnungen und wüsste, dass es Körber gerade gar nicht gut ging. Das Denken und Analysieren und retrospektive Neubewerten der Ereignisse der vergangenen Monate erwies sich als fruchtlos und unangenehm. Am liebsten hätte er jegliches Denken vermieden, es führte zu nichts.

„Wieso sollte es mir nicht gut gehen?", fragte er vorsichtig.

„Naja. Wegen dieser Zorzi-Sache."

„Und?"

„Weil du sie ja überführt hast …"

„Mitgeholfen. Es war Teamarbeit. Ich habe mitgeholfen, sie zu überführen."

„Ich dachte nur, dass es für dich sehr ärgerlich sein muss. Du hilfst mit, jemanden zu überführen, und dann kommt die Person glücklich hinter Gitter, und dann sind die so blöd und lassen sie wieder entkommen."

„Sie wird schon wieder gefasst werden."

„Gibt es schon eine Spur?"

„Im Augenblick nicht. Aber ich mache mir keine Sorgen. Die Fahndung läuft. Wir kriegen sie."

Anneliese Strass gab ein Interview, in dem sie sagte: „Elisabetta Zorzi ist eine hochgestörte Persönlichkeit. Ich habe bereits in meinem seinerzeitigen Gutachten dargelegt, dass die Wahrscheinlichkeit, dass sie wieder töten würde, außerordentlich groß ist. Ihr Hass auf Männer ist unermesslich."

Arnold Körber gab kein Interview. Obwohl er noch vor nicht allzu langer Zeit überlegt hatte, ob es den Verkauf seines neuen Buches fördern könnte, wenn in der Autorenbiografie stand: „Arnold Körber ist mit der Dreifachmörderin Elisabetta Zorzi verheiratet", hatte er nun das Gefühl, dass es besser war, die Öffentlichkeit zu meiden.

Dabei hätte er allen Grund gehabt, Anneliese Strass zu widersprechen. Männerhass – was für ein Blödsinn. Niemand wusste besser als er, wie sehr Zorzi Männer liebte. Nein, ihr Motiv war immer noch Freiheit. Freiheit war das, wofür sie über Leichen ging. Wäre Dr. Wörgötter eine Frau gewesen, wäre es ihr nicht anders ergangen. Zorzi ertrug es nicht, eingesperrt zu sein, egal ob faktisch oder symbolisch. Und hier hatte Körber etwas übersehen, als er gedacht hatte, sie hätte sich mit ihrer Situation nicht nur abgefunden, sondern sogar hervorragend arrangiert.

In der Rückschau musste er nun vieles neu ordnen. Dinge, die in der Abteilung „Anzeichen guter Adaption an das Gefängnisleben" gelegen hatten, waren nun in das Fach „Hinweise auf mögliche Ausbruchsplanung" umzuschichten. Hätte es ihn nicht stutzig machen müssen, wie optimistisch sie an ihrem vierunddreißigsten Geburtstag gewesen war, nachdem die Befürchtung, sie könnte wie ihre Mutter in diesem Alter in die Menopause kommen, sich nicht bewahrheitet hatte? Was für eine Hoffnung hatte sie denn auf ein Familienleben angesichts ihres Urteils? Denn dass es ihr nur um eine Schwangerschaft ging, glaubte er nicht. Darüber hatten sie gesprochen. Zorzi hätte es einem Kind nicht zugemutet, mit einer Mutter aufzuwachsen, die es nur im Gefängnis besuchen konnte. Also ohne Mutter. Dennoch hatte Körber gut auf die benutzten Kondome aufgepasst. Auch in Erinnerung an Petra Pollischansky und das Sperma in ihrem Tiefkühlfach.

Als Gruppeninspektor Flimminger in Körbers Büro kam, war er überrascht, dass der Schreibtisch aufgeräumt war. Sogar die Regale sahen abgestaubt aus. Der Aktenschrank, der normalerweise offen stand, sodass die Papiere herauszuquellen schienen, war ordentlich geschlossen.

„Setz dich", sagte Körber.

„Du hast aufgeräumt?", sagte Flimminger.

„Ja. Ich habe zur Zeit nicht das Gefühl, das Chaos zu beherrschen."

„Versteh ich. Ich sollte auch mal aufräumen."

„Setz dich endlich. Ich will mit dir auf Augenhöhe sein. Solange es noch geht."

Flimminger setzte sich. „Noch immer keine Spur", sagte er.

„Nein", sagte Körber.

„Hast du etwas von ihr ... Sie hat doch nicht irgendwie Kontakt mit dir aufgenommen, oder?"

„Nein."

„Glaubst du, dass sie das tun wird?"

„Keine Ahnung."

Flimminger seufzte. „Hör zu, ich muss dir etwas sagen."

„Okay?"

„Du wirst überwacht."

Körber schluckte. „Hast du das veranlasst?"

„Nein. Die Strass war es."

„Die Strass?"

„Ja. Sie hat in Weißenach herumgefragt, ob es unter Zorzis Besuchern einen gab, der ihr besonders nahestand. Und die Hollergeschwandtner hat ihr dann alles erzählt, von der Kuschelzelle und so."

„Verstehe."

„Es ist klar, dass du jetzt überwacht werden musst, für den Fall, dass sie mit dir Kontakt aufnimmt. Das verstehst du doch?"

Körber stellte einen Kugelschreiber, den er in der Hand gehalten hatte, sorgfältig in den Köcher auf seinem Tisch.

„Es wird aber auch der Bianchi überwacht", fuhr Flimminger fort, „der verliebte Küchenchef."

„Macht Sinn."

„Das hab ich veranlasst. Der hat sie nämlich auch sehr häufig besucht." Sie schwiegen eine Weile. Das Fenster sollte geputzt werden, dachte Flimminger, es passt jetzt nicht mehr zu dem Raum dazu.

„Gibt es darüber hinaus Konsequenzen für mich?", fragte Körber.

„Nein. Um Gottes willen, nein. Du hast ja nicht ... Du hast ihr ja nicht bei der Flucht geholfen oder sowas."

„Weißt du", sagte Körber, „es ist schon ... Als ob ich es nicht sofort melden würde, wenn die Zorzi mit mir Kontakt aufnimmt. Als ob ich nicht der Erste wäre, der ihr eine Falle stellt."

Flimminger nickte: „Ich weiß, dass du das tun würdest. Ich habe daran nie den geringsten Zweifel gehabt."

Zorzi meldete sich nicht. Zorzi tauchte nicht auf. Zorzi wurde nicht gefunden. Die Fahndung wurde für den gesamten Schengen-Raum ausgeschrieben. Dass sie Europa verlassen hatte, schloss man vorläufig aus, da sie keinen Reisepass mit sich führte. Man suchte sie bei ihrer Mutter und ihrer Tante Sofia, bei ihrer Cousine in Foggia, ihren Großeltern, den anderen Onkeln und Tanten, Cousins und Cousinen, aber keiner ihrer Verwandten hatte etwas von ihr gehört. Die Carabinieri in ihrem Heimatort behielten sogar das Grab von Emilio Zorzi im Auge, da der Maresciallo die Idee hatte, sie könnte dort auftauchen, aber auch diese Hoffnung erfüllte sich nicht.

Aus der Bevölkerung ging eine Fülle von Hinweisen ein, die sich jedoch alle in Luft auflösten. Die Familie von Bernhard Winkelhuber setzte eine Belohnung von 5.000 Euro aus für zweckdienliche Hinweise, die zur Ergreifung der Flüchtigen führten. Der Polizei war dies gar nicht recht, da nun noch mehr Personen Meldungen über Zorzi-Sichtungen machten, denen nachgegangen werden musste, ohne dass die Seriosität dieser Berichte zugenommen hätte.

Körber schrieb eine Email an Ute, in der er erklärte, dass es ihm wahnsinnig leid täte, wie alles gelaufen sei, und fragte, ob sie sich nicht wieder treffen könnten. Ute willigte ein und sie trafen sich in einem Kaffeehaus. Sie sagte: „Ich bin nur gekommen, um dir persönlich mitteilen zu können, wie sehr ich dich verabscheue und dass ich dich nie wiedersehen will." Dies inspirierte ihn, sich mit Ines zu treffen und ihr dann ebenfalls bei einem kleinen Braunen zu sagen: „Ich bin nur gekommen, um dir persönlich mitteilen zu können, wie sehr ich dich verabscheue und dass ich dich nie wiedersehen will."

Er beschloss, seiner Mutter die ganze Geschichte von sich und Zorzi zu erzählen, nun, da ihm wieder eingefallen war, dass sie vor langer Zeit einmal gesagt hatte, er könne immer ehrlich zu ihr sein. Nachdem er ihr sämtliche Eide abgenommen hatte, dass sie es niemandem weitererzählen würde, auch nicht seinem Vater, gelang es ihm, die Sache in erstaunlich wenigen Worten darzulegen. Seine Mutter hörte aufmerksam zu, ohne ihn zu unterbrechen, wiegte den Kopf hin und her und fragte dann: „Heißt das also, du bist in sie verliebt?"

„Auf eine sehr unheimliche Weise: ja", hörte er sich sagen.

Sie zuckte mit den Achseln. „Naja. Wer sich noch nie in der Partnerwahl vertan hat, der werfe den ersten Stein."

„Du meinst doch nicht etwa Papa?", fragte Körber.

„Um Gottes willen, nein. Davor. Lange vor deinem Vater war ich einmal mit einem jungen Mann befreundet, der heroinsüchtig war. Ich dachte erst, das sei kein allzu großes Problem. Als er mich dann aber anfixen wollte, war es vorbei."

„Ich wusste gar nicht, dass du Wörter wie ‚anfixen' überhaupt kennst."

„Ach Schatz. Ich war kein Teenager der Fünfzigerjahre, ich war ein Teenager der Siebzigerjahre."

„Irgendwie tröstet mich das. Dass du keine Steine wirfst."

„Ich stehe immer hinter dir, mein Schatz. Und wenn du ins Gefängnis kommst, back ich dir einen Guglhupf mit einer Feile drin, das weißt du."

Raoul Berner, sein Anwaltsfreund, und dessen Frau luden ihn zum Abendessen ein. Dabei kamen sie plötzlich auf ihr Ferienhaus zu sprechen, das sich im istrischen Karst befand. Sie erzählten Körber, wie wunderschön es dort sei, wie ruhig, wie herrlich der Blick über das Meer. Ein altes Steinhaus inmitten weißer, wie Kunstwerke geschliffener Felsen. Weingärten, Pinien, einen Kamin gebe es auch. Wenn Körber wolle, könne er dort jederzeit hinfahren und Urlaub machen, jederzeit. Er müsse es ihnen nicht einmal sagen, er könne einfach hinfahren, zum Nachbarn gehen und sich den Schlüssel holen. Sie selbst würden heuer sicher nicht hinfahren, das Haus stehe ihm somit das ganze Jahr über zur Verfügung. Raoul schob Körber einen vorbereiteten Zettel hin, auf dem eine Anfahrtsskizze und Name und Telefonnummer des Nachbarn, der sich um das Haus kümmerte, verzeichnet waren.

„Danke", sagte Körber, „eigentlich habe ich zu viel zu tun. Ich kann nicht wegfahren, aber ich danke euch für das Angebot." Den Zettel steckte er ein.

Auf der Heimfahrt malte er sich aus, wie Zorzi auftauchen und er sagen würde: „Ich weiß einen Ort, an dem wir uns verstecken können." Sie würden zu Raouls Haus fahren und dort leben und glücklich sein. Sie würden Wein trinken und Oliven essen und vor dem Kamin sitzen, wenn es kalt war, und hinunter zum Meer zum Baden fahren, wenn es warm war. Doch dann wurde es in dieser Fantasie frostig, Schnee fiel, es war kein Holz mehr da zum Heizen und die Polizei stand vor der Tür. Es war zu einfach gewesen.

Noch im Auto rief er Raoul an: „Warum habt ihr mir das Haus eigentlich angeboten? Ich meine, warum jetzt? Ihr habt es doch schon lange und habt es mir noch nie angeboten?"

„Wir dachten, dass du vielleicht ein wenig Abstand brauchst, Erholung."

„Das ist alles?"

„Natürlich. Was sollte es sonst sein?"

Oder es war eine Falle, dachte Körber, eine Falle, die irgendjemand ausgelegt hatte, damit Zorzi gefasst werden konnte. Raoul selbst war sicher nicht auf die Idee gekommen, aber vielleicht Anneliese Strass? Oder Flimminger? Oder alle zusammen? Oder er wurde langsam paranoid.

Die Tage vergingen und nach und nach wurde sein Büro wieder unordentlicher. Wenn das Handy klingelte, schlug sein Herz, wenn er seine Emails kontrollierte, schwitzten seine Hände, wenn er auf der Straße ging, sah er überall kleine Frauen in dunklen Ecken stehen, die darauf warteten, sich ihm unbemerkt nähern zu können. Aber da waren die anderen, die er sah, die Personen, die ihn höchstwahrscheinlich überwachten. Verdeckte Ermittler standen schon lange nicht mehr mit hochgeschlagenen Trenchcoatkragen und Filzhüten herum, die aktuelle Tarnung ging in Richtung „langzeitarbeitsloser Alkoholkranker", „obdachloser Junkie" oder „abgekämpfte bildungsferne Mutter, die gerade die nächste Generation von Langzeitarbeitslosen heranzieht". Je ungepflegter und depressiver jemand aussah, je synthetischer seine Jogginghosen wirkten, desto wahrscheinlicher war es, dass er mit einer Observierung befasst war.

Warum meldete sich Zorzi nicht bei ihm? Sie musste doch Hilfe brauchen – oder hatte sie jemand anderen, der ihr half? Dass sie ihm misstraute, konnte er sich nicht vorstellen. Wahrscheinlich ahnte sie, dass es zu gefährlich war, zu ihm Kontakt aufzunehmen. Er war schließlich umgeben von einem undurchdringlichen Dornendickicht. Und ihm blieb nichts anderes übrig, als darin zu schlafen. Doch während er schlief, verspürte er am ganzen Leib ein Jucken und Zucken, er schlief wie auf Nadeln, und er hatte böse Träume. Er träumte, dass er bald aufwachen würde, und dass es nicht durch einen Kuss sein würde, sondern durch einen Blitz oder Sturm.

Doch es blieb ruhig. Die Zeitpfeile und Fotos auf Körbers Pinnwand wechselten, der Aktenschrank stand wieder offen, die Eichhörnchen tummelten sich auf dem Kastanienbaum. Irgendwann fiel ihm auf, dass die Zahl der gescheiterten Existenzen in seiner Umgebung wieder auf ein normales Maß zurückgegangen war – wahrscheinlich hatte man die Observierung eingestellt und nur die Telekommunikationsüberwachung beibehalten. So eine Observierung war teuer und personalaufwändig, das machte man nicht ewig. Er hätte Flimminger danach fragen können, aber es war ihm egal.

Körber war keine fünf Minuten weg gewesen und erschrak, als er in sein Büro zurückkam. Jemand saß da mit dem Rücken zu ihm und schaute auf die Schneeflocken hinaus, die die schwarze Gestalt des Kastanienbaumes und den dämmerungsgrauen Himmel besprenkelten. Als der Mann hustete, erkannte er, dass es Flimminger war, der einen dicken Schal um seinen Hals trug und, wie Körber jetzt bewusst wurde, zugenommen hatte in letzter Zeit.

„Was sitzt du da im Finstern?", fragte Körber und schaltete das Licht wieder ein.

„Damit ich die Schneeflocken besser sehen kann", sagte Flimminger. „Es schneit so selten in Wien, so selten. Ich hab mir gewünscht, meine Enkeltochter im Kinderwagen über einen verschneiten Christkindlmarkt fahren zu können, wo sie dann herausguckt und staunt, und es ist wahr geworden. Ich bin geneigt, an eine göttliche Fügung zu glauben."

Körber setzte sich an seinen Platz mit dem Rücken zum Fenster. „Den Schnee kann man aber nicht nur von hier aus sehen."

„Nein, ich bin wegen etwas anderem da. Wir haben von den deutschen Kollegen eine Mitteilung bekommen, die vielleicht interessant sein könnte. Ein junger Mann in Berlin hat seine Freundin als vermisst gemeldet. Erst hat man das Übliche gesagt, Frauen kommen, Frauen gehen und so weiter, aber er hat gemeint, dass er sich ganz sicher sei, dass der Betreffenden etwas zugestoßen sein müsse. Also hat man sich das Ganze näher angesehen. Er hat die Frau im Juli in einem Steampunk-Lokal kennengelernt. Das ist so eine Szene, wo man sich anzieht wie im Viktorianischen Zeitalter und auf dampf- und zahnradgetriebene Mechanik steht."

„Ich weiß", sagte Körber.

„Verdammt! Bin ich so alt? Wieso kennst du das und ich nicht?"

„Du kennst es auch. Hast du Jules Verne gelesen? ‚Die Zeitmaschine' von H. G. Wells? Sherlock Holmes?"

„Natürlich."

„Das ist Steampunk. Science-Fiction des neunzehnten Jahrhunderts. Das wird aus der heutigen Zeit zurückprojiziert."

„Sherlock Holmes?"

„Der erste Tatortanalytiker. Der viktorianische Vorläufer der modernen Forensiker. Chemiker, minutiösester Verwerter von Spuren. Ein Wunder, dass er die DNA nicht gefunden hat."

„Aber er hatte keine Gefühle. Manchmal, wenn ich so eine Leiche sehe, wünsche ich mir auch, ich hätte keine", sagte Flimminger und hustete wieder.

„Ich auch", sagte Körber, „und nicht nur, wenn ich eine Leiche sehe. Jedenfalls geht es beim Steampunk um Alternativwelten mit fantastischer Wissenschaft und Technologie, um Abenteuergeschichten in einer imaginierten Vergangenheit. Piraten, Doppeldeckerpiloten, Detektive, verrückte Wissenschaftler. Es ist ein Verkleidungsspektakel mit Rollenspielcharakter, so wie Mangas oder Furries."

„Furries?"

„Die verkleiden sich als Tiere."

„Du beschäftigst dich mit sowas?"

„Ja. Ich mag es, wenn man irgendwie anders aussieht, nonkonformistisch gewissermaßen."

„Das sieht man."

„Danke."

„Dieser junge Mann also, der ein Steampunker ist, hat im Juli eine Gleichgesinnte kennengelernt. Man kommt sich näher, sie übernachtet bei ihm, sie zieht bei ihm ein. Die beiden leben etliche Monate zusammen, und eines Tages, von heute auf morgen, ist die Frau weg. Kein Abschiedsbrief. Sie hat nichts von ihren Sachen mitgenommen. Allerdings scheint sie auch nur sehr wenig besessen zu haben, sie ist mit nichts als einem kleinen Köfferchen bei ihm eingezogen. Die Beschreibung der Frau: Anfang, Mitte Dreißig, braune Augen, lange schwarze Haare – aber: gefärbt und mit Extensions. Relativ klein, circa eins fünfundfünfzig. Ihr Name: Raffaella Donizetti."

„Raffaella Donizetti? Ist das ein Steampunk-Künstlername?"

„Nein, laut Auskunft des Anzeigeerstatters ist das ihr richtiger Name. Und jetzt kommt's: Man prüft das also nach und es stellt sich heraus, diese Frau scheint nicht zu existieren. Es gibt eine vierundachtzigjährige Raffaella Donizetti in Verona und ein fünfjähriges Mädchen in Kalabrien, das so heißt. Aber keine Dreißigjährige weit und breit."

„Dann hat sie ihn halt angelogen."

„Warte", sagte Flimminger und holte sein Handy aus der Hosentasche. „Es gibt ein Foto." Er wischte auf dem Handy herum und reichte es dann Körber. Auf dem Bild war eine Frau in fantastischer Kostümierung zu sehen. Sie trug einen üppig gerüschten braunen Rock, der hinten fast bis zum Boden reichte und vorne sehr kurz war, eine braune Corsage, hohe Lederschnürstiefel, Netzhandschuhe und eine Kette aus Zahnrädern. Auf den glänzenden schwarzen Locken hatte sie einen kecken Zylinder und im Gesicht große Messinggoggles mit aufwändigen Applikationen aus Leder, Kettchen, Bergkristallen und etwas, das wie eine metallene Libelle aussah.

„Schönes Outfit", sagte Körber und gab seinem Freund das Handy zurück.

„Schau noch mal hin!", sagte Flimminger, ohne das Handy zu nehmen.

Körber seufzte und studierte das Foto nochmals. Die Frau war sehr blass geschminkt und trug einen kräftigen roten Lippenstift. Die Figur war schlank und zierlich, die Brüste verhältnismäßig groß. „Gibt es noch mehr Fotos?", fragte er.

„Nein!", rief Flimminger. „Das ist das einzige Foto, der junge Mann hat es heimlich gemacht! Sie wollte partout nicht fotografiert werden, und das in einer Szene, in der man sich ständig fotografiert!"

„Und die deutschen Kollegen haben uns kontaktiert, weil ...?"

„Weil sie denken, dass das Zorzi sein könnte. Genaugenommen hat ein Kriminalhauptkommissar von Bodingen vor etwa einer Stunde diese Inspiration gehabt. Ich weiß nicht, was die Deutschen mit ihren Adelsprädikaten haben. Bei uns regen sie sich auf, dass an jedem Eck ein Hofrat herumsteht, und selber haben sie noch nicht einmal ihre Grafen abgeschafft. Jedenfalls, der Steampunk war schon am Vormittag bei der Polizei, man hat ihn wieder nach Hause geschickt und wollte die Sache eigentlich fallen lassen. Aber dann hat dieser von Bodingen eine Inspiration gehabt und mich angerufen, um zu fragen, was ich davon halte."

„Hör zu. Ich weiß nicht, ob das auf dem Foto Zorzi ist. Ich hab mir in den letzten Monaten so oft eingebildet, sie irgendwo zu sehen, dass ich da lieber vorsichtig bin. Das Bild ist nicht sehr aussagekräftig und von relativ weit weg aufgenommen. Aber sie könnte es sein. Ausschließen will ich es nicht", sagte Körber.

„Ich möchte, dass wir gemeinsam nach Berlin fliegen und diesen Mann befragen. In seiner Wohnung."

„Wie heißt er?"

„Max Heise."

„Beruf?"

„Betreibt einen Steampunk-Laden. Dürfte von Beruf aber eher Sohn sein, er wohnt am Wannsee. In einer Villa, das heißt, in einer Wohnung in einer Villa. Aber trotzdem recht nobel."

„Okay. Fliegen wir hin."

„Morgen acht Uhr fünfundzwanzig", sagte Flimminger und legte den Computerausdruck des Tickets auf Körbers Tisch.

Es war eine ruhige Gegend, in der Max Heise wohnte, und durch die dicke Schneedecke war alles noch ein wenig ruhiger. Von den Dächern der großen Villen hingen Eiszapfen, unter den Vogelhäuschen lagen die Schalen von Sonnenblumenkernen in dunklen Haufen, manchmal rutschte von einem Nadelbaum aufstäubend eine Ladung Schnee.

„Wir haben hier die russische Kälte", hatte Kriminalhauptkommissar von Bodingen nicht ohne einen gewissen Stolz gesagt, als er sie vom Flughafen abholte.

„In Wien ist es deutlich milder", hatte Flimminger zugeben müssen. Seine Verkühlung war schlimmer geworden und er presste sich ständig ein Taschentuch unter die tropfende Nase. Der Wannsee war zugefroren. Am Morgen hatte die Feuerwehr einen Schwan befreien müssen, der über Nacht vom Eis eingeschlossen worden war, hatte von Bodingen erzählt.

In der Villa wohnten drei Parteien. Körber läutete bei „Heise/Donizetti".

„Oberste Etage", sagte eine männliche Stimme durch die Gegensprechanlage. Sie öffneten das schmiedeeiserne Tor und stapften durch den Teil des Weges, der noch nicht geräumt worden war. Auf halbem Weg zum Haus schaufelte eine Frau Schnee.

„Grüß Gott", sagten Körber und Flimminger.

„Guten Tag", sagte die Frau.

Nachdem sie sie passiert hatten, schüttelten sie den Schnee von ihren Hosen.

„Man kommt sich immer so religiös vor als Österreicher", schniefte Flimminger. Die Haustür war nicht abgeschlossen. Sie gingen hinein und die Stiegen hinauf. Oben am Treppenabsatz wartete schon ein großgewachsener Mann, der vielleicht Ende zwanzig war, aber durch einen Vollbart älter aussah. Er trug Kniebundhosen aus Tweed, Stiefel, ein weißes Hemd mit Fliege und ein kariertes Gilet, aus dessen Tasche eine Kette hing, an der vermutlich eine Taschenuhr befestigt war. Er sah aus wie ein Motorist aus dem neunzehnten Jahrhundert. Körber fragte sich, ob er wohl einen Oldtimer in der Garage stehen hatte.

„Heise", stellte sich der Mann vor, „guten Tag."

„Guten Tag", sagten Körber und Flimminger. An die Sprache eines zu Befragenden passten sie sich soweit als möglich an, um Rapport herzustellen.

Max Heise führte sie in einen großen Raum, dessen gesamte Front von fünf hohen Fenstern eingenommen wurde, die zusammen einen Halbkreis ergaben. Sie boten einen beeindruckenden Blick auf den zugefrorenen See, von dem der Wind Schneefahnen auffegte. Auf den Fensterscheiben wuchsen Eisblumen.

Das Zimmer selbst war ein Steampunk-Traum. Chesterfield-Sofas, Möbel im Kolonialstil, alte Perserteppiche, Kandelaber, ein großes Fernrohr, von der Decke hingen Modelle von Luftschiffen und anderen Flugapparaten. Fernseher und Computer waren so in Holz, Metall und Leder eingefasst, dass auch sie antik aussahen. Die Computertastatur hatte Holztasten, die Maus war mit kleinen Zahnrädchen verziert.

„Toller Steampunk-Computer", sagte Körber, „wo kriegt man denn sowas?"

„Bei mir", lächelte Max Heise, „alles selbst gebaut. Kostet allerdings eine Kleinigkeit, wenn Sie so etwas in Auftrag geben möchten."

„Haben Sie das wo gelernt?", fragte Flimminger.

„Nicht direkt. Ich habe Kunst studiert, da lernt man den Umgang mit verschiedenen Materialien. Und ich habe als Kind schon gerne gebastelt. Hören Sie, ich verstehe nicht, was die österreichische Polizei mit Raffaellas Verschwinden zu tun hat – ist sie etwa in Österreich gefunden worden? Bitte sagen Sie es mir sofort, wenn es eine schlimme Nachricht gibt."

„Sie ist nicht gefunden worden", sagte Flimminger, „aber wir würden gerne am Anfang anfangen. Können wir uns setzen?"

Sie setzten sich auf die braunen, künstlich krakelierten Ledersofas und Max Heise berichtete, wie er Raffaella Donizetti kennengelernt hatte. In einem Club sei es gewesen, wo sie hinter der Bar ausgeholfen habe. Nichts Besonderes im Grunde, sie hätten sich unterhalten, er habe ihr dann einen Drink spendiert, vielleicht auch zwei, und irgendwann frühmorgens, nachdem der Club geschlossen hatte, sei sie mit ihm nach Hause gegangen. Ein paar Tage später habe man einander erneut gesehen, wieder im Club, Raffaella habe ihm dann erzählt, dass sie bei einer Bekannten wohne, dass das aber nicht so gut laufe und sie sich bald etwas Neues suchen müsse. Das sei aber problematisch, da sie in finanziellen Schwierigkeiten stecke und der Bar-Aushilfsjob nicht allzu viel einbringe.

„Ich bot ihr selbstverständlich an, vorübergehend bei mir zu wohnen – ich habe ja genug Platz", sagte Max Heise und wies auf den großen Raum. Es habe sich dann aber anders entwickelt, fuhr er fort, sie hätten sich ineinander verliebt und Raffaella sei fix bei ihm geblieben.

„Was hat sie über ihre Herkunft erzählt?", fragte Körber.

„Dass sie Italienerin ist und ihre Eltern ein Restaurant in Florenz betreiben. Sie sollte in den Betrieb einsteigen, aber sie wollte lieber reisen und etwas von der Welt sehen, weshalb ihre Eltern sie nicht finanziell unterstützten. Es gab einen großen Streit, sie ist quasi enterbt worden und kann nicht nach Hause zurückkehren."

„Hat sie etwas von Österreich erzählt?"

„Ich habe sie einmal danach gefragt, da sie beim Kochen österreichische Begriffe verwendete, Palatschinken, Marillen, Kohlsprossen und so weiter. Zu Schnittchen sagt sie Brötchen und zu Brötchen Semmeln. Sie kocht hervorragend, hat sie natürlich von klein auf gelernt. Sie spricht mit einem sehr starken italienischen Akzent und es klang für mich anfangs lustig, wenn sie es mit dem Wienerischen vermischte. Sie erzählte mir dann, dass sie in verschiedenen österreichischen Restaurants gearbeitet hat. Wo genau, weiß ich nicht mehr."

„Als sie einzog", fragte Flimminger, „was brachte sie da mit?"

„Nur einen kleinen Koffer mit ein paar Kleidungsstücken und Kosmetika. Sie wurde von ihren Eltern regelrecht vor die Tür gesetzt, deshalb besitzt sie nicht viel. Außerdem reist sie lieber mit leichtem Gepäck."

„Waren da Steampunk-Outfits dabei?", fragte Körber.

„Sie besaß nur ein Outfit, das sie bei der Arbeit trug. Ich habe sie später aus meinem Laden komplett ausgestattet. Ich betreibe ein Geschäft für Steampunk-Mode."

„Ja, das wissen wir bereits", sagte Körber.

„Die Dinge, mit denen sie eingezogen ist, sind noch hier?", fragte Flimminger.

„Ich glaube nicht. Das Köfferchen und die normale Kleidung sind weg, die Kosmetika auch."

„Aber Sie haben doch der Polizei erzählt, alle ihre Sachen wären noch da?", sagte Flimminger.

„Ich meinte die Steampunk-Kleidung. Alles, was ich ihr geschenkt habe. Das hätte sie doch mitgenommen, wenn ... Kommen Sie, ich zeige es Ihnen!" Er führte sie durch einen langen Flur zu einem begehbaren Schrank.

„Das alles sind Raffaellas Sachen", sagte Max Heise und schaltete das Licht an. Ein beachtlicher Kostümfundus war zu sehen: üppige Röcke aus Samt und Spitze, Corsagen mit Leder- und Metallapplikationen, Unterröcke, Stiefel, Hüte, Goggles, Handschuhe. Körber griff nach einem gerüschten Blusenkragen und schnupperte daran. Er roch nach Weichspüler.

„Welches Parfum hat sie verwendet?", fragte er.

„Irgendetwas mit einer Grapefruit-Note. Versace, wenn ich mich recht erinnere. Wir haben es gemeinsam ausgesucht", sagte Max Heise.

„Und Sie haben wirklich nichts, absolut nichts mehr von den Sachen, mit denen sie hier eingezogen ist?", fragte Körber. „Ein rotes Tuch vielleicht?"

„Nein", sagte Heise, „nichts. Auch kein rotes Tuch." Er schaltete das Licht wieder aus und sie gingen den langen Flur entlang Richtung Wohnzimmer. Plötzlich blieb Heise stehen. „Warten Sie hier!", sagte er und verschwand hinter einer Tür. Als er zurückkam, hatte er ein kleines Schächtelchen in der Hand. „Das hier hat sie mir einmal gegeben." Er öffnete das Schächtelchen und ein Ring kam zum Vorschein. Ein goldener Ring mit Diamanten, die in Blütenform angeordnet waren.

Körber nahm den Ring heraus und betrachtete ihn im Licht einer antiken Messingstehlampe mit Löwenfüßen. „Diesen Ring hat sie Ihnen gegeben?"

Heise nickte. „Raffaella meinte, ich solle ihn verkaufen. Wegen der Unkosten, die ich für sie habe. Sie hat kein Einkommen, der Job in dem Club war auch nur vorübergehend. Also übernehme ich das Finanzielle. Das ist für mich aber überhaupt kein Problem, ich verdiene gut, außerdem hat meine Familie Vermögen. Ich habe den Ring daher nicht verkauft. Wir brauchten das Geld ja nicht."

„Hat sie Ihnen erzählt, woher sie den Ring hatte?", fragte Körber.

„Von irgendeinem Typen. Sie sagte, er bedeute ihr nichts mehr, er habe sich nicht gut um sie gekümmert."

Körber steckte den Ring zurück in das Kissen in der Schachtel und sie gingen wieder ins Wohnzimmer. Flimminger warf ihm fragende Blicke zu, aber er tat so, als ob er sie nicht bemerke. Nachdem sie sich wieder gesetzt hatten, fragte Körber: „Sagt Ihnen der Name Elisabetta Zorzi etwas?"

Max Heise schüttelte den Kopf. „Nie gehört."

„Die Prinzessin von Arborio?"

„Warten Sie ... ist das diese Mörderin?"

Flimminger zog sein Handy heraus, tippte darauf herum und hielt es Heise vor die Nase: „Kennen Sie diese Frau?"

Heise nahm das Handy und studierte das Foto. „Die Haare sind anders. Aber das ist Raffaella."

„Das ist Elisabetta Zorzi. Verurteilt wegen dreifachen Mordes, verdächtig eines weiteren Mordversuchs. Sie hat bei einer Ausführung zum Augenarzt denselben niedergestochen und ist seither auf der Flucht. Wussten Sie davon?"

„Nein! Ich sehe keine Nachrichten, Zeitungen lese ich auch nur selten. Das von dieser Mörderin habe ich gehört, ist aber schon eine Weile her. Ich dachte, die ist noch hinter Gittern."

„Sollten Sie gewusst haben, wer sie ist, und ihr Unterschlupf gewährt haben, haben Sie sich der Fluchthilfe schuldig gemacht."

„Fluchthilfe? Was? Dann wäre ich doch nicht zur Polizei gegangen, oder?"

„Vielleicht wollten Sie ja, dass sie gefasst wird – jetzt, wo sie Sie verlassen hat", sagte Flimminger.

Max Heise lockerte seine Fliege. „Brauche ich einen Anwalt? Dann würde ich jetzt nämlich gerne mit meinem Vater telefonieren."

„Sie brauchen im Moment keinen Anwalt", sagte Körber, „kooperieren Sie mit uns, damit wir die Frau möglichst schnell fassen."

„Selbstverständlich", sagte Heise, „was kann ich tun?"

Flimminger schnäuzte sich, dann sagte er: „Beschreiben Sie uns ganz genau die Kleidungsstücke, die sie mitgenommen hat. Die Kleidungsstücke, die Sie der Polizei bisher verschwiegen haben."

„Natürlich", sagte Heise, „es war nichts Besonderes. Ein paar Jeans, T-Shirts, Pullover ..."

„Welche Farben?", fragte Flimminger.

„Blau, schwarz, beige, weiß im Wesentlichen. Raffaella bevorzugte außerhalb des Steampunks sehr unauffällige Kleidung. Ein schwarzer Wintermantel aus Schurwolle, schwarze Stiefel. Mehr fällt mir nicht ein."

„Hat sie ein Handy bei sich?"

„Das Handy hat sie dagelassen."

„Sie will nicht geortet werden können."

„Hören Sie, ich kann einfach nicht glauben ... Darf ich das Foto nochmal sehen? Raffaella kann unmöglich eine Mörderin sein. Ich meine, sie hat auf die Kinder meiner Schwester aufgepasst! Sie liebt Kinder!"

„Haben Sie mit ihr über Kinder gesprochen?", fragte Körber.

„Sie meinen, über gemeinsame Kinder? Ja. Sie wünschte sich natürlich Kinder. Ich hätte auch gerne welche, kann aber keine bekommen. Ich hatte mit Zwanzig Mumps."

„Wann haben Sie mit ihr darüber gesprochen?"

„Vor Kurzem. Kurz bevor sie verschwand. Vor ein paar Tagen. Denken Sie, dass es hier einen Zusammenhang gibt? Dass sie ging, weil ich keine Kinder zeugen kann?"

„Das ist gut möglich", sagte Körber.

Der Schnee unter ihren Füßen knirschte, und unter dem Schnee der Kies. Die Villen waren zurückgewichen und hatten den Weg zum See freigegeben. Es schneite wieder. Sie liefen über einen breiten Strand. Weiter hinten am Ufer standen Büsche und Bäume, aus dem Eis ragte Schilf. Wenn man sich umsah, hätte man meinen können, mitten in der Wildnis zu sein. Hinter sich hörte Körber Flimminger telefonieren. „... schwarzer Wintermantel aus Wolle, Jeans, schwarze Stiefel. Und lange schwarze Haare hat sie jetzt. Die kann sie auch abgeschnitten haben, aber auf jeden Fall schwarz. Nein, schwarz gefärbte Haare umfärben ist ziemlich schwierig. Natürlich kann sie eine Perücke tragen, aber wenn sie wieder bei jemandem untergekrochen ist, dann sieht der sie ja irgendwann ohne Perücke. Und sie sollen das im Fernsehen bringen. Ja. An alle Medien. Vielleicht ist sie sogar noch in Berlin oder in der Umgebung."

Dann rief Flimminger: „Jetzt warte doch! Warum rennst du denn so?", und Körber ging etwas langsamer. Der Wind fegte den Schnee auf der Eisfläche des Sees zu kleinen Dünen.

„Sie bringt ihre Kerle jetzt also nicht mehr um, wenn sie nicht passen", sagte Flimminger, als er aufgeholt hatte.

„Du meinst den Heise? Natürlich hat sie den nicht umgebracht. Er hat ja nicht bei ihr gewohnt, sondern sie bei ihm, also konnte sie ihn einfach verlassen. Einfach verschwinden – ohne Diskussion, ohne Widerstand, ohne Unannehmlichkeiten", antwortete Körber.

Sie gingen weiter. Flimminger hustete. In der Ferne spielte jemand auf dem Eis mit seinem Hund.

„Du, sag mal", fragte Flimminger, „was war das eigentlich mit dem Ring? Du hast ihn erkannt, oder? Hast du ihr den geschenkt?"

Körber ging wieder schneller, unter seinen Füßen knirschte es wie in einem Betonmischer. Dann drehte er sich plötzlich um und schrie: „Was soll das heißen, ich hab mich nicht gut um sie gekümmert? Ich hab mich doch um sie gekümmert, so gut es nur irgend ging! Die spinnt doch!"

„Natürlich spinnt sie!", schrie Flimminger zurück. „Was hast du denn gedacht?"

Sie lauschten dem Nachklang der Worte, dann mussten sie beide lachen.

„Ja", sagte Körber, „das ist der Punkt: Was hab ich mir nur dabei gedacht?"

„Vielleicht hat sie erwartet, dass du sie aus dem Gefängnis befreist, und war sauer, als das nicht passiert ist?", sagte Flimminger.

„Meinst du wirklich, dass sie so etwas Irres erwartet hat?"

„Warum nicht? Du als großer Retter, der all ihre Träume wahr werden lässt ..."

„Geträumt hab ich auch", sagte Körber. „Weißt du, dass ich in den letzten Monaten meine ganze Fantasie darin erschöpft habe, mir vorzustellen, wo sie gerade ist, was sie tut, wie es ihr geht? Und dass sie in jeder dieser Fantasien in derselben Weise an mich gedacht hat, dass sie nach Wegen gesucht hat, wieder mit mir zusammenzukommen? Und nun stelle ich fest, dass sie mich genauso mühelos ausgetauscht hat wie die anderen. Was ja, rückblickend betrachtet, auch logisch war. Du kennst doch das Klischee, dass Psychologen in Liebesdingen viel blöder sind als andere. Es stimmt."

„Nicht blöder", sagte Flimminger milde. „Genauso blöd."

Körber bückte sich, grub im Schnee nach einem Stein und wog ihn in der Hand. Dann warf er ihn fest auf die Eisoberfläche. Der Stein blieb mit einem kaum hörbaren Geräusch darauf liegen. Körber suchte einen größeren Stein und warf fester. Der Stein wurde lautlos von einem Schneehaufen verschluckt.

„Aber was noch schlimmer ist", sagte er, „ich habe beruflich versagt. Ich bin einer nicht zu entschuldigenden Fehleinschätzung unterlegen."

„Ach was", erwiderte Flimminger, „du hast selbst immer gesagt: Profiler sein heißt nicht, dass man hellsehen kann." Er lief am Stand, um sich aufzuwärmen, während Körber dem Schnee Tritte versetzte. Der Wind pfiff. Flimminger prüfte ein paar seiner zerknüllten Papiertaschentücher und schnäuzte sich in das am wenigsten gebrauchte.

„Ein Freund von mir hat mir sein Ferienhaus in Istrien angeboten", sagte Körber. „Einsam gelegen, nur ein Nachbar, sonst rundherum nichts. Vielleicht sollte ich da hinfahren und als Eremit leben."

„Mach Urlaub. Du hast schon ewig keinen richtigen Urlaub mehr gemacht."

„Ja. Seit zweieinhalb Jahren. Seit ich Zorzi begegnet bin." Er bückte sich, formte einen Schneeball und schoss ihn den Steinen hinterher.

„Hör zu", sagte Flimminger, „ich bin todkrank und wir sollten uns schön langsam wieder auf den Weg zum Flughafen machen."

„Ja, du hast recht. Fliegen wir nach Hause." Sie drehten um. Nach ein paar Schritten blieb Körber wieder stehen. „Warte noch!", rief er. „Man hat nicht so oft die Gelegenheit, auf Eis zu gehen!" Und er lief hinaus auf den weiten und schneeverwehten See.

Bettina Balàka
Kassiopeia
Roman
360 Seiten, € 12.95
HAYMONtaschenbuch 162
ISBN 978-3-85218-962-8

Judit Kalman und Markus Bachgraben sind ein Traumpaar –
zumindest, wenn es nach ihr geht. Judit hat sich in den Kopf gesetzt,
mit dem jungen Erfolgsautor nochmals ganz von vorne zu beginnen.
Und sie ist es gewöhnt zu bekommen, was sie will. In Venedig
verbringt das Paar einen romantischen Abend, der ein unerwartetes
Ende findet ...

Auf der Bühne der Lagunenstadt inszeniert Bettina Balàka die
ganze Tragikomödie der Beziehungen zwischen Mann und Frau –
doppelbödig, mit viel Witz und großem Unterhaltungswert.

„ein wirklich grandioses Buch"
FALTER, Julia Kospach

www.haymonverlag.at